Coleção MELHORES CRÔNICAS

Marcos Rey

Direção Edla van Steen

Coleção MELHORES CRÔNICAS

Marcos Rey

Seleção e prefácio Anna Maria Martins

São Paulo
2010

© Global Editora, 2010

1ª Edição, Global Editora, São Paulo 2010
1ª Reimpressão, 2010

Diretor-Editorial
JEFFERSON L. ALVES

Gerente de Produção
FLÁVIO SAMUEL

Coordenadora-Editorial
DIDA BESSANA

Assistentes de Produção
EMERSON CHARLES SANTOS / JEFFERSON CAMPOS

Assistente-Editorial
JOÃO REYNALDO DE PAIVA

Revisão
IARA ARAKAKI

Projeto de Capa
VICTOR BURTON

Editoração Eletrônica
NEILI DAL ROVERE

Dados Internacionais de Catalogação na Publicação (CIP)
(Câmara Brasileira do Livro, SP, Brasil)

Rey, Marcos. 1925-1999.
  Melhores crônicas Marcos Rey / Anna Maria Martins (seleção e prefácio). – São Paulo: Global, 2010. – (Coleção Melhores Crônicas / direção Edla van Steen).

  Bibliografia
  ISBN 978-85-260-1480-0

  1. Crônicas brasileiras. I. Martins, Anna Maria. II. Steen, Edla Van. III. Título. IV. Série.

  10-04665   CDD-869.93

Índices para catálogo sistemático
  1. Crônicas : Literatura brasileira 869.93

Direitos Reservados
GLOBAL EDITORA E DISTRIBUIDORA LTDA.
Rua Pirapitingui, 111 – Liberdade
CEP 01508-020 – São Paulo – SP
Tel.: 11 3277-7999 – Fax: 11 3277-8141
e-mail: global@globaleditora.com.br
www.globaleditora.com.br

Obra atualizada conforme o
Novo Acordo Ortográfico da Língua Portuguesa

Colabore com a produção científica e cultural.
Proibida a reprodução total ou parcial desta obra
sem a autorização dos editores.

Nº de Catálogo: **2582**

Melhores Crônicas

Marcos Rey

A partir do século XIX, com origem no folhetim, a crônica firmou espaço nos periódicos nacionais. Desenvolveu-se como gênero jornalístico de viés literário, apreciado pelo público leitor. Narrativa leve ou densa, consolidou sua importância. Considerada pela imprensa matéria relevante, a crônica conquistou lugar no percurso aberto por escritores que, ao lado de obra significativa em outros gêneros literários, consagraram-se também como cronistas.

Marcos Rey, romancista, contista, roteirista de cinema e televisão, ocupa lugar de destaque nessa área das letras. Seu nome pontua e sublinha a história da crônica.

Para esta coleção, selecionamos cem crônicas do período de 1992 a 1999. Publicadas na revista *Veja*, mantinham leitores fiéis.

Procuramos salientar a diversidade da temática, a criatividade, a narrativa bem estruturada. E a linguagem coloquial, característica do autor.

A crônica de Marcos Rey flui como uma conversa de bar, diálogo entre amigos. Às vezes como breve narrativa de fato hilário. Mas, aprofunde-se o leitor no texto de fluência prazerosa e se verá entregue a reflexões mais densas. Sob a leveza aparente, a profundidade das mazelas humanas. A narrativa leve traz, subjacente, o conteúdo social.

Sem ser especificamente um historiador, o cronista faz o retrato de sua época. É testemunha de hábitos e comportamento de personagens inseridas no panorama de sua vivência.

O escritor paulista usa sua cidade como pano de fundo. Mostra nas crônicas o cenário urbano. Sua criatividade encontra nas pessoas que povoam a metrópole, e em fatos cotidianos, o material com que estrutura a crônica.

A ironia de Marcos Rey é destituída de amargura ou maldade. Seu humor refinado aproxima-se do *wit* expresso na literatura inglesa.

Conhecedor de produções literárias nacionais e estrangeiras, grande apreciador de cinema, jazz e musicais, sua cultura multifacetada fornece-lhe o assunto, cerne da crônica. Memória, realidade e ficção envolvem-se na paisagem urbana.

Personagens cruzam ruas, praças, becos, bocas da pauliceia. E a memória do autor cruza a ficção, traz a presença de amigos em noites que se alongam em bebida e conversa.

Os "Bares da saudade" revivem o Paribar, o Clubinho (Clube dos Artistas e dos Amigos da Arte) na rua Bento Freitas, o Barzinho do Museu (Museu de Arte Moderna, na rua Sete de Abril).

O cronista passa atrás da Biblioteca Municipal, entra no Paribar, encontra o papo inteligente de Sérgio Milliet.

Cláudio Curimbaba de Souza, amigo notívago, é o companheiro assíduo das noitadas boêmias.

Servem ao humorismo do autor pessoas – como "O rei da boca-livre" – muitas vezes encontradas em eventos, literários ou não. Surgem da leveza de seu estilo irônico.

"O coração roubado", "Sobrevoando Casablanca", "Prêmios de consolação" enfatizam o prazer da leitura; mas, certamente, o próprio leitor, atento às crônicas que mais possam cutucar-lhe a inteligência e a emoção, há de ter as suas preferências.

A criatividade de Marcos Rey apoia-se no cenário urbano. A cidade, diurna ou noturna, revela-se em suas crônicas. Testemunha de seu tempo, o cronista faz a *petite histoire*. E o leitor, entre assuntos diversos de igual interesse, irá encontrar nesta antologia a grande cidade por inteiro, com sua gente, sua vida.

Anna Maria Martins

MEMÓRIAS URBANAS

Dados, confissões e planos de um escriba

Confesso que sou tão tímido que estou sempre me apresentando, informando quem sou, fornecendo dados. Foi assim até com o recenseador. Mal ele entrou, disse-lhe tudo que sabia a meu respeito, inclusive que detesto quiabo, que coleciono crachás e que assisti à segunda metade de *...E O Vento Levou*. Devia ter péssima memória, pois anotou algumas coisas. Quem vive entre 10 milhões de outras pessoas às vezes não consegue identificar qual delas a gente é. A não ser quando nos empurram. Por isso pedi ao recenseador que passasse ao menos uma vez por mês em casa. Ele saiu às pressas, talvez com receio de que meu chihuahua o atacasse.

Nasci aqui mesmo em São Paulo e quando completei três anos meu pai me levou para ver o Edifício Martinelli, explicando que eu escolhera a cidade certa para vir ao mundo, pois outras crianças só tinham o mar, o céu, as montanhas e as campinas para ver. Éramos pobres, mas ele logo me animou:

– O conde Matarazzo também começou com pouco, com 2,5 quilos.

Então tudo me pareceu mais fácil. Alguma ilusão sempre ajuda.

Nas primeiras décadas de minha vida não fiz nada, por falta de tempo, mas cansado desse esforço um dia comecei a escrever. Escrevi um romance imenso e complicado ao qual chamei *Ulysses*, porém logo descobri que já haviam escrito um com o mesmo título e exatamente igual. Coincidências acontecem. Decidi então escrever compulsivamente sobre Paris, partindo de cartões-postais: tinha três. Foi quando um amigo sugeriu:

– Por que não escreve sobre São Paulo, é muito mais perto e quando chove basta ficar à janela?

Ainda hoje me sinto grato a esse amigo. E quando ele morreu solicitei dois minutos de silêncio em sua homenagem. Sim, dois. Ele era muito gordo!

A época era própria às artes em geral. Estávamos nos anos dourados, muito decorativos, mas que causavam certo embaraço à combinação de cores. Minhas gravatas, por exemplo, sempre destoavam do amarelo.

Não escrevi apenas livros. Fiz um filme. Um tanto obscuro, é verdade. Tanto que alguns cinemas o exibiam com as luzes acesas para que os espectadores que saíssem antes do final não tropeçassem. Achei uma boa providência. Mas não fez sucesso. Tudo devido a um erro ou precipitação, segundo o diretor. Se tivéssemos vendido saídas no lugar de entradas eu teria ficado rico.

Também fiz anúncios. O mais comentado foi o de um cola-tudo. Chamava a atenção devido ao retrato de Van Gogh. Com as duas orelhas. Mas uma colada ao contrário. O título: "Agora não tem mais jeito, ruivo!".

Depois veio a televisão. Escrevi um belo trabalho: *Tudo no escuro*. Desenvolvido num total blackout. A censura, porém, proibiu-o por suspeita de pornografia mentalizada. O que no escuro? Seria, no entanto, liberado se ao menos um dos personagens usasse um farolete. Recusei. O que adiantaria? A história se passava num instituto de cegos!

Mas o que mais produzi foram livros mesmo. O primeiro não foi bem, porém me entusiasmei ao ouvir: *"Play it again, son"*. Não poderia dizer não a minha mãe. Porém só ao publicar o vigésimo foi que cheguei afinal ao completo anonimato. Agora estou escrevendo um volume de memórias, Curiosamente, localiza-se totalmente no futuro. Não deixem de perder. É original e não dá o trabalho chato de ficar lembrando fatos. Todo escritor tem seu macete. Começa assim: "No mês em que nasci São Paulo estava coberta de neve". E para que ninguém conteste isso de neve, direi o mês mas não o ano.

VIVA A DUPLA CAIPIRA!

Como quando e por que elas alcançaram sucesso

Encontrei na rua um ex-componente duma dupla caipira do passado. Sessentão, mal-ajambrado, ressentido.
– Que azar, no meu tempo a música sertaneja não era valorizada. O rádio só nos abria espaço às 6 da manhã. As gravadoras chutavam a gente. Shows, nem falar.
– Mesmo naquela época eu não tinha preconceitos contra os amantes da música caipira, respondi, sentimental. Apenas não dava a mão, atravessava a rua. Pontapé, nunca dei.
– Para faturar tínhamos de correr o país, sujar os pés de lama.
– Antes a música caipira era autêntica, disse eu apenas repetindo um argumento corrente.
– Até que não, rebateu o outro. Era igualzinha à de hoje. A mesma salada de guarânias e demais ritmos. O que faltava era o Texas.
– O quê?
– Faltava o cowboy, os trajes do saloon.
Ele referia-se ao visual do caipira. O antigo era do amarelão, da maleita da lombriga, do bicho-do-pé, rentável apenas para os Fontoura. Nossos caipiras, porém, aprenderam uma lição com a turma do Roberto – guarda-roupa –, que por sua vez aprendeu com as bandas lá de cima, donde veio

de quebra a salvadora palavra country. E então apareceram novas duplas, mil, já com uma embalagem que nada tinha a ver com a do Jeca Tatu, antes ou depois do Biotônico. Caipira ganhou butique, grife e descobriu o sentido de outra palavra, também estrangeira, que às vezes dá uma nota: marketing. De chapelão e roupa nova, cada uma à sua maneira, procurou espertamente o caminho para o sucesso.

Para aproveitar a mídia gratuita das vésperas de eleições, lembro-me duma dupla, bem marqueteira, que sem se dedicar à propaganda política, apenas para estar na boca do público, assim se batizou:
– Com vocês, Franco e Montoro!

O candidato André Franco Montoro foi eleito governador do estado naquele 1982, mas nhô Franco e nhô Montoro, após a abertura das urnas, caíram no mais tumular esquecimento. Não estranhem, no entanto, apesar do exemplo desastroso, se um dia desses ouvirem:
– Uma salva de palmas para Mário e Covas.
Ou:
– E vamos receber a dupla Paulo e Maluf.

Em época bem anterior, um programador da Rádio Nacional de São Paulo, desejando impressionar pelo bom gosto, certa vez declarou muito afirmativo ao diretor artístico Costalima:
– Odeio dupla caipira.
Ao que Costalima respondeu, presto:
– Pois acabo de contratar um trio caipira.
Não convém discordar de um diretor. O programador tangenciou:
– Odeio dupla, mas de trio gosto, trio é fantástico. Qualquer um.

Na mesma Rádio Nacional, quando a música caipira não era ainda moda, conheci uma dupla que fora do microfone nem sotaque tinha, enrustida. Aliás, participando exclusivamente de programas de estúdio, fechado, o palco era para

gêneros mais nobres, vestia-se civilizadamente, não usava barbicha e falava um português fluente e correto. E apenas se tratavam de compadre, virando caipiras, caipiríssimos – atenção! – ao surgir o luminoso "No ar".
– Bom-dia, nhô Bento!
– Bom-dia, nhô Quim!
Não caía bem assumir publicamente o caipirismo. Mesmo faturando alto. Acabado o programa, os dois nhôs voltavam a ser os verdadeiros *gentlemen* de antes da audição e entravam num imponente rabo de peixe, onde os aguardavam, juntamente com um motorista japonês fardado, não a Ditinha e a Noca do arraial, nos seus vestidinhos de chita, mas duas tremendas e sofisticadas gatas do asfalto.

Aplicando uma dose de sexy na veia, ou na veia como queiram, a música sertaneja anda tão badalada, tão unanimidade, apesar dos Chicos, Tons e Caetanos, que os que a gozavam começam a se calar. Prudente. Condená-la chega até a ser perigoso, como dar vivas ao São Paulo Futebol Clube no Parque São Jorge. Faça-o e logo será chamado de elitista, pretensioso insensível, beletrista, intelectual e discriminado pela maioria no emprego, no bairro, no clube.

Mas eu não volto atrás. Disse mil vezes pela vida inteira que odeio dupla caipira e confirmo. Apenas reconheço que os trios...

AULAS PARTICULARES

A professora que dava lições de sexo em casa

Estou muito orgulhoso, meu filho passou em educação sexual com a nota 9. Em seu colégio é matéria levada a sério, conta pontos. Como ele se mostrasse confuso, fazendo perguntas embaraçosas, com mais reticências que palavras, seu rosto sempre mediando entre a palidez e o rubor, decidi contratar uma professora para lhe dar aulas particulares em casa. Garantiram-me que se tratava de profissional séria, competente, objetiva. Minha mulher só fez objeção à idade dela, 60 anos, porém ponderei que as aulas seriam apenas teóricas. Aliás, eu e minha mulher pouco sabemos sobre sexologia em geral. Nossos conhecimentos, nesse particular, sempre foram epidérmicos, isto é, superficiais. Ao casar, ignorávamos a literatura especializada e seu caráter eminentemente científico. Ingenuamente, pensávamos que era simples o que exige curso, leitura, decoreba, provas, havendo ainda o perigo vexaminoso de uma reprovação.

Antes da chegada da mestra, minha mulher revelou certo receio baseado numa novela de Mário de Andrade, que deu filme. A novela é *Amar, verbo intransitivo*, na tela intitulada *Lição de Amor*. Conta a história de um garoto rico, Carlos, cujo pai contrata uma *Fräulein*, civilizada demais

para os anos 20, a fim de ministrar ao filho um curso da arte de amar.
— E o menino apaixonou-se pela professora — lembrou minha mulher em pânico, esquecendo da idade já anunciada da professora.
— Por favor — atalhei, separando as coisas. — Não confunda educação sexual com lições de amor. A primeira é matéria de estudo, como geografia, por exemplo. Entende? Quanto à segunda, trata-se apenas do tema de um romance, mera ficção. A professora do nosso filho não vai ensiná-lo a amar.
O receio de minha mulher se desvaneceu totalmente à chegada de dona Gustava, não porque sexagenária, pois muitas há ainda sedutoras, mas devido ao seu todo compacto, monobloco, ao peso de seus passos e a uma voz abaritonada nada semelhante àquela de travesseiro das cantoras de bolero. Boa escolha, sem dúvida. Com tal orientadora, os alunos não corriam nenhum perigo de desvio de atenção e propósitos.
Dona Gustava, porém, não iniciou as lições antes da compra de certos livros sobre a matéria.
— Mas é necessário? — admirou-se minha mulher, aborrecida com mais essa despesa. — Nos meus tempos de moça...
— Antigamente o mundo ignorava tudo sobre essa matéria básica que é educação sexual — comentou a mestra.
— O que não impediu que esse mesmo mundo tenha hoje 6 bilhões de habitantes... — retrucou a mãe de meu filho.
A professora soltou um sorriso ligeiro para ironizar o primarismo da argumentação. E fez mais pedidos. O curso requeria um quadro-negro, giz, régua e compasso. Estranhei, mas a mestra, paciente, ensinou que a matéria impõe a necessidade de conhecimentos até de geometria. Além, evidentemente, de fundamentos de biologia, psicologia e química rudimentar.
— Claro! — exclamei de estalo para que ela não visse em mim um botocudo.

— O quadro-negro proporcionará a complementação visual do que for esclarecido — acrescentou, segura, dona Gustava.

Era um pouco do que eu temia. E com certa razão.

— A empregada pediu a conta — informou, alarmada, minha mulher, dias depois.

— Que ingrata! Por quê?

— Ela é muito crente, você sabe.

— E o que tem isso?

— Se escandalizou com os desenhos no quadro-negro do quarto do nosso filho. Disse que são indecentes. Não quer ficar mais um dia aqui. Está pondo a boca no trombone para toda vizinhança!

Ignorante! Corri ao quarto. O quadro-negro! Santa Mari... Não respirei, controlando-me, tudo bem, os desenhos tinham finalidade educativa. Mas onde haviam metido o apagador?

— Aqui está ele — disse meu filho entrando no quarto. Olhe, até que a velha desenha bem essas coisas, mas prefiro as fotos da sua coleção da *Playboy*.

ESVAZIANDO AS GAVETAS

A peça teatral que sempre sucede o bilhete azul

Quando alguma pessoa muito conhecida perde o emprego, costumo imaginá-la em seu escritório esvaziando gavetas para retirar os objetos de uso pessoal. Isso porque em minha vida profissional assisti inúmeras vezes à mesma cena, representada, claro, por protagonistas diferentes. Aludi à bela arte de representar porque há algo de encenação, de espetáculo, sim, nesse momento grave cuja carga dramática todos primam em disfarçar, pois nunca faltam espectadores.
Assim que corre:
– O homem está esvaziando as gavetas...
Surgem logo as testemunhas: o assombrado amigo que vai perder o padrinho, o lamentoso cara de pau que ambiciona o lugar, a secretária para quem era Deus no céu e o chefe na terra, e às vezes até comparece, como num velório, compungidíssimo, o próprio puxador do tapete...
A pessoa que esvazia as gavetas sabe que aquilo é um teatro, porém em compensação também procede dentro de um script. Não se mostrar derrotado é o mais importante. Para tanto desenha atitudes confiantes de quem vai mas volta. Procura harmonizar expressões faciais com o movimento das mãos. Serenamente abre uma gaveta e tira uma caneta de estimação que coloca na pasta ou maleta da mudança. Depois uma

agenda de endereços e telefones, uma caixa com envelopes e papéis de carta personalizados, o porta-retrato... Esse é o instante maior da cena. No porta-retrato está a filhinha do coração que este ano provavelmente não irá para a Disney. Uma pausa no roteiro. Se é a secretária que está de testemunha, haverá por certo uma furtiva lágrima.

O homem que recebe o bilhete azul às vezes chama um de seus comandados para transmitir uma derradeira ordem. Geralmente em benefício de um protegido. Numa emissora de televisão em que trabalhei, o ex-chefe, enquanto esvaziava as gavetas, pediu a mim, autor de novelas, que não me esquecesse de certa atriz, sua protegida, fazendo que ela, no último capítulo, vencendo duas rivais no amor, casasse afinal com Francisco Cuoco. Angústia na voz, mais pedido que ordem. Mas o último desejo de um condenado nem sempre é satisfeito. Que ele comesse de graça o que quisesse no restaurante da emissora, sim. Mas influir nos destinos de uma novela que não mais supervisionava, não. Foi o que determinou o boss supremo ao saber da solicitação feita durante o esvaziar das gavetas.

Há bilhetados, digamos assim, que se demoram horas retirando objetos da escrivaninha. O ato é no geral lento porque sempre acompanhado de lembranças, principalmente quando há troféus no cenário, prêmios pelo bom exercício profissional. Gênios e líderes também caem em desgraça. Mas a lentidão, tenho observado, é frequentemente exagerada devido à tal que é a última a morrer: a esperança de uma reconsideração urgente anulando o cruel bilhete azul. Creiam, não é fato raro assim. Eu mesmo já fui salvo milagrosamente pelo gongo, e quando já estava no caixa para fechamento da conta. A pessoa que assumiria no meu lugar dirigia placidamente a caminho do novo emprego quando seu carro se chocou com uma jamanta. Que sorte! Digo, que azar!

É verdade que diante do implacável bilhete nem todos mantêm a postura de cavalheiro atingido por uma injustiça.

Palavras ternas de despedida não são regras absolutas. No meu caderno de anotações cínicas, consta o nome de um que perdeu o nível e partiu para o palavrão, o gesto obsceno e o chute na poltrona. Esse ignorou até a presença constrangida de uma pudica secretária.
 Exceção, felizmente. O ato de esvaziar as gavetas é na maioria das vezes revestido de muita dignidade. Sempre há apertos de mão e mesmo abraços em funcionários modestos que, no momento do adeus, descobrem que o chefe era, imaginem, uma criatura humana.
 O bilhetado põe na pasta uma tesourinha de unhas, uma borracha, um isqueiro com seu nome gravado. O poder do ex-chefe era todo composto de pequenos objetos. Guarda uma caixa de lenços de papel. Mas não são cenas mudas, para evitar que no silêncio caiba o eco do ressentimento.
 Naquele palco há espaço para a colagem de sorrisos, boas maneiras, pilhérias e até frases em que o bolo da amargura é coberto pelo chantilly do otimismo.
 As frases: "A vida é assim mesmo". Ou: "Eu caí dez vezes e levantei onze". Ou: "Só lamento que um mau chefe possa prejudicar vocês". Ou: "Logo eles vão descobrir que cometeram um lamentável erro".
 Depois, o que resta é ir embora, de queixo erguido, passos cadenciados, descendo com naturalidade pelo elevador, escadas ou pela rampa.

AS ASAS DOS ANJOS

Um uso ainda obrigatório no Céu

Foi Woody Allen quem garantiu que o Paraíso existe, mas o chato é que não se sabe quanto dista do centro e até que horas fica aberto. Às vezes sonho que morri, o que me ocorre quando, antes de dormir, como feijoada com omelete e nabos fritos.

Na última vez me vi numa espécie de loja de departamentos onde um homem idoso, alto e barbudo, de túnica branca, com um molho de chaves à cintura, me experimentava pares de asas. Alguns, branquinhos e engomados, pareciam ter chegado da tinturaria. Desconfiado argumentei que não sabia voar e que o contato das penas na pele me provocaria alergia. O velho, pretensioso demais para um simples recepcionista, disse que todos ao chegar logo opunham algum tipo de resistência.

– Muitos protestam contra nosso repertório musical. Gente que não suporta harpas e vai logo pedindo para desligarmos o som.

Realmente, desde o princípio havia notado uma música sempre igualzinha, no mesmo tom, embora pudesse ser menos monótona com a inclusão de alguns comerciais. Mas admiti que era um pouco cedo para começar a dar palpites. Já trabalhei na Globo e sei como são essas coisas.

Afinal, o ancião encontrou um par de asas que aparentemente me serviu, mesmo faltando um punhado de penas.
— Voe um pouquinho — ordenou.
— Antes quero saber onde é o pronto-socorro e se meu seguro-saúde ainda está valendo.
— Você nunca voou de asa-delta?
— Deus me livre. Sempre tive pavor de alturas.
— E de avião?
— Claro, mas eu era desses que não tirava o cinto de segurança nem para ir ao banheiro.
— Voar aqui é mais lento — explicou o ancião — e não é necessário campo de pouso.
— Então não poderia me arranjar um helicóptero?
O velho me censurou:
— Você deveria se sentir feliz por estar aqui.
— Desculpe-me, mas sofro de acrofobia e essas asas me assustam. Tenho a impressão de que a qualquer momento algum moleque de espingarda vai me disparar uma carga de chumbinho.
— Impossível, estamos muito alto.
— Não me fale mais em altura. Além do mais não sou um anjo. Está havendo exagero. Cometi muitos pecados.
— No cômputo geral você mereceu o Céu e está acabado.
— Não há anjo que tem licença para voar baixo? — arrisquei.
— Os anjos da guarda são os únicos que não usam asas, pois sua missão é na Terra — esclareceu o velho do chaveiro.
Achei que tinha uma chance aí.
— Eu podia ser um anjo da guarda. É por concurso ou vale pistolão?
O ancião me deu esperanças.
— Bem, quem sabe eu lhe consiga um lugar provisório de anjo da guarda, pois muitos estão de férias. Enquanto isso, faria um curso rápido de voo e lhe arranjaríamos outro par de asas. Este de fato não me parece dos bons. Já não se fazem asas como antigamente.

Fiquei animado. Àquela altura já sentia saudade até da poluição, das filas nos bancos e das duplas caipiras.
— Como anjo da guarda eu levarei vida de ser humano?
— Parcialmente.
— O que quer dizer parcialmente?
— Refiro-me a necessidades fisiológicas.
— Mas nada me impedirá de penetrar por uma parede ou porta e espiar, não?
— Isso atualmente já é permitido.
— E onde irei morar? Haverá despesas...
— A diária é de 100 dólares.

Havia uma pergunta que não poderia deixar de fazer:
— Sempre gostei de beber um pouco. Poderia...?
— Anjos da guarda podem beber água mineral e, quanto a bebidas alcoólicas, apenas dois martínis por dia.

Em seguida o velho abriu um livrão para escolher quem o novo anjo iria guardar. Indaguei, angelicalmente:
— Por acaso estaria de férias o anjo da guarda duma tal Luiza Brunet?

COMO SE MANTER JOVEM

É preciso ter o maior cuidado com declarações bandeirosas

Tenho sessenta anos, mas não me troco por nenhum rapaz de vinte. Reconheço, porém, que ainda não encontrei nenhum rapaz que quisesse trocar seus vinte pelos meus sessenta. Isso lembra a peça *Major Bárbara*, de Bernard Shaw, no momento em que um pobretão brioso ergue o queixo e diz a um magnata:
– Não troco minha consciência pelo seu capital.
Ao que o magnata, tranquilo, retruca:
– Mas eu não troco meu capital pela sua consciência...
Fisicamente, há muitos processos para prolongar a mocidade do corpo e estão sempre inventando outros. Os vegetarianos foram talvez os primeiros a apregoar resultados. De fato, nos seus restaurantes, jamais encontrei alguém que aparentasse mais de trinta anos. A dieta do astronauta prolonga a juventude, mas a pessoa tem de se mudar para a Lua. O cooper também ajuda, se o praticante não for atropelado nem vítima de assalto à mão armada.
Mas não é da vã matéria que nos ocuparemos – flacidez, obesidade, reumatismo, joanetes e queda de cabelo. Para tudo isso há tratamento e até a fé resolve, dizem.
Vamos falar do envelhecimento, cujo remédio não é vendido em frascos nem seu consumo depende da aprova-

ção do Ministério da Saúde. Por exemplo, meu amigo Sales, de idade incerta e não sabida, disse a uma jovem a quem desejava impressionar:
— É com isso que eu fico tiririca, queridinha.
A ninfeta, olhando o Sales como se fosse um marciano, perguntou:
— O senhor fica o quê?
— Tiririca, irritado — ele caiu na burrice de explicar. E quando ela se dobrou de rir, comentou: — Garota sapeca! Você é da pontinha!
Daí em diante de pouco adiantou ao Sales ter feito o doloroso implante de cabelo, correções faciais e anos de bicicleta ergométrica. Ficou patente, pelo vocabulário e pelas expressões de época, que entre o Sales e a garota havia espaço para duas gerações.
— Ela deu um pinote — lamentou, mais tarde. — Me deixou a ver navios.
— Por acaso você também não teria deixado escapar um "Sossega leão"? — perguntei.
— Como foi que adivinhou?
Essas coisas a medicina, dietas, ginásticas e massagens não rejuvenescem. Portanto, se você pretende mesmo mostrar-se jovem, seja qual for a situação, não sendo ela a do trigésimo aniversário de sua formatura, cuidado com o vocabulário, expressões antiquadas e principalmente com declarações comprometedoras. Muito cuidado. Exemplos:

- Nunca diga que viu Leônidas da Silva fazer uma bicicleta.
- Que seu primeiro salário foi de I conto de réis.
- Que conquistou sua cara-metade com uma serenata.
- Que Dorothy L'Amour era um....
- Que adora cuba-libre.
- Que chorou quando morreu Carlos Gardel.
- Que votou no brigadeiro Eduardo Gomes.
- Que ficou chocado com o Crime da Mala.

- Que na infância tomou Emulsão de Scott.
- Que assistiu a *Ben-Hur* com Ramon Navarro.
- Que fez o corso na Paulista.
- Que viu Pintacuda correr no Circuito da Gávea.
- Que tem saudades do radioteatro de Manuel Durães.
- Que viu passar o Zeppelin.
- Que conheceu pessoalmente Zequinha de Abreu.
- Que foi ao lançamento de ...*E O Vento Levou*.
- Que adorava passear de bonde-camarão.
- Que ainda guarda um capacete da Revolução de 32.

Tomadas essas precauções, ninguém precisará a sua idade. E você poderá andar belo-belo por aí, bicho. Mora?

O BOM CARÁTER

Um pouco de fel às vezes ajuda

Ele gosta de alardear conhecimentos enciclopédicos mesmo durante uma viagem de elevador. Havendo ou não espaço, sempre tenta se mostrar um sabe-tudo. E, se surpreendido por uma pergunta inesperada, sabe fazer aquela cara esperta de quem não se embaraçou. Observei-o numa dessas situações quando certa pivetinha, pouco mais jovem que ele, lhe perguntou quem era ou fora um figurão chamado Harry Truman. Para ela, o ex-presidente americano era nome pré-histórico.

– Harry Truman... Você não sabe? Não?
– Por quê? É feio não saber?
– Claro que é. Anote, menina. Harry Truman é um escritor americano que escreveu em russo um conto famoso, *O capote*, passando daí a ser mais conhecido como Truman Capote, percebe?

Se lhe perguntassem quem foi o aiatolá Khomeini, diria: um exigente crítico literário que mandava até matar o autor de obras que lhe desagradassem.

Pode parecer exagero, caricatura, mas eu o ouvi, não entendo por qual associação de ideias, confundir Picasso com Bocage. Anedotas de Picasso, quadros de Bocage. O que um tem a ver com o outro? Ou tem?

Certo dia ele me procurou aflito e abriu-se todo. Era a primeira vez que o referido se vestia de humildade. Estava desempregado e sem ninguém que o auxiliasse. Nem família tinha, revelou. Aquela pinta toda, o tom de voz, a mania de exibir conhecimentos – usava para encobrir a vida dura que levava. Confessou também sua ignorância. Pensava que Umberto Eco fosse apelido de algum cantor de voz poderosa.

– Não, é um escritor...
– Agora eu sei. Escreveu *A insustentável leveza do ser.*
– Não, escreveu *O nome da rosa.*
– Tem certeza?
– Quer trabalhar num jornal? – socorri. – Tenho um amigo num deles. O que poderia fazer na imprensa?
– Creio que apenas servir café.

Apreciei a sinceridade. Humanizara-se. Mas era melancólico tratando-se de um rapaz que costumava brilhar nos bares dos Jardins, impressionando as teens que se sentassem à mesa.

Redigi um bilhete destinado ao amigo editor, apresentando o jovem necessitado. "Um moço castigado pela vida, mas que merece ter a sua vez neste mundo repleto de nulidades." Certamente nenhuma palavra sobre as limitações do meu apadrinhado.

Dias mais tarde o moço veio me procurar, sorrindo.
– Você tem cartaz no jornal. Estou empregado.
– Ótimo, mas leve o trabalho a sério mesmo começando por baixo...
– Não vou começar tão por baixo assim. Sou crítico.
– (*Num único arregalo.*) Crítico de quê?
– Por ser seu amigo, tive várias colunas à escolha: cinema, turfe, teatro, artes plásticas, economia, TV, palavras cruzadas, literatura...

Sorri ao ouvir a última.
– E qual escolheu?
– Adivinhe. Não, eu digo. Literatura.

– Por que não escolheu cinema? – escandalizei-me.
A resposta estava pronta:
– Muita gente entende de cinema. Filmes são assistidos por centenas de milhares de pessoas, percebe? Já literatura não. Pouco se lê no país. Além do mais, livros têm orelhas, que contam o que está no meio delas, percebe?
– Receio que você vá ficar apenas no oba-oba.
– Por isso vim lhe pedir que me ensine a encontrar defeitos. A colocar fel.
Fel. Quem não tem um pouco na despensa? Ele fez a mão mole e eu a conduzi com minha experiência. Em cada resenha sempre uma dose de fel. Não perdoava ninguém. Logo ficou temido e aplaudido.
Anos depois, ao publicar um livro, abri o jornal e... Desta vez a vítima era eu. Disse um palavrão com a sonoridade que o caso exigia e liguei rápido para a redação. Difícil localizá-lo. Estava importante. Atendeu-me apressado.
– Gostei do livro, colega, mas andavam dizendo que era você que punha veneno nas minhas críticas, que dava o tchã. Agora que o desanquei não dirão mais, percebe?
Mas não ficou muito tempo como crítico literário. Agora escreve sobre economia. Pagam melhor. Percebem?

CÃES DE APARTAMENTO

Há uma Gestapo agindo contra os bichinhos

Quem me conhece bem certamente conheceu Virgínia Ebonny Spots, que foi talvez a mais nobre e linda dálmata da cidade, descendente de campeões vitoriosos em inúmeras competições da raça. Posso ter uma ascendência modesta, meus avós eram imigrantes, mas minha cadela vinha de respeitável linhagem de cães britânicos, tendo seu avô conquistado importante medalha de ouro numa tarde inesquecível em que a própria rainha esteve presente.

Virgínia, nascida num canil do Jardim América, nunca competiu. Seu pedigree, porém, lhe dava ares de refinamento e fidalguia tão pronunciados que não seria exagero tratá-la de vossa excelência. Recebia minhas visitas urbanamente, gostava de pratos sofisticados, antes de dormir dava uma lambida de boa-noite nos presentes, e mesmo o gato do vizinho, sobre o muro, não despertava sua ira, mas simplesmente um silencioso e altivo desprezo.

Os vaivéns da sorte, o destino e seus lances provocaram uma mudança na minha vida e na de Virgínia, que viu trocada a cobertura por um apartamento modesto. Além do espaço limitado, que a obrigava a passar horas à janela, o último prazer de uma solteirona, teve de enfrentar a ameaça dos que não admitem a existência de cachorros em edifícios residenciais.

O meu amigo Cláudio Curimbaba, que também tinha uma cadela em seu apartamento, sua paixão, sofreu como poucos a pressão de um zelador chato. Queria que ele se livrasse do animal de qualquer maneira. Resultou numa ação judicial. Cláudio até chorou. Lágrimas que sugeriram ao seu advogado o temário da defesa: dependência afetiva. Não sei se o caso chegou a julgamento. O fato é que o dependente de um afeto e seu cocker spaniel viveram felizes até que a morte os separou.

A altiva Virgínia Ebonny Spots foi alvo dessa rasteira discriminação, mais comum no Terceiro Mundo. Aqui, onde a maior parte da população leva vida de cachorro, o amor aos cães é contraditoriamente muito menor e mais cercado de preconceitos. Qualquer latido fora de hora logo causa profunda irritação, e procura-se o zelador para que o regulamento seja obedecido. Parece haver uma Gestapo destinada a localizar cães em prédios de apartamentos. Argumentam que cachorros devem morar em casas onde não incomodam os vizinhos, zelar pela segurança dos donos ou trabalhar na Polícia Militar. Robôs da defesa do patrimônio. Se alguém lembrar que as crianças desenvolvem seus sentimentos e até seu físico brincando com os cachorros, rebatem dizendo que quase todo videogame tem cães na lista de personagens.

Virgínia, idosa, morreu antes que crescesse a implicância do edifício. Mas havia lá dramas iguais. Algum tempo depois bateram à minha porta. Era um vizinho do andar, seu Barcelos, que tinha uma pergunta aflita a fazer:

– O senhor tem ouvido latidos?

– Parece que ouvi de madrugada.

– É Janete. Minha poodle. Vive escondida no apartamento. Eu e minha mulher não vivemos sem Janete. Por favor, não apresente queixa.

– Pode ficar tranquilo. Adoro cães.

– Acha que os latidos foram ouvidos noutros apartamentos?

Os latidos de Janete eram bem agudos, desses que acordam na madrugada até os que têm sono de pedra. Aconteceu o que o apavorado vizinho temia. Ouviram os latidos. O síndico me deteve à porta:
– Parece que tem cachorro no seu andar.
Desandei a rir, criando enigma e suspense.
– É no 26.
– Tem cachorro lá?
– Cachorro? – repeti, ainda rindo. – Não, absolutamente. Também pensei que tivesse. Fui enganado.
– Mas ouvi perfeitamente latidos nas últimas noites...
– Perfeitamente, sim. Seu Barcelos é um grande imitador de sons produzidos por animais. Cachorro até que não é sua melhor imitação. Nunca o ouviu imitar corvo e arara?
O síndico abriu um sorriso de relaxo.
– Arara? Duvido que imite melhor que eu. Vamos subir para o 26. Quero ver quem é melhor nisso.

O CLUBE DOS EX

Eles foram, já não são, e viraram uns chatos

Ao deixar de fumar, o que fiz recentemente, depois de meio século de tabagismo, meu maior receio foi o de ser rotulado de ex-fumante, ingressando numa confraria, clube ou legião a que me desagrada pertencer. O ex-fumante, que muitas vezes tem na vitória sobre o vício sua única qualidade curricular, a solitária prova de que é capaz de alguma coisa, está sempre desfilando numa eterna passeata contra o fumo. Mas não se restringe à mera pregação, vive bolando ideias até cruéis para limitar cada vez mais o espaço dos fumantes. Sente prazer mórbido em persegui-los e cercá-los. Espécie de videogame maluco. Se pudesse influir, o cigarro seria proibido nos corredores, escadarias, praças, esquinas, galerias e... telhados. Há antenistas que fumam. Multaria, sim, multaria, com apito e tudo quem fosse apanhado fumando a menos de um quilômetro de hospitais, colégios, igrejas, mercados e armazéns. Se nunca teve um ideal na vida, o tem agora: eliminar o fumante como um verdadeiro cruzado pronto a debelar até pelas armas o vício diabólico.

Sei de um que impôs à noiva, minha amiga:
– Largue de fumar ou não há casamento.
– E o que você fez, Arlete?

– Com esses tempos bicudos? Pior seria deixar de comer. Estou casadinha.
– E não fumou mais?
– No banheiro. É mais gostoso.

Esses ex, que durante anos ou décadas conviveram com bias, cinzas e fumaça, amigos inseparáveis de isqueiros, piteiras e cinzeiros de repente ficam com suas mucosas supersensíveis. Qualquer fumacinha distante, fogueira de tribo comanche, provoca-lhes logo tosse, engasgos, espirros, lágrimas e demais sintomas alérgicos que não sentiam quando fumavam. Basta alguém acender um cigarro para apresentarem sinais de intoxicação. A simples visão de um fumante, mesmo que este esteja dormindo, desperta-lhes um nojo colérico.

O ex-fumante só compete em radicalismo com outra espécie hoje muito em moda e autoproclamada, o ex-comunista. Este é no geral dado a fazer depoimentos em locais que variam de um elevador ao palco iluminado de convenções, eventos públicos e debates. Lembram os novos convertidos do Exército da Salvação:

– Eu bebia...

Ele sabe que essa confissão já não dá cadeia, é mole, e conta ponto nos itens relativos à sinceridade, vivência e capacidade de reciclagem. Além do mais, dizer-se ex-marxista dá hoje certo charme cultural e prova principalmente que o referido já leu alguma coisa, o que a simples opção democrática não garante.

– Quando eu pertencia ao Partido Comunista...

Mentira! Muitas vezes, justamente esse que fala, até com certo toque nostálgico, nunca pertenceu ao Partidão. Nos anos de repressão esteve sempre na sua, alerta e cauteloso, evitando atitudes e adesões comprometedoras. Se via circular um abaixo-assinado visando à libertação de algum suposto subversivo ou qualquer coisa em oposição à Redentora, evaporava. Em certos livros, epa, nem tocava os dedos. Sabia que muita gente boa ia em cana apenas por citá-los num papo informal. Chegou a abandonar uma namorada só porque ela gostava de vestir-se de vermelho e rompeu com um amigo do peito porque seu nome era Lenine. Agora, águas passadas, até fatura simpatias em todas as áreas por afirmar ter-se preocupado com política, e a todo risco, quando outros jovens da época se voltavam exclusivamente ao sexo, drogas e rock-and-roll.

– Hoje estou vacinado contra essas ideias.

Tendo sido ou não membro de carteirinha do Partidão, é aí precisamente o ponto a que esse ex quer chegar: à exibição de seu atestado de vacina.

A quem interessar possa ele está limpo, cuca legal, democratizado, não representa perigo ideológico nenhum. Relaxem, patrões, tudo não passou de loucuras da mocidade, amadureceu; hoje é da livre iniciativa.

Mas há um ex que eu seria de bom grado. Ex-pobre. Por mais chatos que os ex-pobres sejam...

GNOMOS NA GAVETA

Não acredito neles. E daí?

Tive um parente que sempre contava ter visto um gnomo ciclista passar por ele, rente ao chão, segurando o guidom da bicicleta com a mão esquerda, enquanto com a direita lhe fez um dilatado gesto obsceno. Cafajestinho! Ouvi-o contar isso dezenas de vezes a partir de uma época em que os gnomos não estavam na moda. Convivência mais longa com esses seres diminutos teve meu amigo Egydio, que me assegurou haver enclausurado um deles na gaveta de sua escrivaninha.

– Com o canto dos olhos, eu o vi espiar a gaveta, alguns centímetros aberta. Não satisfeito, resolveu entrar. Pum! Fechei-a com uma cotovelada.

– Ainda está lá dentro?

– Está. Com um conta-gotas, tenho pingado água na gaveta para ele não passar sede. E jogo farelos de biscoito para alimentá-lo.

– Vocês conversam?

– Não, porque pelo traje ele é tirolês ou austríaco. Além do mais, os gnomos só se comunicam com os humanos telepaticamente.

– O que pretende agora?

– Tentarei com linha transferi-lo para uma garrafa. Como se faz com miniaturas de navios. Com um gnomo engarrafado, espero ganhar uma fortuna. Duvida?

Mas o gnomo escapou graças a uma empregada que abriu a gaveta, embora advertida para mantê-la fechada. Eles, espertos, sabem influir nas pessoas, enviar certas ordens.

Essa intenção de ganhar dinheiro com o esotérico, incluindo ou não gnomos, fadas ou duendes, faturar no astral, no invisível, tornou-se ideia fixa para minha mulher. Estávamos numa pior e tínhamos de sair do buraco.

– Por que não escreve um livro do tipo Shirley MacLaine? – ela sugeriu. – O povo não está suportando mais essa realidade poluída. Sufoca, pesa, cheira mal. O que se quer é embarcar na fantasia, comunicar-se com extraterrenos e seres lendários. Entende?

Argumentei que nasci materialista e com o tempo fui ficando mais ainda. Nunca transei o esotérico. O mundo para mim é justamente esse que está aí, grosseiro, fedido, perigoso.

– Os gnomos não existem! – garanti, bradando. – Tudo não passa de mais um jeitinho de ganhar dinheiro. Nada do que se diz sobre eles tem o menor fundamento. É piração.

A cara-metade estranhou a veemência.

– Você pode provar?

– Provar o quê?

– Provar que os gnomos não existem? Se puder, pondo tudo num livro, bem explicadinho, ótimo. Escrever contra eles e as ondinas, salamandras e silfos talvez também dê dinheiro. Nosso problema é financeiro, não importa se contra ou a favor.

Fazia sentido. Retirei-me para pensar. Minutos depois já tinha o título da obra: *Não acredito em gnomos. E daí?* Ela aprovou o tom agressivo do título. Desafiador. Consultei um editor, que me deu o sinal verde.

– Vá em frente. O polêmico sempre vende bem.

Antes de começar a escrever, teria de ler tudo sobre a matéria. E não só em português. Minha consorte se dispôs a me auxiliar. Depois da leitura geral, registramos as observações em dezenas de fichas. Uma boa organização ajuda. Dividi o livro em partes. Cada uma com dez capítulos. Mostrei a planificação ao editor. Animado, decidiu me dar um adiantamento. Voltei radiante, exibindo o cheque.

– Acabe com eles – disse-me minha mulher.
– Com quem?
– Com os gnomos. Arrase.

Fui à máquina de escrever e bati num meio de página: *Não acredito em gnomos. E daí?*
Estou com o livro todo nas pontas dos dedos. É só escrever uma frase e sai tudo como pisar num tubo de pasta de dente. Mas não está dando. Não está mesmo. Ele dificulta, impede. Olha para mim gozador e com a mão direita faz gestos obscenos. Quem? O maldito homenzinho de cinco centímetros, dando voltas de bicicleta ao redor de minha máquina de escrever. Quer me enlouquecer.
Uso o aspirador?

CUIDADO: É AGOSTO

Nem sempre o Dia dos Pais traz boas surpresas

Os romanos tinham em março o seu mês de azar. Cuidado, César, com os idos de março. Júlio não deu ouvidos, foi belo-belo ao Senado e aconteceu aquilo que todos nós vimos no cinema.
Um pouco de cultura não faz mal a ninguém, não? Nós aqui temos um mês negro, marcado, este agosto, antigamente chamado mês de cachorro louco. Tive um tio que não saía de casa em agosto tanto era o receio de que um cão raivoso o atacasse. E, se tivesse mesmo de sair, usava polainas e levava bengala. Foi preso. Sim, preso por atacar um inofensivo pequinês que circulava. Em casa, agosto passou a ser chamado mês de tio louco.
    Em minha infância, lembro que, induzido apenas pela rima, herança do parnasianismo, o povo dizia: "Agosto, mês de desgosto". As mães, prudentes, advertiam os filhos de que tivessem cuidado com tombos e atropelamentos. Talvez esse rifão ou mote, "Agosto, mês de desgosto", nem fosse brasileiro, mas português, como outros tantos ditos que atravessaram mares e gerações. De onde pensam vocês que vieram os palavrões?
    A política brasileira está marcada pela síndrome agostiniana. Em agosto de 1954 o país todo parou varado pela

mesma bala disparada pelo presidente que se suicidava. A morte de Vargas parecia lançar a nação em pleno caos. Mesmo os que combatiam o presidente ficaram apavorados. Um agosto acachapante.

Seis anos depois, outro agosto de inquietar: o da discutida renúncia do presidente Jânio Quadros, também precedida pela sensação de fim de mundo. Enquanto o já ex-presidente aguardava alguma reação popular no navio *Uruguay Star* que não vinha, o vice João Goulart esperava ansiosamente no Uruguai sinal verde para entrar no Brasil e assumir a Presidência. Surgiu, então, uma piada genial, maravilhosa, em forma de trocadilho, que operou o milagre de, pelo riso, abrandar as tensões de agosto: é preferível estar no Uruguai a no *Uruguay Star*.

Se os romanos tivessem o espírito brasileiro, com uma simples gozação salvariam César dos punhais, desmoralizando os agourentos idos de março. Quem perderia com isso, uns quinze séculos depois, seria Shakespeare, que não teria levado o drama histórico ao palco, e também os fabulosos cineastas americanos que tanto faturaram com a sangria.

Outro dia, um amigo, o Lobo, disse-me preocupado:
— Agosto vem aí.
O que queria dizer?
— Acha que vem algum terremoto de Brasília?
— Nada disso. Antes fosse só isso. Explico: em agosto, é o Dia dos Pais, o esperado Dia do Papai. Estou assustado.
Não entendi.
— Que susto pode dar uma data tão bonita?
— Você tem filhos?
— Não, mas mesmo assim curto o Dia dos Pais. Lembro-me de quando dei ao meu uma cadeira. A famosa cadeira do papai, a primeira grande promoção comercial que se fez nessa data. Foi emocionante ver meu velho sentadinho confortavelmente.

O Lobo não se comoveu nem um pouco.

— Acontece que tenho três filhos.
— Ótimo, receberá três presentes.
Era o que irritava o Lobo.
— Disse ótimo? Um deles quer me dar um microcomputador.
— Sempre achei que devia aderir à informática, Lobo.
— O segundo vai me dar uma prancha de surfe.
— E que mal há nisso? Você está precisando de praia e sol. A vida não é só trabalho.
E num tom ainda mais dramático o dito Lobo concluiu:
— E o terceiro está falando num jet ski.
— Invejo-o. Gostaria de ganhar um jet ski. Seus filhos são anjos!
Ele não se conteve e berrou o mais alto que pôde:
— Mas sabe quem vai pagar tudo isso, sabe? Eu, ouviu? Eu. E os presentes são para eles mesmos porque sabem que não tenho tempo para aprender informática, detesto surfe e tenho pavor de jet ski.
Desnaturado. Um pai desses não merecia receber presentes no Dia dos Pais.

O ROMANTISMO ESTÁ VOLTANDO

Há algumas evidências: a dança de rosto colado e os bolos de noiva

Ora, direis, ouvir estrelas? Certa vez em que se falava de poetas e de vida particular, perguntei a Oswald de Andrade como Olavo Bilac era na intimidade. "Bilaquiano", respondeu prontamente o furacão do modernismo, que provavelmente nem conhecera Bilac de perto. Mesmo nos seus últimos dias, Oswald não perdia oportunidade de ridicularizar os poetas parnasianos e todas as manifestações mais adocicadas da poesia. Apesar dessa postura autopromocional, debochada, foi o maior romântico que conheci a olho nu, um homem de desataviadas paixões.

Disse-me, como quem conta um segredo, que amar, para ele, era tão importante que jamais faltara a um encontro amoroso para trabalhar num romance ou ouvir uma conferência. E no caso de se tratar de uma reunião política?, eu quis saber, lembrando a importância que o socialismo tivera numa fase heroica de sua existência. Uma dúzia de barbudos propondo salvar o país a altos brados é qualquer coisa de intolerável.

Andam dizendo agora que o velho romantismo está de volta, o que é uma grande esperança para todos nós. Mas é estranho, estranhável, estranhíssimo. Tudo vai mal, tudo. Do trânsito caótico aos preços nos supermercados. Há o desemprego, o retorno de certas endemias, agrava-se a crise da habitação, milhões de menores vagam sem lar, rolam pedras mortais em todos os morros, há até hotéis para sequestrados, spa, talvez, balas perdidas assassinam pessoas que dormem em seus apartamentos. Há corrupção ativa e passiva. No entanto estão dizendo que o ultrajado e ultrapassado romantismo, quadrado, tanto o rimado de Bilac quanto o vivido de Oswald, está de volta. Batendo à porta do século XXI.

Muitos, porém, desacreditam, argumentando que existe violência demais em toda parte, na praça da Sé e no Líbano, na Candelária e na Bósnia. Esses, nascidos ontem, ignoram que nos anos de guerra, de 1939 a 1945, quando 50 milhões de pessoas foram mortas no mundo, o século viveu seu período de romantismo mais róseo e contagioso. Para contrabalançar os horrores da guerra, o amor.

A música que se fazia era slow, sweet; coloquial ou dançável servia de pano de fundo para namorados juntamente com uma redondíssima lua de papel. Vozes aveludadas e fofas de Bing Crosby, Sinatra, Sablon, Orlando Silva. Nada de alucinadinhos infernizando os ouvidos.

Os filmes da guerra não exibiam monstros e os Stallones de então eram mais namorados e sofisticados. E no geral também sabiam dançar. Havia os gângsteres, sim, mas costumavam vestir smoking, choravam com o *Sole Mio* e tinham cada loura...

A literatura fixava aqueles anos de perigo usando a tinta do romantismo. A ameaça do nazismo, o fim de todas as liberdades, estimulava a criação de milhões de histórias sempre tendo o amor na vizinhança da morte. Histórias de desencontros sob o bombardeio de cidades ou a partida de batalhões. Grandes paixões que sobreviviam à destruição de nações. Atração entre inimigos, o alemão e a francesa. Sobre a sonoplastia das batalhas o amor revitalizava-se. Quanto à poesia, mesmo modernizada na forma, refletia o romantismo emergente. Vinicius, Bandeira, Drummond. O alvo eram os sentidos. Até Oswaldo, piadista, escreveu um belo poema à sua Maria Antonieta d'Alkimim.

    Isto posto não é impossível o retorno do romantismo ainda neste século. Há algumas evidências assinalando mudanças. Aumentou inexplicavelmente em todo o globo o número de casamentos. Tem-se notado maior quantidade de pinguins sobre geladeiras. Um novo tipo de radar localizou algumas virgens maiores de dezoito anos em diversos países. As doceiras andam felizes com os pedidos de bolos de noiva. O rock-and-roll, sintomático do fim do romantismo, já não comparece com frequência às paradas de sucesso. A poesia concreta esfacelou-se antes de se concretizar. O soneto, porém, está de volta. Quem diria! E também a coladinha. A saudosa coladinha que casava tão bem com Glenn Miller e Artie Shaw. Refiro-me à dança de rosto colado, pele sobre pele, respiração sincopada, quando as orquestras, mesmo com o salão lotado, tocavam só para dois.

CELEBRIDADES INSTANTÂNEAS

Talk-shows servem até para vender espanador giratório a pilha

Hoje em dia quem aparece num talk-show dá uma pisada no hall da fama. Sai da sombra do anonimato. É como se o próprio Deus acendesse um spotlight. Aproveite, chegou a sua vez de brilhar! Houve época em que nem escrevendo *Os sertões* se alcançava de pronto a celebridade. Carlos Drummond de Andrade, pouco chegado à autopromoção, apenas se tornou conhecido – não lido – pelo público já nos finais oitenta anos. Lima Barreto, o romancista de *Clara dos Anjos*, só passou a ser mencionado com maior frequência para eliminar a confusão que se fazia entre seu nome e o do cineasta Lima Barreto. Van Gogh, mesmo decepando a orelha para presentear uma namoradinha, ato romântico e original, permaneceu na obscuridade até o fim da vida e sem vender um único quadro.
As portas do sucesso atualmente são mais acessíveis. Podem ser transpostas em minutos. Chamam-se talk-shows ou em linguagem bárbara, programas de entrevistas na televisão. Segundo acabo de ler, chegam a vinte, em quase todas as emissoras, diariamente e nos mais diversos horários. É um gênero de espetáculo de baixo custo porque os entrevistados, doidos para aparecer no vídeo, naturalmente não cobram nada. Pelo contrário, muitos até pagariam.

Quem tem necessidade urgente de se promover, lançar produtos ou aparecer na telinha para provar que ainda não morreu – estou vivo e atuante, gente! – visita infalivelmente todos os programas do naipe. Nada mais eficiente para ser reconhecido na rua e em toda parte. Gente que nunca viu o entrevistado o cumprimenta com um largo olá. Os mais ousados arriscam: "O senhor estava ótimo ontem no *Jô*". Eu também tenho talento, preciso apenas de uma oportunidade para me destacar. É o sonho de muitos. E onde aparecer, para milhões e ao mesmo tempo, senão na televisão? Figurar nos talk-shows é o único jeito de ficar conhecido instantaneamente e poder vender o seu peixe. Foi o que declarou o dono de um restaurante de frutos do mar...

Para os desconhecidos, conseguir ser programado num talk depende de relacionamento e boa dose de paciência. Uns esperam meses. Para os já conhecidos. mais preocupados em manter certa popularidade, é até relativamente fácil. O difícil é fazer cara convincente de que está no programa de seu querido entrevistador, preferido entre todos. E morrendo de saudade. Este, por seu turno, tem de fazer a cara certa de que se trata de uma entrevista exclusiva, única, fingindo ignorar que o convidado já compareceu no mínimo a três emissoras na mesma semana. Ontem mesmo esteve no programa do seu concorrente, aquele fofoqueiro, aquele vaidosão, aquele...

Quando o entrevistado, mesmo ignorado pela mídia, cai no agrado do auditório, o referido peixe está vendido. Lembro o espevitado autor de um espanador giratório a pilha, de duvidosa utilidade. O público adorou à primeira vista o curioso inventor: foi no seu papo solto, riu o quanto pôde. E aplaudiu frenético. Soube-se que vendeu milhares de espanadores giratórios, encalhados há anos.

Uma entrevista bem-sucedida resolve. O homem que promovia o reconstituinte leite de jacaré foi até bisado. Há também os que não querem vender nada, interessados somente na divulgação da imagem, na satisfação do ego. O conceito de muita gente dá saltos andinos após um cara a cara com Marília Gabriela ou um tapa no microfone do Jô.

Torno a lembrar Van Gogh, em vida o mais joão-ninguém dos gênios, o durango e biruta que pintava telas que hoje valem dezenas de milhões de dólares. Theo, o mano e protetor, após a dramática amputação, para salvar Vincent certamente recorreria aos programas de entrevistas, a última chance de sucesso artístico e equilíbrio mental.

Antes de exibir seus girassóis, talvez perguntassem ao pintor:

– Não querendo interromper e já interrompendo, o que você fez com a sua orelha?

Ou aprovassem:

– Sem orelha você fica uma gracinha, Van.

Ou se arrepiassem a ponto de não fazer a entrevista:

– Nossas estrelas comerciais entram agora e depois a gente volta.

O VIOLINISTA MORA AO LADO

Quando a arte se transforma em instrumento de tortura

A melhor coisa que não fiz na juventude foi versos. Parei no terceiro poema sob o aplauso geral das musas. Ainda hoje me orgulho dos maus versos que não fiz. Mas tem gente que não desconfia. Mesmo sem a menor vocação para isso ou aquilo, insiste. Conheci um violinista. Morávamos na mesma casa de cômodos. Eu estava solitário no quarto quando ele bateu à porta. Um homem alto de cabelos brancos com um esparadrapo na testa. Nunca havíamos sido apresentados. Trazia o violino debaixo do braço.

– Tenho notado que você é um rapaz muito sensível – foi dizendo ele, terno. – Gosta de música cigana?

– Cigana? – nem lembrava. – Adoro.

– São minhas prediletas. Conheço centenas.

E sacou logo a primeira. Tive imediatamente a impressão de ouvir os vagidos de um recém-nascido, em agonia, enforcado no cordão umbilical ou o choro de mil felinos órfãos perdidos na floresta. O som que ele arrancava do instrumento, arrancava, repito, era agudo e comprido, como as propriedades do puxa-puxa, lembram?, aquele doce elástico e grudento. E enquanto feria os tímpanos, sob ameaça de rompimento, provocava no estômago enjoo incontrolável, perto do vômito. Mas fora honesto: de fato conhecia centenas de canções gitanas.

Deitei na cama, a melhor posição para suportar o ataque. O sofrimento não aliviou muito. Continuava detestando aquele concerto que fazia nascer em mim um inédito sentimento racista: ódio aos ciganos. Trapaceiros, velhacos, ladrões de cavalos. Perdoem-me.

Enquanto ouvia, pensava na minha existência infeliz. Jovem, cheio de sonhos, mas subempregado, sem amores, sem amigos, morando numa mísera cabeça de porco, tinha ainda de aguentar aquele maldito e imprevisto violinista numa linda noite estrelada. Ele, porém, acertara numa coisa: eu era um rapaz sensível. Não pude conter uma lágrima sofrida.

O Paganini surpreendeu-a:

— Isso, era isso que eu esperava! – bradou. – Uma lágrima! Para mim é o maior elogio!

Essa cena dilacerante repetiu-se mais duas vezes naquela semana. Lembro-me de ter parado por uns instantes no viaduto do Chá, onde, naqueles anos, era moda e quase um luxo suicidar-se. Menos dramaticamente precisei arranjar dinheiro emprestado para mudar às pressas da pensão e escapar do virtuose. A outra era muito mais cara.

Outro caso de vocação malsucedida me faria sofrer muitos anos mais tarde. Já tinha livros publicados e não morava mais em pensões quando uma moça se aproximou de mim com jeito de flerte. Era bonita, estava bem-vestida e tinha automóvel. Pareceu-me conquista fácil.

— Vamos ao meu carro? – convidou.

Entramos, eu feliz.

— Belo carro! – exclamei.

— Não é o que eu queria lhe mostrar – disse ela. – Você é escritor, não?

— Escrevi alguns livrecos.

— Gostaria que desse sua opinião sobre um romance meu.

— Pois não – respondi em cima. – Está em seu apartamento? Vamos até lá. Tenho tempo de sobra.

– Ótimo. Mas não é necessário ir até lá. Ele está aqui – disse, já retirando com dificuldades um calhamaço do porta-luvas.

E leu. O livro todo. Três horas de chatice total, puro blá-blá-blá, no calor do carro parado. Tortura chinesa.

– Delicioso, não? E não acho uma editora que se interesse... Passei por essa provação como um castigo pelas minhas más intenções.

Esse fato e o anterior já haviam virado folclore quando outro dia, próximo à minha residência, alguém me segurou pelo braço.

– Lembra-se de mim?

O violinista zíngaro de vinte anos atrás.

– Evidentemente...

– Já o tinha visto. Somos vizinhos. O que me diz de visitá-lo amanhã com o violino?

TÁXI! TÁXI!

Motoristas doidos. Ou doidos passageiros?

Leve-me à rua Cardoso de Almeida.
– Que caminho o senhor prefere? – perguntou o motorista.
Gentileza para encobrir que não sabia onde era a principal rua das Perdizes. Passageiro brevetado, com 20.000 horas de taximetragem, sei tudo sobre taxistas. Sou do tempo em que táxi era chamado de carro de aluguel. Ou carro de praça. Vai chover, alugue um carro. O de passeio era automóvel, que a colônia italiana chamava de máquina. Os Prado tinham automóvel. Matarazzo tinha máquina.
– Que tal irmos pela Doutor Arnaldo? – sugeri.
O primeiro ponto de carros de aluguel de São Paulo teria pertencido ao Molinaro, ex-cocheiro, cabo eleitoral mafioso e amigo do peito de governadores. Major da Guarda Nacional, ele adquiriu dois pasquins políticos, graças à habilidade com que comandava na Luz e no Bom Retiro eleições a bico de pena, nas quais até defuntos e recém-nascidos votavam. Seguido, temido e odiado, assassinaram-no em 1928.
Taxista nos tempos do Molinaro era chofer. Chofer pare. Tem troco de 10.000 réis, chofer? A grafia ainda mantida em francês, *chauffeur*, garantia à classe respeitável status profissional. Mas não se pegava carro de aluguel a torto e a direito. Grande parte das famílias apenas chamava em duas

circunstâncias: casamento e falecimento. Lembro-me do falecimento de minha avó. Tanta gente chorando e eu, aos seis anos, todo feliz num carro de aluguel, como certo personagem bem paulistano de Antonio de Alcântara Machado.
– Como é, o senhor já escolheu seu candidato? – perguntou-me jeitosamente o motorista.

Esse aliciamento, corpo a corpo, nascido nos coches do Molinaro, foi agressivo quando o candidato para isto ou aquilo era Adhemar de Barros. Naquelas ocasiões, de guerra eleitoral, a prudência recomendava responder:
– Votarei no doutor Adhemar.
– Em quem? – espantou-se o motorista.
– Pegue a Dom José Gaspar – disfarcei, voltando à atualidade.
A época mais triste para os motoristas foi a do gasogênio. Alguém recorda? Durante a guerra, sem gasolina, os poucos carros rodavam movidos a gás, armazenado num comprido tubo preto de alumínio. Em matéria de decoração e poluição, um primor. A maioria dos pobres motoristas, sem gasolina nem gasogênio, abandonou a profissão.

Quando escrever minhas memórias, dedicarei todo um capítulo aos motoristas – manias, recalques e perfis. Pelo menos três, eu cheio de problemas, tentaram me converter a estranhas crenças orientais. Um, conhecedor de esperanto, me levou ao Jabaquara cantando no idioma *A Baixa do Sapateiro* e obrigando-me a acompanhá-lo palavra a palavra. Outro, motorista soturno, ao brecar o carro, voltou-se para trás, com uma faca, anunciando:
– Chegou sua vez, capitão Simon. Reze e morra.

Não rezei. Escapei, berrando. Logo desarmaram o homem, que espumava sedento de vingança. O capitão Simon, eu, o torturara demais na Legião Estrangeira. Esbravejando, exibiu documentos. Parece que, moço, estivera mesmo na Legião, por infelicidade sob comando do maldito Simon. Com o dedo em riste acusava-me de coisas horríveis, numa mistura de francês e português. Ao me afastar, ouvi:

– Deviam ter deixado ele matar aquele cara. Um monstro. Lembram do Pavão, o astrólogo? Assim que a gente entrava no táxi, perguntava o signo e ficava fazendo previsões. E aquele, todo equipado, que ligava um televisor, servia bebida gelada e, se o passageiro fosse ao cinema ou teatro, desenrolava um tapete vermelho até a bilheteria? Amarguei esse vexame, certa vez, tendo de ouvir de alguém na fila:
– O país como está e esse querendo bancar o marajá!
Fiz sinal ao motorista para enrolar aquilo depressa. Ele enrolou e informou:
– Mais 50% pelo uso do tapete.
Comecei a rir. Quando dei por mim já estava no Sumaré.
– O senhor passou da Cardoso de Almeida.
– Perdoa-me. Estava pensando na quantidade de passageiros doidos que sobem no meu carro.
Parei de rir.

A DEUSA DAS MATINÊS

Na tela, o tempo não passa. Mas na plateia...

Conheço aquela senhora, a gorducha! A de cabelos esbranquiçados! Mas de onde, de onde? Surpresa! Ela também me reconheceu, e um tanto assanhada, apesar da idade, aproximou-se e testou minha memória dizendo seu nome. Meu Deus! A deusa das matinês! A musa inatingível de minha juventude! Ninguém do grupo se atrevia a chegar perto dela! A iluminação, diziam feérica, da fachada dos cinemas e o escurinho interior, contrastantes, eram a casca e o miolo dos mais belos sonhos que acalentaram o século XX. Mesmo o preto e branco dos filmes antigos empolgava mais, tinha mais vida e romantismo que o banal dia a dia vivido em cores. Não sou do tempo do cinema mudo. Mas, viciado nos caramelos Fruna, colecionava figurinhas dos astros de Hollywood. Sou do tempo das matinês, dos seriados, dos baleiros. Exibiam-se dois filmes, além do seriado. Os intervalos, longos, cooperavam com os que desejavam arranjar namorada, e mesmo nos balcões e gerais, baratinhos, paletó e gravata eram obrigatórios. O importante, porém, é que Jean Harlow, Rita Hayworth, Ava Gardner e Marilyn Monroe ainda restavam vivas e jovens.

As salas de projeção eram imensas. O Babilônia e o Universo, no Brás, tinham mais de 2 mil lugares. Tamanho era documento, valia como atração. Apenas um, o Odeon, na rua da Consolação, contava com duas salas, ambas grandes, a Vermelha e a Azul. Embora tão espaçosas, lotavam abarrotadamente nas matinês dominicais. É que nelas se concentravam todas as moças casadouras do distrito, envergando seus melhores vestidos e cheirando a pó de arroz Lady. A aludida deusa exercia o seu culto no Cine Santa Cecília, conhecido pela mais concorrida vesperal da cidade.

Durante a Segunda Guerra começaram a surgir cinemas luxuosos e confortáveis, nível antes só ostentado pelo Metro e Art-Palácio. A grande novidade em matéria de sofisticação coube ao Ipiranga, que surpreendia os espectadores com a elevação de uma plataforma onde um pianista vestido a rigor apresentava números musicais em elegante piano de cauda. O Marrocos, no clima do filme *Casablanca*, decorado com arabescos, era o único cinema em São Paulo com bar interior, onde o Rick do Café Américain poderia aparecer. Foi um período de tapetes caros, rutilantes cinzeiros de metal e de poltronas fofas e ajustáveis.

Já nos anos 50, as coisas começaram a mudar no mundo cinematográfico. Para atrair público, roubado pela televisão, bolaram a tela panorâmica, lançada com o filme *Lili*, o complicado cinerama, o cinemascope com o bíblico *O Manto Sagrado* e depois o 3D, cinema em terceira dimensão, que exigia óculos especiais. Garantiam que o 3D viera para ficar. Não ficou. Depois de provocar milhões de dores de cabeça e vender muita aspirina, desapareceu. A última novidade foi o retorno de uma das mais antigas mágicas do cinema: o colorido. Já nos anos 30 havia o technicolor, limitado aos musicais. Existia um forte preconceito contra a cor, supostamente um recurso para valorizar abacaxis. Subitamente, no início dos anos 60, todos os filmes ficaram coloridos, em oposição ao preto e branco da TV. Mas a cor, também na televisão, já estava a caminho.

Apesar do encanto dessas reminiscências, acho muito mais cômodo hoje a reunião de salas no mesmo edifício, e mais cômodo ainda locar vídeos para assistir em casa, alguns com pizza, o que pode tornar gostosa uma péssima escolha. Woody Allen com *Alice* foi minha última pedida.

Em sua coletânea *Memórias de Hollywood*, de 1988, Julieta de Godoy Ladeira reuniu quarenta depoimentos de escritores brasileiros que de uma forma ou outra, muito ou pouco, sofreram influência do cinema. Escrevi nesse livro um conto sobre a luminosa deusa, aqui lembrada. Para dezenas ou centenas de rapazes, ela era como as estrelas da tela. Com a diferença que aquelas permanecem jovens nos filmes em reprise. Derrotaram o tempo. A senhora gorducha, de movimentos lentos, não derrotou.

– Então, lembra de mim? Fiquei viúva, sabia? Que tal se tomasse um chope lá no Brahma? – sugeriu, marota.

O que pensaria quem me visse com a velha senhora tomando chope à tarde? Ela tão acesa...

– Lamento, fica para outra ocasião – disse à ex-deusa, me pondo em movimento apressadamente.

A ERA DO RÁDIO

Quando os diretores eram verdadeiros irmãos

O rádio é minha paixão. Lembro quando meu pai chegou da rua trazendo uma caixa de baquelite.
– Isto é um rádio de galena – explicou, ligando um plugue a uma tomada. Até aí, nada, mas ele colocou um par de fones nos meus ouvidos.
Meu Deus, estava tocando música! Justamente a que todos cantavam: *Taí*. Depois, uma bela voz masculina anunciou: "Rádio Educadora Paulista, a pioneira".
Após o rádio de galena veio o de alto-falante e junto dele um novo profissional: o vendedor de rádio. Profissão sob medida para quem jamais tivera outra. Emissário do progresso de casa em casa oferecendo produto. Se uma família mostrasse interesse, podia ficar com ele a título experimental. Muitas vezes o vendedor abandonava o emprego ou simplesmente se esquecia de ir buscar o rádio na casa do provável comprador. Um permaneceu esquecido em minha casa durante dois anos. E nós esquecemos de avisar a loja.
– Você tem rádio em casa?
– Tenho, de experiência.
A vírgula, assim posta, explicava que a pessoa não estava em condições de comprar um rádio, mesmo em doze prestações, mas renovava constantemente o período expe-

rimental. Festa de pobre, naqueles idos, fazia-se com esses rádios. No clássico formato de igrejinha. Às vezes, o vendedor aparecia, sem ser convidado.

Na periferia, alguns colocavam o rádio ligado sobre o peitoril da janela da rua, dava status. Ladrões assaltavam casas só para roubar o aparelho. O consertador de rádio, um mago. Moço que tinha rádio ganhava a chance de casar com a beldade do quarteirão. E pululavam escolas de locutores. Ser speaker era a ambição máxima dos jovens desde que César Ladeira, da Record, se celebrizara lendo crônicas durante a Revolução de 32. Mas entrar para o rádio era difícil, devido, afirmavam, ao nepotismo. Havia muitos irmãos e sobrinhos dos que mandavam.

Em 1949, o jornal em que eu colaborava comprou a Rádio Excelsior. O diretor de redação do jornal foi comandar a emissora. Eu, que nunca vira um microfone, passei a integrar uma equipe de redatores. Escrevia de tudo. Fiz até novelas. A escalação obedecia rigorosamente às tendências vocais e interpretativas dos artistas contratados.

– Aquele é o galã frívolo – explicou o diretor do radioteatro. – Simpático, mas não casa com a mocinha. Não confundir com vilão, um perverso.

O vilão ganhava mais do que o frívolo porque às vezes fazia o sucesso das óperas de sabão – apelido das novelas nos States. Quanto ao galã, não precisava ser bonito nem jovem, o importante era a voz redonda ou de veludo. Um, lembro, pesava cem quilos espremidos em metro e meio de altura. Outro era calvo e narigudo. Esses nunca apareciam em auditórios nem se deixavam fotografar, o que multiplicava o carisma. A televisão, impiedosa, acabou com a carreira de muitos galãs famosos, de nomes românticos, que recebiam milhares de cartas enviadas por mulheres perdidamente apaixonadas.

Diziam que a televisão liquidaria o próprio rádio. Por que isso não aconteceu? Vamos por partes, como aconselhava Jack, o Estripador. A técnica veio em socorro, inventando o transistor, sem válvulas. O incômodo móvel, já a pilha, se tornou portátil. Antes, o rádio reunia a família. Hoje, cada um tem o seu e pode sair a passeio com ele. Resultado: no início dos anos 50 São Paulo tinha onze estações, hoje são 52, entre AM e FM. A simplificação se deu também dentro das emissoras. Menores, não necessitam de auditório nem contratam orquestra e atores. Os contidos locutores, que só repetiam "vamos ouvir" ou "acabaram de ouvir", foram trocados por desinibidos comunicadores que dão marca pessoal à programação. A agitação é diferente, voltada à música e ao jornalismo. Sem vez para o galã, frívolo ou não.

Em visita recente a uma delas, lembrei-me de quando ficava horas e horas debruçado sobre a máquina de escrever para ganhar irrisório salário. Um dia não aguentei. Irritado, invadi a diretoria e reivindiquei enérgico um aumento razoável. Ou me aumentam ou saio.

– Certo, dobro seu ordenado – prometeu o diretor-geral. – Mas você vai ter de acabar com as farras e ajudar mais a mamãe.

Disse sim ao Mário, meu irmão mais velho, e saí vitoriosamente da diretoria.

ADÃO FLORES, O DETETIVE

A bordo de um Corcel 69, ele resolvia os maiores mistérios

Muitos não consideravam Adão Flores um detetive simplesmente porque ele não ocupava nenhum escritório. Placa tinha, uma bonita placa inoxidável que levava no bolso. Sua única mobília. E tinha também secretária, Maralice, uma loira autêntica mas enferrujada, não à prova d'água. O endereço comercial de Adão era um Corcel 69, geralmente estacionado diante de uma boate da Vila Buarque. Maralice, no banco traseiro, máquina de escrever sobre as pernas, datilografava usando apenas dois dedos, devido à falta de espaço. A princípio, Adão desejou alugar um conjunto, tanto que mandou fazer a placa, mas logo descobriu que dava mais charme trabalhar sobre rodas.

O cliente, entrando no carro:
– Vamos a seu escritório?
– Já estamos nele. Se quiser água gelada, Maralice serve. Ou prefere uísque?

Adão Flores é o mesmo que estrelou o programa de TV *Você É o Detetive*, no início dos anos 70, quando semanalmente esclarecia mistérios que arrepiavam os cabelos até de quem usasse peruca. Na realidade, ele era um empresário de casas noturnas, um samaritano dedicado à contratação de artistas em começo de carreira ou daqueles que já a tinham terminado há muito tempo, embora não soubessem: equilibristas, mágicos, ventríloquos e cantores de bolero – os que não cantavam *Sabra Dios* não contratava. Sua própria secretária fizera par com um atirador de facas, Zé Caolho, até a noite em que a despregaram de um tapume.

A ideia de somar a profissão de empresário à de detetive por acaso, quando um pai aflito lhe pediu que localizasse suas filhas gêmeas. Loiríssimas, o sonho delas era cantar o que lhes proibiam. Certa noite, Adão Flores levou o pobre homem e sua chorosa esposa a uma boate de periferia, por sinal, lotada. Enquanto se bebia qualquer coisa, ele foi para um palquinho e anunciou:

– Com vocês, minha nova contratação: as Irmãs Fulô!

Pai e mãe aplaudiram as lindas negrinhas e não entenderam quando, terminado o show, as encantadoras Irmãs Fulô em pranto se dirigiram a eles. Adão Flores as encontrara com um anúncio: "Contrato gêmeas loiras que cantem em dupla". Assim que apareceram, o detetive pintou-as de preto e fez que realizassem seu grande sonho. Ora negras, ora loiras, cantaram durante anos, felizes, os pais idem e o detetive mais feliz ainda porque ganhou um bom dinheiro – além de ter tido um caso com uma delas, quando pintada, e com a outra, antes da pintura.

– Sente-se confortável?
– Sim, meu caro Adão Flores.
– Então, qual é o dente?

O estranho era que o detetive, não o cliente, se sentisse confortável no Corcel. Pesava 120 quilos, a maior parte concentrada na cintura. Certos detetives americanos eram durões. Ele era mole. Mas um gordo alinhado, sempre limpo, passado e cheirando como um comercial ao vivo de certa marca de lavanda.

Se a conversa fosse extremamente confidencial, fechava os vidros ou punha o carro em movimento. O combustível estava incluído na conta. Maralice nunca descia do escritório. "Ela é minha sombra", certa vez declarou Adão, esquecido de que a secretária pesava apenas 45 quilos.

– O negócio pode exigir violência. O cara é dobrado. Ramon Diaz.

– Foi o maior cantor de boleros e meu contratado. Perdeu a voz.

– É um desgraçado, me roubou 20 mil dólares e está fugindo. A polícia não sabe dele, mas você sim. Leva 500 dólares.

À noite, Adão entrou no apartamento de Diaz, que fechava as malas. O detetive era um sentimental, se não disse, acrescentem.

– Cante-me *Sabra Dios*, pibe – pediu. – Tome, eu pago.

– Tenho pressa, mas canto, Flores – concordou o rouco cantor, embolsando o dinheiro.

– Cantou como nunca – comentou Adão, no final, com olhos sinceramente úmidos. Puxou um revólver. – Está preso. – Entraram o cliente e os leões de chácara que, às vezes, convocava. – O dinheiro daquele bolso fui eu que dei. É honesto. Sorry, pibe, São Paulo não é mais a mesma. Nem eu.

ALMOFADINHAS NO ROCK

Dos exageros da brilhantina às mulheres de perucas azuis

Sempre que elegância é o assunto, lembro de Julinho Boas Maneiras, quem melhor envergava um jaquetão nas noites paulistanas. O paletó trespassado na frente, com quatro botões, exigia complementos, como um lenço ponteado no bolsinho combinando com a cor da gravata e, se possível, das meias. As calças, então, eram inadmissíveis sem um vinco perfeito, bem como os sapatos sem um brilho ofuscante. Uma capa de chuva ou double-face, dependendo da meteorologia, favorecia o elegante. O paletó, tipo saco, sem ombreiras, uma opção arrojada, impunha que o usuário tivesse um porte atlético, variante que boêmios como Julinho, Cláudio e Egas Muniz repeliam.

Ir ao cinema sem gravata nem subornando o porteiro. No Rio de Janeiro, essa proibição gastou muito papel de imprensa quando um advogado, desgravatado, tentou entrar num cinema da Cinelândia. Carregava a permissão de um juiz fundamentada no bem-estar do cidadão. Eu estava lá e presenciei o conflito: resultou em pancadaria. O rebelde saiu dela ferido mas penteado. Exagerara na brilhantina, excelente fixador de cabelos.

Toda elegância da época podia concentrar-se na gravata que exigia um laço benfeito, correto, mas *impremeditado*.

Nunca consegui finalizar um laço duque de Windsor, como os de Cary Grant em seus filmes, cujo toque de classe residia justamente na *impremeditação* de quem, afinado com os últimos figurinos, não precisava caprichar para compor o visual.

A essa altura, para azar dos calvos, já não se usava palheta ou chapéu, gorro ou boné, principalmente neste país tropical. Flagrados de cabeça pelada, foram socorridos, num feliz fevereiro, pelo letrista carnavalesco que asseverou que "é dos carecas que elas gostam mais", declaração sem maiores esclarecimentos, mas aceita de pronto.

O tênis, curioso, era para pobres ou marginais. Quem o usasse mesmo em festinhas populares estava definitivamente barrado do baile. As moças fugiam dos caras que calçassem aquilo. Nem mendigos desceriam a ponto de roubar um par. Quando a economia está equilibrada, até eles têm certa altivez. Quanto às sandálias, antídoto da sensualidade, um homem só tinha coragem de usá-las depois de casado, já perto das bodas de prata, e dentro de casa. Elegância começava nos pés.

A brilhantina, símbolo de uma época, podia ser perfumada ou ao natural. Não se exigiam de ninguém ideias brilhantes, uma cabeça luminosa. O importante era não ver nenhum fio de cabelo, ensandecido, fora do lugar. Os cabeludos acabaram com a brilhantina. Como comprá-la aos quilos? Não dava. Os cabelos que obedecessem ao vento e ao sabor e meneios dos novos ritmos.

Conheci almofadinhas e melindrosas do álbum de família, peça de sala de visita outrora indispensável. A massificação da elegância teria começado com eles. Não eram apenas palhetas, tiaras, coletes e penteado à la garçonne que os personalizavam. Falava mais deles a pose, o jeito de encarar a vida. Em todas as fotos, havia certo ar de desafio e pecado, aprendido com o cinema mudo, e o orgulho de pertencer à geração do automóvel e do aeroplano, embalados na fumaça de cigarros. Os belos e malditos de Scott Fitzgerald!

Pensei tudo isso durante o Hollywood Rock. O palco, uma grande passarela da moda atual. Que orgia de modelos, cores e tecidos – libertação! Um vale-tudo de figurinos a começar ou finalizar no peito nu. Metais, couro, plumas sob os efeitos do gelo-seco. Qualquer coisa de farra medieval. Calvas e barbaças. Noutra banda, bermudas, saiotes, túnicas e as mulheres de perucas azuis. Comecei a aderir, pois um grupo de ianomâmis, presente, parecia adorar. Já pensaram Sinatra chegando de smoking! Vaias e ovos. Modas antigas jamais voltariam.

À saída, encontrei um amigo. Com o filho. Levei um choque. Céus! Não, o rapaz não estava despido. Mais chocante, vestia-se como um daqueles personagens de álbum de família. Colete e prendedor de gravata! Não.

– Mauricinho – apresentou-se o dândi. Ou almofadinha.

Atônito, só fui capaz de perguntar:

– Que achou do guarda-roupa Hollywood Rock?

– Superado. Hoje é assim que se veste – disse Mauricinho, mostrando sua elegância três em um. – O século XXI está aí, pô! E o senhor, o que faz com essa camisa esporte? Tá por fora, tio.

HUMOR OBRIGATÓRIO

A dolorosa arte de contar anedotas

    *F*azer humor diário, assinando coluna ou charge de jornal, programa de rádio ou televisão, é dos mais pesados trabalhos do mundo, mesmo quando o salário compensa. Espreme, mói, torra os miolos. Daí serem os humoristas com obrigação contratual pessoas irritáveis, consumidores vorazes de calmantes e assíduos frequentadores de analistas. Conheci alguns verdadeiramente antissociais. Ficavam até ferozes se a ideia, a chispa, a tirada, a bolação, tardasse. Às vezes, não se sabe por que, a sacada encalha nos condutos da criatividade e não há café, cigarro, murro na mesa, pontapé na parede, palavrão que a liberem. É de enlouquecer. No momento, porém, lembro apenas de um que se matou. Gás.
    Outras vezes o motivo da dificuldade é sabido. O pobre humorista sofre graves problemas domésticos. A sogra se mudou para sua casa. A mulher tem de se submeter a uma bateria de exames laboratoriais. O caçula está com catapora. A última chuvarada derrubou o muro de sua casa. Desesperado, narra seus males ao editor do jornal ou produtor da rádio ou TV na esperança de uma dispensa.
    – Conte essas coisas – ele colabora. – O público vai estourar de rir. Então caiu o muro? Ah, ah, ah.
    – O Juquinha com catapora...

— Escreva, escreva.

Conheci um humorista, contador de anedotas no rádio, que se precavia da falta de repertório levando uma volumosa agenda no bolso. Se alguém contasse uma anedota desconhecida, retirava a agenda e rapidamente, muito a sério, registrava a piada. Depois, sim, descontraído, morria de rir, embora com minutos de atraso. A gargalhada precoce, orgástica, estragaria tudo.

O humor é saudável e reparador para quem não vive dele. Para o profissional, cobrado até nas horas de lazer – vá, conte uma das suas –, é pedreira. Nem a enterro o humorista pode ir que lhe pedem piadas, um showzinho fúnebre. Respeitemos o falecido, negaceia o profissional acanhado. Vamos então à cozinha, insistem. Daí o talentoso Pagano Sobrinho ter criado tantas anedotas de velório. Era forçado. Houve um humorista que me disse: "Se um dia puder me livrar da profissão, passarei um ano assistindo a dramalhões mexicanos da Pelmex".

A televisão, noutros tempos, teve no humor seu grande filão. Vindo dele a parte mais gorda do faturamento, impunha-o mesmo aos dramaturgos. Contou-me Walter G. Durst que mal pisava a entrada de uma emissora, cheio de planos inovadores, quando um dos diretores exigiu, agressivo: "Tem 48 horas para trazer vinte anedotas sobre papagaio".

Durante cerca de dois anos, assumi a tarefa de escrever *Histórias que Eu Gosto de Contar*, programa diário da TV Paulista, antecessora da Globo. Apresentado por um grande nome, Walter Foster, também eventual ator ou testemunha ocular das histórias, o programa emplacou. Alegria da emissora, para mim a tarefa logo virou tortura chinesa. Um caso engraçado por dia era barra! Depois de 200 apresentações, rezava para cancelarem. Quando eu próprio o pichava, queria elogios, diziam. Pedi demissão. Aumentaram o salário. Meses depois confessava ao diretor:

– Meu humor acabou, chefe. Não sou capaz de criar ou adaptar mais nada.

Ele abriu um jornal.

– Fique calmo e leia.

O mais chato dos críticos de televisão batia palmas ao programa. Sugeria edições aos sábados e domingos. Para provar que meu humor realmente naufragara, escrevi mais uma história.

Em um vagão-restaurante, um cavalheiro oferece um cigarro a um desconhecido que se sentara à sua mesa. Cigarro energicamente recusado.

– Experimentei uma vez e não gostei.

Mais além, o gentil viajante oferece ao outro uma dose de bebida. Também prontamente recusada.

– Experimentei uma vez e não gostei.

Depois de várias recusas explicadas, o exigente passageiro, já familiarizado com o companheiro de trem, retira do bolso, sentimental, o retrato de uma bela criança. Exibe-o.

– Uma lindeza, não?

Resposta imediata:

– Filho único?

Vitória! Tiraram o programa do ar. Ah, ah, ah...

O REI DA BOCA-LIVRE

Ele sabia onde serviam uísque e salgadinhos de graça

– Preste atenção naquele homem.
Tinha pouco mais de 50 anos, altura mediana, atitudes discretas e trajes bem passadinhos. Tipo de pessoa que, mesmo com um guarda-roupa reduzido, não faz feio em reuniões sociais. Um tio meu usou apenas dois ternos a vida inteira. Morreu considerado elegantíssimo. O referido comia delicadamente um bolinho. Na direita segurava um copo de uísque.
– Quem é a figura?
– O maior frequentador de coquetéis da cidade – informou o acadêmico Geraldo Pinto Rodrigues.
– Nome?
– Já investiguei. Ninguém sabe.
– Ora, quem manda os convites deve saber.
– Nunca foi convidado. Lê a notícia dos coquetéis nos jornais. E numa noite de autógrafos ou vernissage quem vai barrar a entrada de prováveis compradores?
Estávamos na Livraria Teixeixa. O homem de identidade misteriosa armazenara outro uísque numa estante entre o *Contraponto* e *Os sertões*. Colocado num lugar em que o garçom teria obrigatoriamente de passar, abastecia-se também de salgadinhos. Não bebia nem comia afobadamente,

portando-se como perfeito cavalheiro. Não comprou o livro do lançamento, mas o vi cumprimentar o autor à distância, revelando uma grande, uma infinita admiração.

 Semanas depois vou a uma exposição de pinturas e quem estava na galeria, observando as obras de arte? Ele, claro. O interesse artístico não o impedia de beber uísque e comer deliciosos pasteizinhos. Perguntou a um funcionário o preço de um quadro. Pela expressão captada não achou caro.

 Na mesma semana tivemos novo encontro no centenário de uma casa comercial. Um festão. E no mês seguinte outro, promovido por determinada marca de eletrodomésticos. Não prestigiava apenas as artes, solidário ao comércio e à indústria. Bonito isso. Sua primeira preocupação: conhecer o trajeto dos garçons. Respirava melhor o ar próximo da cozinha. Embora não conversasse com ninguém, um estranho no ninho, não assumia a mágoa da solidão. Punha-se à vontade, um passo para cá, outro para lá, esperando, sem nenhum ressentimento, por alguém que não chegaria jamais.

 Fiquei algum tempo sem encontrá-lo até que o revi na redação de uma agência de publicidade. Houvera uma convenção de gerentes de lojas de tecidos e coube-me fazer a legenda das fotos para a imprensa. O contato da agência pegou uma delas e foi esclarecendo:

 – Este aqui é o presidente da empresa, este é o vice-prefeito, este com o troféu é o gerente que mais vendeu, a mulher dele, este com o copo na mão é... é...

 Olhei. Ele! O rei da boca-livre! Desta vez, ousando, pegara jantar na mesa principal, com direito a discursos, crachá e tudo o mais.

 Em certa ocasião, cheguei até a anunciar:

 – Vocês vão ver entrar por aquela porta um penetra que não perde lançamentos.

 Não entrou. Teria se cansado de tais eventos? Salgadinhos estavam lhe fazendo mal? Acabei atinando com a resposta.

Tratava-se de um coquetel a seco, como geralmente são os de livro de poesia, que já encalham no lançamento. Gato escaldado, o homem da boca-livre fugia de poetas.

    A bela festinha era desta vez em minha homenagem. Uma entidade cismara de premiar-me pela publicação de um romance. Recebi um objeto pequeno como troféu e um cheque ainda menor. Em compensação, quiseram que eu, diante do fotógrafo, erguesse vitorioso uma taça de champanhe. Pose exibicionista demais, algo de estátua equestre. Preferível sem braço erguido, brindando simplesmente com alguém. Qualquer um. Vamos lá? Vamos.

    Tintim. Choque espumante de duas taças. O primeiro tim foi meu. O segundo, olhei atônito, foi dele, sim dele, o rei da boca-livre! Com um sorriso e uma taça, aproximara-se. Desde a convenção dos gerentes já não se contentava em comer e beber sem pagar: queria registro do fato.

    – Não comprei seu livro porque, imagine, recebi dois de presente.

PRÊMIOS DE CONSOLAÇÃO

A pior derrota é ganhar um deles

Na vida nem tudo acontece como se deseja e às vezes nem mesmo de acordo com o que merecemos. A gente faz um esforço danado, sua a camisa, a galera torce, mamãe enche-se de orgulho, e, quando parece que vamos botar a mão no troféu, vencer a parada decisiva, a sorte, diaba, dá uma guinada e a glória, escorregadia, nos escapa.
 Descobri que o destino apronta essas coisas já nos bancos escolares. Dona Anísia, professora, para estimular os alunos, oferecia ao melhor da classe um brinde de pouca valia, mas de grande repercussão no colégio. O ano letivo virava uma competição, uma olimpíada, o primeiro teste de capacidade na maratona da existência, dizia temático o diretor. Afirmavam que eu seria a barbada do ano. O Oscar era uma bola de futebol, exposta na secretaria. Ela é sua, os colegas garantiam. Pode dormir sossegado. Em dezembro, no dia da revelação do premiado, houve uma festa naquela escola na Barra Funda e, entre muita tensão, um anunciou finalmente:
 – O vencedor é... José Pantaleão da Fonseca.
 Além de vizinho da professora, a quem o pai dava carona no seu Packard, o que fizera durante o ano José Pantaleão da Fonseca? Nem entre os melhores se situava. Um paspalhão desde fedelho.

Alheio a qualquer reação negativa, o diretor entregou sorridente a bola de câmara ao primeiro da classe, que exultante, a ergueu para mostrá-la ao planeta. Mesmo premiado, tinha pinta de idiota.

Como meu nome voasse pelo pátio, dona Anísia, a justiceira, me agarrou e beijou-me nas duas faces, com a graça e arroubo dos seus 60 anos.

– Que belo prêmio de consolação! – comentou o diretor. Está feliz?

Eu, rosto molhado, engolindo pó de arroz, da popular marca Lady, respondi que sim. Não esperava tanto.

A partir daquele longínquo dia, passei a detestar prêmios de consolação, morais ou materializados. Feitos de abraços, palavras, madeira ou metal, conseguem tudo, menos consolar. As lágrimas que arrancam nunca são de alegria, mas de fracasso, despeito, injustiça. É um prêmio que não se exibe, esconde-se, atira-se pela janela para cessar miados de gatos, esquece-se nas mudanças. Prêmio de consolação, na melhor das hipóteses, equivale a um segundo lugar – e o Brasil amargou diversos, como a derrota para o Uruguai na Copa de 1950 e o de Miss Universo, quando Martha Rocha perdeu a faixa para a concorrente da casa, a miss americana.

A quem couber o detestável prêmio, deprimido, cabeça baixa, pouco adianta alguém dizer com tapinhas nas costas: "Você, sim, merecia vencer, amigão". Ou, solidário na bronca, denunciar: "Houve marmelada, está na cara". Ou repetindo o empoeirado lugar-comum: "Você foi o vencedor moral". Ou, ainda, a frase que os premiados de consolação mais odeiam ouvir: "Da próxima vez farão justiça".

O doloroso é que temos de nos acostumar a essa barra neste mundo em que tudo é competição, é ver quem chega na frente. Desde a inscrição no concurso Bebê Johnson, somos lançados na arena. Disputa no colégio, na conquista da namorada, do emprego, da casa própria, e no terrível dia a dia de qualquer carreira profissional. Se você folgar, amolecer, distrair, escorregar, olhar para as nuvens, alguém lhe passa a frente e cruza antes a linha de chegada. Mesmo se ele lhe empurrar, puser a perna na frente, pisar na ética, chutar a velha amizade, cuspir-lhe nos olhos, valeu. Que digam que o juiz roubou, prejudicou-o. Não importa. Algum resultado já foi alterado porque o juiz deu uma mãozinha? A verdade é que uns nasceram para subir no pódio, abocanhar as medalhas, vestir a faixa e colecionar os troféus. Independentemente da competência.

— Não é assim — consolou-me o gerente de uma grande firma em que eu inutilmente fora pedir emprego. Muito humano, ponderou: — O senhor está exagerando. Quem tem valor acaba recompensado. Luta, luta, mas vence. Tenha como exemplo o nosso querido presidente. Começou por baixo e hoje está no topo. Sem a ajuda de ninguém.

— Como é o nome dele? — perguntei.

— José Pantaleão da Fonseca.

Tive a impressão de já ter ouvido esse nome em algum lugar.

O PINGO

Confusões hidráulicas no meio da noite

Um escritor famoso, já falecido, entrevistado por mim, como jornalista, disse-me em tom de confissão e mágoa:
— Todos me imaginam sempre concentrado no preparo de livros e conferências. Infelizmente, não é verdade. Gasto a maior parte do tempo com problemas domésticos como, por exemplo, acidentes hidráulicos do meu apartamento. Canos que furam, torneiras que gotejam, ralos que entopem, válvulas que soltam, privadas que vazam. Não é com intelectuais que mais converso ou discuto, é com encanadores.

Quando ele me disse isso pareceu-me exagero ou implicância de velho, já sem paciência para nada. Eu só iria lembrar-me de sua confissão muitos anos depois, quando acordei certa madrugada com um pingo, gota ou porção mínima de qualquer líquido. Quase imaterial. Ele só muda de status e conteúdo quando requerido para ser pingado nos is. Aí mais que figura ortográfica passa a agente da verdade, pequenino, mas super, superpingo, com força para recolocar as coisas em seus devidos lugares.

No caso presente, falo de mero pinguinho, composto de hidrogênio e oxigênio, água, portanto, que só se tornou mais notável pela pontaria, minha testa, e pelo horário, o meio da noite. Como eu andasse preocupado com um romance interrompido, aproveitei o silêncio da madrugada para bolar novas ideias. E de fato me fixei numa que me pareceu criativa.

Levantei-me, pela manhã, a caminho do computador, com a crença de que Deus, bom, pingara sobre mim um de seus fluidos salvadores. Desinibidamente, toquei para a frente um capítulo inteiro da história emperrada.

Na madrugada seguinte, todavia, outro pingo. Inesperado, certeiro, geladinho. Um novo jato inspirador vindo de onde? Por que eu, que não frequentava igrejas e pouco rezava, mereceria tanta colher de chá, assim por via tão direta? Acendi a luz do quarto. Ah! Localizei pequena mancha de umidade no teto. Certamente não de origem divina. Acordei minha mulher, assustado.

– Vera! Está pingando!

– Calma. É um mal paulistano. Todos os nossos canos são furados.

– O cara aí de cima vai ter de dar um jeito – esbravejei, novamente alvejado.

Na manhã seguinte, subi as escadas disposto até a brigar por causa dos pingos, embora o primeiro tivesse sido de grande valia. Apertei a campainha. Uma solitária empregada informou-me que o patrão viajara com a família. Japão. Japão? Japão.

A hidráulica tem seus mistérios.

Apenas à noite o teto pingava. E sempre depois que eu pegava no sono. Assim que fechava os olhos, pim, o pingo. Minha mulher, penalizada, trocou de lado. Meu trabalho, ponderou, exigia uma noite bem dormida. Inútil. Ele também mudou de lugar. Decidi dormir no escritório. Apesar do sofá, duro, incômodo, passei uma noite razoável. Disse uma. Na segunda, o vazamento voltou. No escritório, sobre o sofá. Com inovações: ora três pingos ligeiros, só para marcar presença, ora um pingão, gordo, arrogante, molhadão. Resolvi regressar ao quarto, mas pondo a cabeça no lugar dos pés. Posição invertida. Assim, não era acordado por pingos geladinhos no

rosto. Atchim! Acordava espirrando. Não há quem suporte umidade nos pés. Dormir onde? Ordenar à empregada que se ajeitasse no banheiro? Instalei-me na sala. Lá também pingava, mas havia espaço para me proteger. Coloquei uma bacia sob a goteira. As terríveis gotinhas já não me afetavam, diretamente. Não tardei, porém, a sofrer a tortura do som. Ficava acordado à espera dos pimpins. A sonoridade do recipiente de metal proporcionava, estranho, um prazer neurastênico. Aquela trilha sonora criava dependência. Procurei um psicoterapeuta, que receitou:
– O senhor não precisa de mim, precisa de um encanador.
A solução desesperada pingou: minha internação numa clínica. O colapso estava à porta. Campainha. A empregada de cima.
– Meu patrão voltou do Japão.
Depois de uma semana de marteladas no andar superior, em consertos hidráulicos, acabaram-se as goteiras. Recolhidos os baldes, naquela noite fui para a cama em paz. Apenas fui. Insônia cruel. Minha mulher então teve uma ideia feliz. Encheu um conta-gotas e pimpim em minha testa. Adormeci logo. É o que me faz dormir há dez anos.

O FILHO, A ÁRVORE, O LIVRO

Já não é tão fácil ser um homem realizado

Durante séculos convencionou-se que o homem, para alcançar a felicidade plena, precisava realizar três conquistas: ter um filho, plantar uma árvore e escrever um livro rigorosamente nessa ordem. Como tudo que vinha do Oriente, essa receita de felicidade soava sabedoria indiscutível. Também os tempos favoreciam. Filhos tinha-se muitos geralmente. A educação, barata, e havia todo um planeta para povoar. Se a mulher não fosse apta, dava-se um jeitinho. A meta não excluía os filhos ilegítimos. Quanto a plantar uma árvore, fácil: a maior parte da população espalhava-se pelos campos e, nas vilas e nos povoados, as casas possuíam amplos quintais. Escrever um livro, naqueles tempos de poucas letras, é claro, oferecia dificuldades. Por outro lado, como não havia editoras, a tarefa limitava-se a escrever, não a publicar. Não se exigia genialidade para a redação de algumas páginas às vezes com o auxílio de um parente ou vizinho mais letrado. Que morte bonita a de um que tivesse atingido esses três objetivos! Todos invejavam.

Os tempos, porém, foram mudando. Plantar uma árvore se tornou uma luta, principalmente para os moravam na cidade. E não valia uma plantinha qualquer, meramente ornamental, de vida precária, cuja autoria não se pudesse proclamar orgulhosamente. Teria de ser árvore troncuda, símbolo de longevidade, farta de galhos, frutos e sombras. Agora o livro... Também já não valia apenas escrever e engavetar. Na receita de felicidade já se lia publicar livro e não simplesmente escrever. Que editor está interessado em investir dinheiro na grande vaidade de um pequeno homem?

– Ah, quer publicar só para se sentir realizado? Pague então. O orçamento é em dólar.

O homem deve ter no mínimo três grandes ambições satisfeitas no curso da existência. Muito bem. Isso permaneceu. Para merecer aplausos da família, dos colegas, da sociedade. E o principal, seu próprio aplauso. Diante do espelho, assim: "João C. L. da Silva, tenho por você a maior admiração. Como se sente como meu reflexo?" Descontraia-se e fale.

As metas, todavia, vêm sendo adaptadas a novas realidades. A primeira é a que mais se mantém, apesar da pílula anticoncepcional. Mas ter filho hoje é barra. Nem ao menos se pode comemorar com charutos. Nas maternidades é proibido fumar. A da árvore só é cumprida pelos fazendeiros, mesmo assim os produtivos, não ameaçados pela reforma agrária. E isso de publicar livro, apesar de facilitado pelos ghost-writers de plantão que escrevem autobiografias para milionários assinarem, é uma vaidade dia a dia mais rara.

Hoje os alvos são outros e segundo as classes sociais.

Para a classe média baixa, os sonhos são da casa própria e da compra do carro.

Para a classe média, a viagem a Miami e o apartamento de praia.

Para a classe média alta, a volta ao mundo e o BMW.

Para os ricos, o iate e a ilha própria.

– Logo uma ilha? – perguntei ao Almerindo, amigo de infância, de berço pobre, que enriqueceu muito depressa e estranhamente.

– Ilha, por que não? Estou procurando uma para comprar.

– Lembra-se de quando se contentava com um filho, uma árvore e um livro?

— Lembro e estou sendo fiel ao meu passado. Agora que enriqueci posso ter um filho e muito mais. Como seria impossível plantar uma árvore em meu apartamento, vou comprar uma ilha onde plantarei mil árvores. É assim.
— E quanto ao livro, Almerindo?
— Bem, eu poderia pagar um escriba, mas não teria graça.
— Está sendo honesto
— Obrigado. Então resolvi.
— Resolveu o quê?
— Ler um livro. Modestamente. A vida me ensinou a ser humilde.
— Ah!
— Só espero que ele não me confunda a cabeça e eu comece a perder dinheiro.

A ÚLTIMA ENTREVISTA

*Era um repórter com coragem,
presença de espírito e um grande sonho*

Seu sonho sempre foi ser repórter, um grande repórter, fosse qual fosse o veículo. Um profissional renomado graças a entrevistas sensacionais, dessas que exigem coragem, presença de espírito, combatividade, cara de pau, fôlego e uma mãozinha do santo de sua devoção. Via-se, por exemplo, trilhando uma planície deserta quando surgia no céu brilhando, e imprevistamente aterrissava, olhem, um disco voador! Com a plaquinha: *made in* Marte. Mal aparecesse o primeiro homenzinho verde, ele estaria lá, expedito, com microfone ou caderno de notas:

– Boas-vindas, senhor marciano. O que está sentindo ao descer em nosso planeta? Veio de visita ou está de mudança? O senhor se casaria com uma terráquea? Viajou à própria custa ou tem um patrocinador? Verdade que em Marte só rico dispõe de tubo de oxigênio?

Quantas perguntas interessantes faria a um extraterrestre! Tantas quantas teria feito se nascido noutros períodos da História. Imaginava-se no começo do século em Paris quando milhares de pessoas se concentraram numa praça para ver um estrangeiro elegante, usando um estranho chapéu, tentar voar num frágil aparelho.

– "Seo" Dumont, caso não morra, quais serão suas palavras após ter conseguido efetuar o primeiro voo do homem?
– Por favor, deixemos para depois. Adeus! Adeus!
– E, se cair num galinheiro e quebrar as pernas, o que dirá?
– Com licença, vou indo.
– Bem, entre então nessa geringonça. Bacana o seu chapéu. *Très chic.* Mas experimentou passá-lo a ferro?

Se lerem a História com atenção, verão que, nos seus grandes momentos, sempre faltou um bom repórter. Alguém para formular perguntas inteligentes. O jornalista aludido seria talvez a pessoa certa para entrevistar o genial Van Gogh, ao qual ninguém em seu tempo deu a menor bola, uma injustiça.

– O que sente um pintor que nunca vendeu um único quadro? Já tentou oferecer algum de presente? Por que não abandona seu estilo e imita os clássicos? Até eu compraria. Quanto a ter amputado a orelha com a navalha, pode ser uma boa jogada de marketing, mas um pouco exagerada, não acha? Foi ideia sua ou de alguma agência de publicidade?

Apesar de sua indiscutível vocação para a reportagem, ele, como qualquer profissional, teve de aprender muita coisa. Entrevistas têm mais sabor quando não escolhem hora e lugar, surpreendendo o público e o próprio entrevistado. Isso ele pôs na cabeça. Algumas, no entanto, oferecem perigo. Lembram do caso do fugitivo de uma das penitenciárias que se refugiou armado de metralhadora na torre de uma igreja? Pois foi ele o repórter que burlou o cerco formado por oitenta policiais, subiu as escadas e aproximou-se do delinquente com o microfone.

– O que sente um homem que mata cinco guardas e fere onze para gozar a liberdade? Não precisa precipitar-se, responda calmamente.

– Desça senão atiro.

– Algo me diz que você está um pouco nervoso. Mudemos de assunto. Sabe que esta igreja é uma das mais antigas de São Paulo? A torre é de uma arquitetura maravilhosa. Escondendo-se aqui, revelou bom gosto. Pode ser circunstância atenuante em seu favor.

– Vou atirar.

– Quer que traga sua mulher?

– Eu matei minha mulher.

– Acidentalmente, suponho.

A entrevista desnorteou o fugitivo, dando oportunidade para os policiais o dominarem. Bela reportagem! Mas a melhor da carreira desse repórter foi a do aviador suicida. Aquele, lembrem, que se apossou de um pequeno avião para pilotá-lo até queimar toda a gasolina do tanque. De bronca com o mundo, queria morrer e mais nada. Não é que nosso jornalista conseguiu penetrar no aparelho e levantar voo com o referido pirado? A entrevista foi transmitida para terra.

– O que sente um aviador que sabe que vai morrer quando acabar a gasolina?

Ganhou o primeiro prêmio de reportagem do ano. Seu pai recebeu o troféu por ele. Todo banhado a ouro.

AH, MEU PRIMEIRO AMOR!

Já reencontrou aquela que jurou amar até a morte?

Todos nós vivemos com intensidade nosso primeiro amor. No mapa da existência localiza-se frequentemente ao norte da infância e ao sul da juventude. Exagerados, muitos vivem até diversos primeiros amores, todos com a força e a chama daquela emoção inaugural, que dizem brotar do coração. O primeiro é o verdadeiro e não necessariamente o inicial, explicam uns, filósofos, ao ouvido carente da última conquista.

Já planejei publicar um livro de depoimentos sobre essa matéria. Primeiros amores. Mas acrescentando o possível reencontro dos apaixonados, às vezes décadas após. Cheguei a recolher alguns relatos. Havia um enternecedor, assinado por poeta que descobrira a vocação devido a seu amor por uma tal Lili, esvoaçante aluna de balé, a responsável pela sua estreia poética com o poema *Voando para o Paraíso*. Antológico. O destino, porém, cruel, separou o poeta e sua musa. O reencontro, trinta anos depois, deu-se num ônibus, precisamente na roleta do veículo, em que o depoente estava com muita pressa. Mas uma senhora gorda, à sua frente, encalhara ali de tal sorte que a engrenagem toda emperrara. O jeito foi ele e o cobrador empurrarem a passageira. Não deu. Outros passageiros participaram da operação. Quase. Os que já haviam passado pela roleta puxavam-na. Agora ia. Não foi. Tiveram de desatarraxar a roleta. Sim. Peça por peça, parafuso por parafuso. Uma barra. Só depois que, toda suada e com a roupa em desalinho, soltaram a gorducha, o poeta de *Voando para o Paraíso* reconheceu a suave Lili a quem devia sua bela vocação!

Boa senhora. Agradeceu a colaboração do passageiro.

– Pensei não sair mais do ônibus. Agora preciso ir voando para a Mooca.

Outro depoente tivera uma briga de trânsito com uma bruxa que trocara a vassoura por um Ford. Além de levar uma batida, foi agredido fisicamente pela mulher. Os dois acabaram atrás das grades quando identificou nela a menina que prendera seu coração na infância.

Houve o depoimento do candidato a um emprego numa firma cuja encarregada da seleção, psicóloga, era considerada uma fera, muito exigente na análise dos testes. Ele temia que não se saíra bem, mas ao vê-la, no final, sentiu-se empregado. As voltas que o mundo dá! Era Soninha, seu grande amor da juventude. Fora ele quem lhe sugerira estudar psicologia. Os signos, porém, seguiram caminhos opostos. Voltavam a cruzar-se, vinte anos depois, numa situação muito favorável para ele.

– Lembra-se de mim, Soninha?

– Claro, lembro, Duílio. Quase casamos. Mas, olhe, você não foi nada bem nos testes. Infelizmente não posso selecioná-lo. E chamou: – O próximo.

Eu também tenho uma história de primeiro amor para contar. Chamava-se Isa, mignon graciosa que a todos impressionava pela sua imensa ambição. Não se contentava com os confortos da classe média. Sua meta era a fortuna. Com essa moça ao lado você irá longe, diziam. Isso me agradava ouvir porque combater em dupla tornava a luta pela vida mais fácil. Amávamo-nos, mas surgiu um rival. A princípio sorri, era o Berto, um bobão. Um dia, no entanto, ela chegou com um longplay e disse:

– Estou lhe devolvendo o disco do Caetano.
– Por quê?
– Porque vou casar com o Berto.
– Mas ele é um bobão! Que asneira é essa, Isa? Deixar um escritor por um vendedor de implementos agrícolas?

A última vez que a vi foi vinte e cinco anos depois num hotel cinco estrelas. Vendo-a na administração imaginei que estivesse lá como telefonista. Democraticamente sorri para ela e fui correspondido. Bom que me viu numa convenção em hotel de luxo. Em seguida alguém se aproximou dela. Sabem quem? Berto, o bobão. O que faziam na ala administrativa, ele sem uniforme? Perguntei a um bellboy quem eram.

– O dono da cadeia de hotéis e sua senhora.

Ia me afastando quando o casal olhando na minha direção, falou a meu respeito. Deu para ouvir.

– Lembra-se dele? Quase que caso com isso aí. Feio e aposto que continua pobre. Azar de quem casa com o primeiro amor.

AMANTES DA GARRAFA

As catorze doses iniciais de um grande porre

Pertenço à geração que resistiu aos tóxicos sem aderir desfibradamente aos refrigerantes. Vivendo em branco e preto, adorávamos cinema, álcool e fumaça. Humphrey Bogart vivia nos bares da Vila Buarque. Ele, seu chapéu e sua loira rouca, Lauren Bacall. Dava-se nota 10 de sensualidade à rouquidão. No cinema, rouquinhas valiam milhões. Fumar, além de elegante, sensualizava as mulheres. Uma loira rouca fumando era de enlouquecer. No copo, porém, estava a grande onda, o trampolim para o sonho. Havia literatura da melhor qualidade deificando os bêbados: *Tortilha flat*, *Estrada do tabaco*, *Belos e malditos* e vários romances de Hemingway, como *O sol também se levanta*. Os jovens estavam bem acompanhados. A primeira noite de um homem podia resumir-se num gargalo. Hoje o garotão vira macho quando pega o carro do pai, sai belo-belo e arrebenta-se num poste. Não tem graça nenhuma. Mas havia outra literatura, visual, que combatia o vício de beber. O filme *Farrapo Humano* drama de um alcoólatra, estancou um pouco a sede dos rapazes que frequentavam nosso saloon.

O tema dos que bebem por esse ou aquele motivo sempre me agradou. Cheguei a fazer um estudo minucioso sobre os efeitos progressivos do álcool na cabeça de homens que se reúnem para um drinque. Sacrifiquei-me até a acompanhar certos grupos. Vi logo que nesse campo nada mudou. A quem interessar possa, aqui estão minhas anotações.

1ª dose: os biriteiros assumem a princípio um ar concentrado e um deles, dramático, prevê sombrios momentos para a humanidade e um caos generalizado no país.

2ª dose: outro, como salvação, sugere que entrem todos para determinado partido político. Caso já sejam inscritos, impõe que saiam

3ª dose: uma suave onda de nostalgia perpassa pelos semblantes. Velhas marcas de automóveis, filmes antigos e nomes de prostitutas são lembrados num tom especial de voz. Alguém hesitante, canta um bolero. Logo esquece a letra.

4ª dose: conclui-se por unanimidade que o mundo já foi muito melhor. Um dos presentes levanta-se, despede-se de todos, mas não vai para casa. Fica.

5ª dose: o mais tímido, sem preâmbulos, inicia inopinadamente um discurso. Apesar do tema confuso, é estimulado e alguns o aplaudem a cada frase. Parece muito bom.

6ª dose: ordena-se impaciente ao orador, meia hora depois, que termine o discurso já. Há ligeira resistência. Quebra-se um copo. Ele só interrompe a oração ao chegar nova garrafa.

7ª dose: o cantor do bolero lembra, enfim, a letra. Canta todas as estrofes, chorando copiosamente. Um vendedor de bilhetes aproxima-se. É convidado a beber com o grupo. Belo clima democrático.

8ª dose: um dos biriteiros confessa estar apaixonado por uma campeã de luta-livre. Na fase das confissões, outro anuncia que, casado há trinta anos e pai de nove filhos, abandonará a mulher brevemente. Um terceiro atribui tudo que lhe acontece de mau na vida a um tal Vilaboim. Vê o homem em todas as esquinas. O jeito é matá-lo. É dissuadido.

9ª dose: o bilheteiro é expulso da mesa com certa violência. Ninguém se lembrava de tê-lo convidado a sentar-se.

10ª dose: exigem do orador que prossiga o discurso. Ele o retoma, em inglês, idioma que não conhece o suficiente.

11ª dose: alguém vai ao mictório e esquece de abotoar a braguilha.

12ª dose: alguém vai ao mictório e esquece de desabotoar a braguilha.

13ª dose: aquele que está casado há trinta anos revela, envergonhado, que não abandonará a mulher porque já fora expulso de casa por ela, acusado de abusar do álcool. Calúnia.

14ª dose: o biriteiro, vítima do Vilaboim, assevera que realmente o matará. Desta vez não é desestimulado. Pelo contrário. Caem vários copos. O cantor sobe na mesa e canta. Outros sobem na mesa e ouvem. Alguém decide ir ao cemitério visitar o pai, apesar da madrugada. Outro liga para Manaus e faz longa declaração de amor. Lembra depois que sua amada voltara de Manaus no ano anterior.

Daí em diante tudo pode acontecer.

JANELA INDISCRETA

Tudo aquilo que Hitchcock não viu

Meu apartamento não é de frente para a rua. Pelas suas janelas, como num cenário de Hollywood, vejo o fundo de diversos edifícios. A ala mais íntima deles: quartos, áreas de serviço e banheiros; embaixo, garagens, jardins e uma bela piscina. Se Alfred Hitchcock estivesse vivo e morasse nele, acredito que teria encomendado o roteiro de *Janela Indiscreta II*. Ganharia, aposto, mais uma nota preta.

Não sou de espiar a vida alheia, odeio quem faz isso, todos têm direito à privacidade, mas às vezes alguma coisa me chama a atenção. Todas as manhãs, às 8 em ponto, bem diante de meus olhos, uma moça entra no boxe para seu banho. Bom hábito esse de banhar-se diariamente, mesmo no inverno. É porém um tanto distraída e costuma esquecer-se de fechar a porta. Não seria grave caso não permanecesse tanto tempo se banhando. Preocupo-me. Deveria de alguma forma avisá-la do que ocorre? Como não a conheço, decido que não.

Olhando a área de serviço do 4º andar surpreendi um detestável patrão que assedia uma jovem e morena empregada. Acontece apenas aos sábados, quando talvez a mulher do safado saia. Enquanto a serviçal passa roupa, o lobo doméstico, se aproxima. A cena é muda, devido à distância, mas o cinema mudo produziu muitas obras-primas. A princípio sempre à mesma coisa, a infeliz resiste, mas ele, insistente, cola nela. Acaricia-a, beija-a no rosto, nos lábios, em toda parte. Observo nas pontas dos pés. Às vezes cai a tábua de passar roupa e ambos, baixando-se, somem do meu ângulo de visão. Novamente enfrento um problema. Como agir para salvar a moça do indecente sabatino? Penso em mandar uma carta anônima para o síndico ou telefonar para o apartamento reprovando a coisa.

– Preocupado com o quê? – pergunta minha mulher, me estranhando.

Dividir com ela minhas questões morais? Não. Ela tem mais em que pensar.

Nunca flagrei cenas de crime no cenário de fundo do meu apartamento. Marido matando a mulher e enfiando o corpo na bonita mala que o casal comprou para falsa viagem a Miami. Seria mais do gosto do aludido Alfred. Ou: sobrinho, como quem ajeita o guardanapo, esganando na cadeira de rodas o pobre tio tetraplégico. Ou: irmão gêmeo atirando do terraço o outro gêmeo a fim de substituí-lo no coração da namorada. Para Hitch este seria um orgasmo. Nem ao menos flagrei, via janela, marido ciumento enchendo de bofetadas a cara da mãe de seus filhinhos ou esposa ameaçando o marido com o rolo de macarrão.

São Paulo não é tão violenta assim e muito menos nas Perdizes. As cenas a que assisto do meu peitoril têm mais a ver com o erótico, o desabusado e a ofensa ao pudor. Um cotidiano que nem mesmo com meus familiares ouso comentar. Ah, no 2º andar também acontecem coisas cabeludas. Mora lá um jovem casal certo de que o mundo vai acabar. É lícito, são legalmente casados, mas por que com a janela escancarada? Todas as noites, mesmo nos feriados santificados, depois que termina a programação da TV, devido à iluminação externa posso ver perfeitamente o que acontece lá. E fico eu junto à janela, no frio da madrugada, temendo que minha mulher acorde veja aquilo. Já me resfriei por culpa desses desavergonhados.

O que sucede no edifício da esquerda não é menos chocante. Há um solteirão, do tipo lobisomem, que todas as noites traz companhias diferentes. Debruçando-me, até com certo riscos, vi verdadeiros escândalos na garagem, dentro dos automóveis. E não dá para contar o que à luz do dia ou do luar acontece na piscina. Até eu, que não sou moralista, ruborizo-me.

Para fazer-me esquecer desses assuntos, veio meu filho lembrar-me de que aniversaria nesta semana. Um céu muito estrelado estava diante de nós. Gosto de dar um caráter didático a tudo que lhe presenteio.

– Sabe localizar no céu o planeta Vênus, o Cruzeiro do Sul e algumas estrelas da nossa constelação?

– Não, pai, não sei.

– É feio não saber. Mas vai sanar essa falha graças ao meu presente.

– Não disse que ia me dar uma bola? – protestou.

Há coisas mais importantes do que futebol!

– Que bola, que nada! Você merece muito mais. Vou lhe dar um possante binóculo!

GRANDES DESATINOS

Quem nunca os cometeu que levante o braço

Todos os seres humanos, de ambos os sexos, normais, ao chegar à maturidade, poderiam escrever um livro intitulado *Meus grandes desatinos*. E muitos, de vida excessivamente acidentada, ao completar setenta anos, teriam material até para um segundo volume.

A verdade é que ninguém, por mais consciente, equilibrado, sensato, prevenido pé-atrás, escapou de cometer vida afora um sem-número de besteiras de todos os quilates e tamanhos. Não me refiro a falhas com intenções criminosas, golpes e maracutaias que saem nos jornais e podem dar cadeia. Nem mesmo a enganos homéricos: Napoleão invadindo a Rússia, Fernão Dias Pais procurando esmeraldas. Falo de erros de percurso, precipitações, leviandades, asneiras que praticamos às pampas já ao sair do berço, como enfiar o dedo ou a tesoura na tomada da luz.

Outros choques de voltagens variadas iremos levando aqui e ali, a despeito de conselhos, vozes de grilo falante, rezas da mãe e sinais de anjos da guarda. E sempre coisas, bobeiras, que idiotas ou inteligentes igualmente cometem.

Lembro de Oswald de Andrade, no último ano de existência confessando-me:

– Só fiz burrada nesta vida.

Deixem o Aurélio em paz. Desatino significa loucurinha, não é doença. É simplesmente a falta de juízo dos ajuizados. O desatinado nada tem a ver com os loucos de pedra, fichados, sujeitos à camisa de força.

Definido o vocábulo, façam uma relação dos seus desatinos. Papel e caneta. Qual foi o primeiro? Há um que ao menos uma vez todos praticam: emprestar alguma grana. O velho Shakespeare já advertia – perde-se o amigo e o dinheiro.

Minha mulher:

– Vai emprestar tudo isso ao Juquinha?

– Ele tem cara de honesto.

Tinha mesmo. A cara. Tanto que pagou um ano depois, mas sem correção monetária, então de 2.000% anuais.

Certa vez, na TV Excelsior, o diretor-geral me recebeu de braços abertos. Queria-me na folha de empregados. O salário não seria problema. Podia confiar nele. Entreguei-lhe a carteira de trabalho.

Minha mulher:

– Está trabalhando sem saber quanto vai ganhar no fim do mês?

– Você não conhece o Édson.

Nem eu conhecia. Olhem o tamanho do salário que pôs na carteira! O mesmo do professor Raimundo. Deixar outro fixar seu ordenado é desatino. Um dos mais recentes que cometi começou com uma pergunta de minha mulher:

– Você comprou o apartamento estando ele alugado?

– O inquilino sai. É gente fina, músico ou poeta, não sei. Disse que leu um livro meu.

O homem só saiu depois de dois anos de verdadeira batalha jurídica.

Minha mulher:

– Você serviu de fiador para um tal de Louzeiro?

– Faz tempo. Bom homem. Imagine que não tinha onde morar por falta de fiador. Mas como soube disso?

– É que tem um oficial de justiça aí na porta. O bom do Louzeiro sumiu devendo três meses de aluguel. Pior é o estado em que deixou o apartamento!

Às vezes, o desatino, mera precipitação, tem o formato de castigo. Exemplo: o casamento do Toledinho.

– Vai lhe dar esse caríssimo aparelho de som? Que nem nós temos?

– Há algo atrás disso, beleza. Ele é parente do outro Toledo, o presidente da empresa, dizem. Vou marcar um tento.

Ao receber a maravilha, Toledo abraçou-me, chorando. Eu fora o único que se lembrara dele. E com um presente daqueles!

– E seu tio, o Toledão, não lhe deu nada?

– Meu tio? Se fosse meu tio, eu não trabalharia no almoxarifado. Nem me conhece.

GENTE QUE VAI À FEIRA

Onde o doutor Lilico encontra suas fãs

A feira é a praia do paulistano. Muita gente vai mais para tomar sol e encontrar amigos. Compras, um pretexto. A que frequento, a do Pacaembu, tem até areia, devido a obras da prefeitura. Em minha infância, a feira representava um castigo. Minha mãe levava-me à do Arouche, então a mais espaçosa e tradicional da cidade, para ajudar a carregar as cestas. Eu, que ia ao cinema mais vezes que qualquer garoto da rua, não podia negar-lhe essa ajuda. Sofria. Sofrimento já sentido na sexta à noite, porque sabia o que me esperava na manhã seguinte. Para que eu não fizesse cara feia, ela me comprava maçã, tremoço ou rapadura. Dinheiro perdido. Nada compensava a chateação.

Já na mocidade, a feira, novamente veio ao meu encontro. Assim como digo, pois instalaram uma justamente na rua e no quarteirão onde eu morava, nos Campos Elísios. Às 4 da matina, os caminhões começavam a descarregar toneladas de mercadorias debaixo de minha janela, no quarto da frente. Dava para dormir? O jeito era no sábado sair cedo de casa, certamente sem poder usar o carro ou chamar táxi. Precisava então andar 500 metros entre barracas enfileiradas, desviar de caminhões, evitar bater a cabeça nos tipos mais variados de balança, já a par dos preços de tudo, para enfim ver as bancas à distância.

Somente décadas depois me reconciliei com esse tipo de comércio. Minha mulher é que, aos poucos, me foi revelando o encanto e os inesperados das feiras. A graça e mesmo a poesia que resultam dessa intensa atividade a céu aberto. Para ela, os feirantes são gente boa, todos saudáveis, alegrões e solidários. E sabem preencher qualquer espaço com um gostoso clima de descontração. Minha mulher conhece a maioria pelo nome. Se por acaso esqueceu o talão de cheque, pode levar a compra assim mesmo. Na feira, distinguem-se de longe as pessoas honestas. São as paredes, os recintos fechados, talvez, que camuflam o mau-caratismo. Entre os feirantes, na transparência da manhã, a má intenção logo é flagrada e muitas vezes acaba em corrida e pescoção.

Aquela é a banca do Benzão, que faz os melhores pastéis do hemisfério. Pessoas vêm de longe para saboreá-los. A moça forte, de origem alemã, a dos ingredientes para feijoadas e bacalhoadas, sempre distribuindo fatias de presunto, é a Dirce, a beleza da feira. A barraca da Kisuco é um dos pontos de parada obrigatórios. Com toda a família, vende queijos e azeitonas. São japonesas rosadas, não amarelas. Aceno para o Antônio, que com os filhos universitários gosta de exibir a qualidade e a variedade de seus peixes.

Aquele homem alto e magro, ainda jovem, é um industrial influente na política nacional. O que está passando é um filólogo ilustre, membro da Academia Paulista de Letras. E lá está o âncora do programa de televisão das segundas-feiras. que nunca perco. O taciturno freguês das laranjas é um psicanalista famoso. Aquele, simpaticão, papeador, é um carioca que se tornou um dos maiores divulgadores culturais de São Paulo. Candidatos a cargos eletivos costumam aparecer. É fácil identificá-los. São os mais sorridentes e os que mais comem azeitonas. Verdes, nunca pretas. São a esperança.

Feira deixou de ser coisa só de mulher. E elas próprias já não as frequentam, sem antes um encontro com o espelho. Alguma displicente vaidade matutina se faz necessária.

Por isso já existe o conquistador que finge fazer compras, no fundo um tipo inibido preso às atrações domésticas da sexualidade.

    Na última vez em que fui à feira, uma garota gorducha aproximou-se de mim e pediu um autógrafo. Tendo publicado recentemente um livro, saquei a caneta. Uma senhora de óculos acercou-se. E meu editor que não acreditava em sucesso! Um homem carregando uma pasta me viu autografar, sorriu e parou. Também queria. Um só retratinho na contracapa fazia aquilo. Fiquei feliz. Já não se pode dizer que é um país de analfabetos. Duas mulheres vermelhudas apressaram-se em arranjar pedaços de papel para que eu assinasse. Formou-se uma pequena fila.

    Alguém não me conhecia.

    – Quem é a simpatia?

    A de óculos azuis informou:

    – Não conhece? É o doutor Lilico, da novela das 7, o pai da moça.

    E querendo me comprar com um sorriso:

    – Vai permitir que eles se casem no final? Conte para a gente, conte.

O CORAÇÃO ROUBADO

Uma vingança que durou a vida toda

*E*u cursava o último ano do antigo curso primário e como estava com o diplominha garantido, meu pai me deu um presente muito cobiçado: *O coração*, famoso livro do escritor italiano Edmondo de Amicis, best-seller mundial do gênero infantojuvenil. À página de abertura, lá estava a dedicatória do velho com sua inconfundível letra esparramada. Como todos os garotos da época, apaixonei-me por aquela obra-prima, tanto que a levava ao grupo escolar da Barra Funda para reler trechos no recreio.

Justamente no último dia de aula, o das despedidas, após a festinha de formatura voltei para a classe a fim de reunir meus cadernos e objetos escolares, antes do adeus. Mas onde estava *O coração?* Onde? Desaparecera. Tremendo choque. Algum colega na certa o furtara. Não teria coragem de aparecer em casa sem ele. Ia informar a diretoria quando, passando pelas cadeiras, vi a lombada do livro, bem escondido sob uma pasta escolar. Mas era lá que se sentava o Plínio, não era? Plínio, o primeiro da classe em aplicação e comportamento, o exemplo para todos nós. Inclusive o mais limpinho, o mais bem penteadinho, o mais tudo. Confesso, hesitei. Desmascarar um ídolo? Podia ser até que não acreditassem em mim. Muitos invejavam o Plínio. Peguei o exemplar e guardei-o na minha pasta. Caladão. Sem revelar a ninguém o acontecido. Lembro o abraço que Plínio me deu à saída. Parecia estar segurando as lágrimas. Balbuciou algumas palavras emocionadas. Mal pude retribuir, meus braços se recusavam a apertar o cínico.

Chegando em casa, minha mãe estranhou que eu não estivesse muito feliz. Já preocupado com o ginásio? Não, eu amargava minha primeira decepção. Afinal, Plínio era um colega que devíamos imitar pela vida afora, como costumava dizer a professora. Seria mais difícil sobreviver sem o seu exemplo. Por outro lado, considerava se não errara em não delatá-lo. Vocês estão todos enganados, e a senhora também, sobre o caráter do Plínio. Ele roubou meu livro. E depois ainda foi me abraçar...

Curioso, a decepção prolongou-se ao livro de Amicis, verdadeira vitrina de qualidades morais dos alunos de uma classe de escola primária. A história de um ano letivo coroado de belos gestos. Quem sabe o autor não conhecesse a fundo seus próprios personagens. Um ingênuo como nossa professora. Esqueci-o.

Passados muitos anos, reconheci o retrato de Plínio num jornal. Advogado, fazia rápida carreira na Justiça. Recebia cumprimentos. Brrr. Magistrado de futuro o tal que furtara meu presente de fim de ano! Que toldara muito cedo minha crença na humanidade! Decidi falar a verdade. Caso alguém se referisse a ele, o que passou a acontecer, eu garantia que se tratava de um ladrão. Se roubava já no curso primário, imaginem agora... Sempre que o rumo de uma conversa levava às grandes decepções, aos enganos de falsas amizades, eu contava a quem quisesse ouvir o episódio do embusteiro do Grupo Escolar Conselheiro Antônio Prado, em breve desembargador ou secretário da Justiça.

– Não piche assim o homem – advertiu-me minha mulher.
– Por que não? É um ladrão.
– Mas quando pegou seu livro era criança.
– O menino é o pai do homem – rebatia, vigorosamente.

Plínio fixara-se como um marco para mim. Toda vez que o procedimento de alguém me surpreendia, a face oculta de uma pessoa era revelada, lembrava-me irremediavelmente dele. Limpinho. Penteadinho. E com a mão de gato se apoderando de meu livro.

Certa vez, tomaram a sua defesa:

– Plínio, um ladrão? Calúnia! Retire-se da minha presença!

Quando o desembargador Plínio já estava aposentado mudei-me para meu endereço atual. Durante a mudança, alguns livros despencaram de uma estante improvisada. Um deles era *O coração*, de Amicis. Saudades. Há quantos anos não o abria? Quarenta ou mais? Lembrei-me da dedicatória de meu falecido pai. Ele tinha boa letra. Procurei-a na página de rosto. Não a encontrei. Teria a tinta se apagado? Na página seguinte havia uma dedicatória. Mas não reconheci a caligrafia paterna: "Ao meu querido filho Plínio, com todo amor e carinho de seu pai".

A MISSIVISTA SUICIDA

Como confortar corações solitários

No livro recentemente publicado *Com vocês, Antônio Maria*, antologia de um dos mais saborosos cronistas do Rio de Janeiro, meu amigo dos anos dourados, falecido em 1964, há uma parte engraçadíssima. É dedicada à correspondência de leitores, viciados na leitura de suas crônicas.

Terezinha (Recife): "Quando eu era menina, vi meu pai correndo atrás de minha mãe com um martelo na mão. Essa cena nunca mais saiu de minha lembrança".

Antônio Maria: "Nada autoriza a imaginar que ele desejasse dar uma martelada na sua mãe. É possível que ela, de brincadeira, houvesse escondido o prego".

O espaço de um cronista muitas vezes vira confessionário ou caixa postal para pedidos de conselhos, favores ou mesmo dinheiro. Já assinei no rádio uma página de fim de noite que acabou me dando muito susto e trabalho. Lida, com fundo musical abolerado, por um profissional de voz aveludada, destinava-se aos corações solitários. Nada de antológico. Semanalmente, costumava picar os originais dos textos e soltar os pedacinhos da alta janela da emissora no velho centrão paulistano. Mas o programa, devido à interpretação apaixonada do locutor, fez algum sucesso. Quanto à minha redação de uma única página, desdobrava-se em farta adjetivação e reticências. Suas emoções baratas eu dependurava, como num varal, em frequentes sinais de interrogação. Assim: Como está você nesta fria madrugada? Foi aquela música o motivo dessa melancólica lembrança? Então só hoje ficou sabendo da infame traição do homem que dizia amá-la?

A forma interrogativa, descobri, acerta fácil o alvo--coração, faz sangrar depressa, vibra mais tempo no ar. Não contava, porém, com o conteúdo de certas cartas. Uma missivista: "Diga para o Luís voltar já para casa, senão tomo veneno. Ele ouve o programa. Assinado: Julinha da Bela Vista". Letra tremida, papel umedecido de lágrimas. Sou humano, constatei. Para salvar uma vida decidi escrever uma crônica dirigida ao tal Luís. E o fiz compenetradamente, tentando ser o mais emocional possível. Verdadeira súplica.

Na mesma noite da leitura da crônica recebi um telefonema. Era o Luís, sossegando-me, tudo bem, estou voltando para casa. Alívio. Missão cumprida. Vesti o paletó. Em seguida, outro telefonema. Eu sou o Luís. Mais um? A moça que ficasse tranquila. Meu pedido o convencera. Ele estava chamando um táxi para se lançar nos braços de Julinha. Fiquei feliz e vaidoso da eficiência das crônicas. Serviam para alguma coisa. Quando me preparava para deixar a emissora, soa o telefone da terceira vez. O quê? Meu Deus! Mais um querendo falar com o cronista.

– Aqui é o Luís, o da Julinha.
– Ah.
– Não adianta ficar escrevendo besteiras.
– Espere...
– Por mim ela pode tomar um tonel de veneno, ouviu?
– Mas seu Luís.
– Não estou nem aí.

Não dormi naquela noite. Entre os três, qual seria o verdadeiro Luís da Julinha da Bela Vista?

Na manhã seguinte, uma nova carta me comoveu. Alguém dizendo chamar-se Leão implorava que os ouvintes telefonassem. Era o ser mais solitário do mundo, sentia-se preso, concretamente preso. Imaginem que não tinha ninguém para lhe fazer companhia. Precisava comunicar-se, ouvir palavras de amizade e carinho ou morreria. Eu e o locutor quase choramos. Não tínhamos autorização para transmitir pelo microfone números telefônicos, mas aquele nos pareceu um caso especial. Escrevi uma enternecida crônica pedindo aos ouvintes que se comunicassem com o desesperado missivista.

Dias depois fui chamado pelo diretor da emissora, que tinha uma carta timbrada nas mãos. Acusou-me logo de usar o programa para fazer brincadeiras. Não entendi.

– Não foi você que pediu que telefonassem ao seu Leão?

– Fui, mas onde está a brincadeira?

Entregou-me a carta. Era do zoológico. Fazia dias que telefonavam incessantemente, a pedido da emissora, para falar com o leão. Já não suportavam mais.

MANUAL DO BAJULADOR

Um puxa-saco que não brincava em serviço

−*A* bajulação é uma arte − disse, em tom de mestre, o simpático Crispim, no confortável bar de um cinco estrelas paulistano. − Mas exige vocação e competência profissional. De acordo?
− A autoridade no assunto é você − respondi humildemente.
Conhecia o Crispim da Barão, quando no início da carreira. Muitos começam a puxação dando uma maçã para a professora. Ele, não: ganhou uma maçã depois de elogiá-la na diretoria. Aliás, todo o corpo docente adorava o Crispim, o que lhe valeu até bolsas de estudo, injustas no dizer de invejosos. Já na juventude exercia a bajulação esportivamente, digamos, filando uísque da grã-finagem que frequentava as boates Oásis e Excelsior. Respeitador e ligeiro no elogio, demonstrou habilidades interessantes, como trocar pedra de isqueiro no escuro, ato impossível para o dono da mesa pois tomara inúmeras... Se algum nababo tivesse dificuldade em encostar o carro, deixa para mim, oferecia-se. O puxa precisa ser perfeito nas balizas.
Às tantas da madruga, o dono da mesa romantizado pelo álcool, flertava com a mulher mais próxima. Mas não podia arriscar seu bom nome com qualquer uma. Crispim, feito um

camicase, prontificava-se a levar convites ou recados. Uma negativa e mesmo um bofetão não o afetavam. Sua cara de pau era à prova de exames.

Em todo lugar que aparecia, geralmente os melhores, Crispim conquistava a amizade dos mais influentes. Se resistiam-lhe, atacava as crianças e os velhinhos. Atacava no bom sentido, arrebatando-lhes o coração. Assim conseguia viagens gratuitas, ofertas de hospedagens, ingressos para espetáculos caros, convites para jantares, coquetéis, vernissages, boca-livre em festas maravilhosas, convocação para fins de semana inesquecíveis e recepções íntimas a estrelas e beldades chegadas do exterior.

Ninguém sabia exatamente quem era o Crispim, o que fazia na vida e quais suas pretensões. No entanto, não podia ficar por fora. Eu via seu retrato nas colunas sociais, sempre bem acompanhado, e em ambientes elegantes, com legendas que analteciam seu charme, instantâneo como leite em pó. Na TV apareceu muitas vezes, apoiado nos âncoras, tratado com intimidade, uma gracinha, e chegou a falar cara a cara de graves assuntos nacionais e internacionais.

– Conquistei a simpatia de figurões importantes devido a pequenas providências. Exemplo: levar uma pequena farmácia no bolso. Uma simples dor de cabeça estraga uma noite. Especialmente de cupincha... Um comprimido resolve. Trago também comigo certos tira-manchas infalíveis. Uma nodoazinha compromete a vida de um homem, derruba reputações. Mas não se eu estiver por perto.

– Por que não escreve um manual do puxa-saco, Crispim?

– Divulgar segredos profissionais? Eu? São sagrados.

Crispim era refinado. Portava-se muito bem à mesa. Explicou:

– Fiz um curso de boas maneiras. Todo bajulador que se leva a sério tem de investir para impressionar os... clientes. Daí ter adquirido noções de culinária, vinhataria, joalheria, tecelagem, padronagem, primeiros socorros, respiração boca a boca... Ah, ortografia e acentuação de palavras.

– Por que ortografia e acentuação?
– É incrível como os milionários não sabem acentuar. Bem. Agora tenho de ir. Trabalho tempo integral. Bajulação é uma coisa, preguiça é outra, belo.

Esse diálogo aconteceu muito antes do encontro no hotel. Crispim estava agora mais gordo, porém não diria mais realizado.

– Sempre tive feeling, radar, sensibilidade para dinheiro. Onde está, com quem e como alcançá-lo. Afinal, uma grande empresa contratou-me como yes-man. Pago para dizer sim-senhor. Depois fui promovido: aspone. Sabe o que é, não? Reuniões, congressos, secretárias, charutos, viagens e ódio aos comunistas.

– O topo da carreira! Parabéns.
– No topo cheguei agora. Sou o diretor-geral. Infelizmente.
– Disse infelizmente?
– Disse – confirmou desolado. – De quem vou puxar o saco agora? Vida chata, sem graça. Tudo de bandeja. E o que descobri? Que era bajulador por idealismo. Entra em sua cabeça isso?

DESCULPE, FOI ENGANO

Uma ligação errada pode ser providencial

— Por favor, chame o Lineu.

Não era a primeira vez que me pediam isso. Todos os dias a mesma voz apressada. Desagradava-me o tom impositivo, patronal. Berrei:

— Linnneeeuuu! Linnneeeuuu! Linnneeeuuu!

— Como o folgado demora para atender — protestou o impaciente.

— Suponho que seja porque não há nenhum Lineu aqui. Moro sozinho. Mas não me custa insistir: Linnneeeuuu!

Se tivesse a mania de anotar, já teria um livro volumoso sobre enganos telefônicos. Por azar, sou uma vítima diária, geralmente nos momentos menos desejáveis. Outro dia foi às 3 da madruga. Nas horas inconvenientes a tendência é não atender. Mas desastres, males súbitos, falecimentos não escolhem horário.

— Pronto!

— Quem é?

— E o senhor, quem é?

— Não há motivo para levantar a voz, cavalheiro. Seja urbano.

— Sabe que horas são? Três e 21.

— Seu relógio está atrasado. São 3 horas e 24. Acerte.

– Acertei. Foi só para isso que ligou?
– Olha, engraçadinho, diga ao Juvenal que a graça já entrou, o processo foi retirado e que pode dormir em paz. Anotado?
– Eu teria o maior prazer em dar tão boas notícias ao Juvenal, coitado, seria ótimo, mas infelizmente não o conheço. Com licença.
Nesta São Paulo de centenas de milhares de telefones, quantas ligações erradas são feitas por minuto! Gente que não confere os números, que se equivoca ao discá-los ou cujo aparelho apresenta defeitos. Como ninguém dispõe de tempo, vai-se logo ao assunto:
– É o Pablito. Pode pegar um jatinho e vir para cá?
– Ir para onde?
– Rio, ora! Para onde podia ser, panaca?
Adoro o Rio de Janeiro, mas não tinha o que fazer lá.
– Espera! Com quem quer falar?
– Você não é o Tavares, contato da Royal?
– Não, Pablito.
– Então por que não disse logo que não era o Tavares? E bateu o telefone. Meu tímpano! Logo em seguida a mesma voz, encucada:
– Sabe quem está falando?
– Pablito.
– Não lembro de ter-lhe dito meu nome.
– E não disse.
– Se não disse como sabe? – insistiu, nervoso.
– Por isso é que está telefonando outra vez?
– Sim.
– Sou adivinho, panaca. Tchau.
Alguém me telefonou certa vez e, sem perguntar quem estava falando, convocou-me para uma reunião secretíssima do Partido Trabalhista Brasileiro. E, mais curioso, dias depois tornou a ligar para agradecer a presença, garantindo

que minhas sugestões e conselhos seriam seguidos rigorosamente. Eu agradara em cheio.

Já aconteceu de eu estar no banho e o telefone tocar. Com o drama do desemprego, tendo jogado garrafas com S.O.S. em todos os mares, saí ensaboado. Um telefonema pode salvar uma vida.

– Seu Araken?
– Deve ter-se enganado no número – expliquei, dizendo o meu.
– Mas é para onde liguei.
– Atchin!
– O que disse?
– Nada. Espirrei. Estou ensaboado. O senhor me tirou do banho.
– Desculpe-me, seu Araken. Mas aí é o bairro de Perdizes, não? – e disse meu endereço completo. – Apartamento 32?

Tudo certinho. Apenas eu não era o...

– Afinal, o que o senhor deseja?
– Minha empresa pretende informatizar-se, entende? Matriz e filiais. Temos 1 milhão para investir. Confirme seu nome, por favor.
– Marcos. Marcos Araken. Perdoe a confusão. Vamos conversar.

Foi assim que entrei para o ramo de venda de computadores.

FILAS NOS BANCOS

Às vezes pinta até um seu Batista

O cliente engravatado sorriu e entregou à simpática caixa do banco um cartão escrito a máquina: Vá enchendo a maleta. Comporte-se com naturalidade. Estou segurando uma arma. Obrigado.
 Não frequento agências bancárias, serviço assumido por minha mulher. Perder nas filas tempo que emprego escrevendo resultaria em prejuízo financeiro. No geral, a consorte volta exausta e indignada com alguma coisa. A espera, que às vezes começa a quilômetros do guichê, sempre a expõe a alguma convivência desagradável. A impaciência, o lento passo a passo, suscita intimidades. A maioria força o diálogo oferecendo caramelos e biscoitos. Experimente, são deliciosos. Por educação, ela aceitou uma dessas delícias: sofreu na fila uma cólica violenta, não suporta nada que tenha coco. Uma vovó levava no colo uma criança que amou minha mulher à primeira vista e quis mudar de peito. Segure ela um pouquinho, gostou da senhora. Embora não houvesse reciprocidade, minha cara-metade foi gentil. Aconteceu exatamente o que vocês estão adivinhando. Ou sentindo o odor.
 Mas eu contava a história do ladrão de banco.
 A caixa nem olhou para os lados para que o assaltante não pensasse que pedia socorro. Diante dela, o falso cliente

mantinha o mesmo sorriso imóvel. A maleta preta já estava aberta sobre o guichê. Hesitou. Então ele parou de sorrir e mexeu o braço armado. Ela depositou o primeiro maço de notas de 10 na maleta.

Em época de eleições, não é seguro revelar o nome de seu candidato nas filas, diz-me minha mulher. Já vi gente se sair mal por isso. Brigar é uma forma de preencher o tempo. Ela se queixa em especial dos portadores de mau hálito, justamente os chegados às confidências cara a cara. Companheiro de fila para alguns é como padre em confessionário. Mas há coisas piores. Uma tarde minha mulher voltou da agência possessa. Um cavalheiro atrás dela, fumando um charuto, perguntou-lhe: Não está sentindo um cheiro de queimado? Distraidamente fizera um furo em seu vestido. Sabem quanto me custou a distração?

Além das confissões constrangedoras, também há aquelas correntistas que pedem conselhos – não sobre aplicações. Depois da narração de uma história trágica, perguntam ansiosamente, como se a uma velha amiga: Em meu lugar o que a senhora faria? Devo fazer isso ou aquilo? Permito que minha filha saia com ele? Outro dia minha mulher chegou em casa trêmula. Uma mãe desesperada, da qual nem se lembrava, acercara-se dela ameaçadoramente no banco: Fiz o que aconselhou e sabe qual foi o resultado? Minha filhinha há três meses desapareceu com o cafajeste.

Mas eu contava a história do ladrão de banco.

A caixa foi colocando os maços de dinheiro dentro da maleta preta. Lentamente, o que irritava o assaltante. Atrás dele a fila crescia. E a fila ao lado também. O assalto praticado por um homem só porém prosseguia, a cada segundo mais tenso em meio ao movimento da agência, protegida por guardas fardados.

– O mais chato são certos encontros – garantiu minha mulher. – Gente que não vemos há décadas e das quais nem nos lembramos mais.

Como a saudade atua nos músculos! Ela mostrou-me o vestido amassado. Uma vizinha de infância, pesando uns 80 quilos, quase a matara comprimindo-a entre os braços. Isso enquanto lhe lambuzava o rosto com beijos prolongados. Até seus cabelos ficaram em estado lamentável. Despregou-se um botão. Nada mais conveniente que topar com antigos conhecidos em hora errada!

Mas eu contava a história do ladrão do banco.

Subitamente um cavalheiro se aproximou do assaltante com um palmo de sorriso. Colocou-se entre ele e a moça.

– Batista. Você! Há quanto tempo! Ainda nesta semana conversei com seu tio no supermercado! Me dê um abraço, amigão! Mas o que é isso? Vai sair por aí com esse baú cheio de dinheiro? Não tem medo de ladrões, não?

Batista olhou para o chão, mas não viu buraco algum para se esconder.

A caixa, sorrindo, ao amigo dele:

– Seu Batista não vai sair com esse dinheiro não, ele veio depositar.

BOLO DE 100 VELINHAS

Quem era mesmo o campeão de longevidade?

O pessoal do quarteirão fez o bolo, comprou as velinhas e pendurou faixas nas esquinas: "Parabéns ao Juca centenário!" Ia-se festejar o aniversário do campeão de longevidade do bairro, exemplo a ser imitado de uma vida saudável, em dias de vícios e excessos. Mas, curioso, ninguém identificava seguramente o aniversariante. É aquele do 21 ou o que arrasta a perna? Não seria um meio biruta, sempre assoprando uma gaita?

Quem liga para pessoas dessa idade? O vereador Arruda ligava. Tendo ouvido que um macróbio brevemente completaria 100 anos, bolara a simpática comemoração visando faturar votos. Andava com muito medo de não ser reeleito. Seu primeiro passo foi para a igreja, onde não pisava desde a eleição.

– Esse velhinho é católico? – perguntou o padre.

– É muito religioso – garantiu o vereador, em cima.

– Então vou pedir às senhoras para colaborar com os ovos e a manteiga.

Em seguida, o vereador foi à Associação dos Amigos do Bairro. O presidente da entidade não votara nele, mas o recebeu com um sorriso.

– Às suas ordens, vereador.

— Sabia, presidente, que o homem mais velho do bairro vai completar 100 anos?
— Ah, sim? Aquele do cooper?
— Estive pensando... Podia haver um congraçamento do bairro em torno desse evento. É uma oportunidade para a população se conhecer melhor. Assim, havendo maior amizade, ficará fácil lutarmos pelas nossas causas.
— O que a entidade pode fazer?
— Vamos precisar de muitas faixas.
— Como se chama o centenário?
Arruda lembrava vagamente desse detalhe.
— Juca... Parece.
— Juca — anotou.
Ao deixar a associação, Arruda sentiu que daquele mato sairiam muitos coelhos. De lá, dirigiu-se a um templo de crentes e obteve uma audiência com o pastor. Contribuiriam com o que fosse necessário: açúcar, farinha, chocolate.
— Quem é o velhinho?
— Um tal de Juca...
— Não o que morreu na semana passada? — indagou o reverendo.
— Outro, certamente — informou o vereador, preocupado.
Ao voltar para casa, depois de visitar todas as entidades e clubes da região, que não lhe negaram apoio, Arruda perguntou à mulher:
— Onde mora o tal velhinho que vai completar 100 anos? Preciso ver se está em forma para a festança.
— Virando a esquina, a segunda casa.
O vereador foi até lá. Campainha. Apareceu uma cabeça.
— Por favor, me chame o Juca.
— Morreu.
— Na véspera dos 100 anos?
— Descansou.
O vereador chorou nos ombros da mulher. Agitara toda a região, angariara a simpatia geral e o maldito velho...

– Talvez existam mais centenários por aqui, Arruda.

Realmente falava-se de outro, mas, azar, mudara-se ninguém sabia para onde. Dias depois localizaram mais um homem de 99 anos: entrevado numa cama e desmemoriado, fumava um charuto mato-rato. Não era tipo que merecesse uma comemoração, que posasse para fotos, que manifestasse gratidão. O que fazer?

Apesar de tudo, houve festa, sim. A mais bela e badalada do ano nos bairros paulistanos, a que apresentou o bolo mais comprido. Até a TV esteve presente para atestar o amor do vereador aos idosos, no lançamento da campanha "Viva Muito Levando uma Vida Pura". Quanto ao Juca das faixas, emprestado de Osasco, na verdade chamava-se Carlino: era um tremendo fumante e cachaceiro e, embora parecesse mesmo ter 100 anos de idade, acabara de completar 67.

GENTE DA MADRUGA

O chato que deixou saudade

A madrugada das grandes cidades é habitada ou percorrida por certas pessoas que devem ter um estranho parentesco: ao romper do dia tornam-se completamente invisíveis. A maior diferença entre elas e os vampiros está no consumo. Preferem álcool a sangue, mesmo o proveniente de doadores insuspeitos.

Egas Muniz, histórico boêmio paulistano, que me chamou a atenção:

– Alguma vez viu o Palhares durante o dia?

Palhares em todos os bares e boates era sempre o último a sair.

– Não lembro.

– Viu o Marcelinho?

– Vi, mas durante um eclipse total do sol – respondi.

– Viu o Curimbaba de manhã ou em hora de almoço?

– Espere, Egas. Você também nunca vi exposto ao sol. Por acaso já foi à praia alguma vez? Sabe o que é praia, não? É uma faixa de areia junto ao mar.

Egas defendeu-se, dizendo que não tinha necessidade de sair em horas impróprias porque trabalhava à noite, como cronista de boates e restaurantes, gênero jornalístico do qual fora o lançador em São Paulo. Além do mais referia-se a pessoas cujo endereço e local de trabalho eram completamente desconhecidos.

– O Ventura, por exemplo. Daria uma nota a quem me trouxesse seu álbum de família ou mesmo sua conta de luz.

– Bem, não quero afirmar nada, mas no fim da noite já vi o Ventura rondando o portão do Araçá.

Começamos a rir e interrompemos o riso ao ver entrar alguém que há muito era verdadeiro enigma para nós. Estivéssemos no Dom Casmurro, Le Babar, Club de Paris ou qualquer casa noturna, ele aparecia. E invariavelmente no fim da noite, quando, bocejando, já nos preparávamos para sair. Entrando de impacto – cheguei! – logo se dirigia à nossa mesa ou qualquer mesa.

– Old friends! Old times! Old nights!

Vinha elegantemente vestido, todo passado a ferro, lustroso dos cabelos aos sapatos, lisuras e brilhos que raros ainda ostentavam às tantas da madrugada.

A noite, é sabido, no decorrer das horas amassa tecidos, desfigura o vinco das calças, desalinha, desabotoa, desafivela, descolore, desmancha. Desfaz, em suma, tudo o que o dia pacientemente ordenou. O recém-chegado, contudo, saído do banho, limpo, aromático e engomado, todo no lugar, chegava tarde, mas embalado, inteiro, trazendo, não se sabia de onde, uma garra, uma motivação explosiva que a noite já nos consumira.

Mal via nosso grupo, despencava sobre cada um de nós com um abraço de polvo, sufocando com a pressão fofa e perfumada do paletó. Às vezes, à força, erguia-nos pelos ombros numa demonstração atlética de afetividade, rindo sem intervalo. Mas não sentava, não papeava, não bebia, não ficava. Nunca ficava. Sua ação, seu papel, concentrava-se unicamente no ato de aparecer.

– Old friends! Old times! Old nights!

Em seguida, sem good-bye, precipitava-se à mesa vizinha e depois às outras, levado por um impulso em cadeia incontrolável.

Quem era a figura? Há uns dez anos que nos encontrava em toda parte, abraçando assim, como um urso simpático, mas capaz de causar pequenas fraturas. Perguntávamos aos garçons. Aos porteiros. Aos maîtres. Às moças de programa. Todos o conheciam mas não sabiam seu nome. Nem ao menos o apelido.

A noite só é boa quando desdobrável. Costumávamos espichá-la, mudando de endereço. Vamos ao Arpege? Ao Nick? Ao Michel? Íamos levando a certeza de que o referido logo apareceria sem se dar conta de que já nos abraçara na mesma noite e às vezes na mesma rua. Também não sabia quem éramos.

– Old friends! Old times! Old nights!

Era um estorvo noturno, um chato inevitável com seu sortimento de braços, dentes e lavandas. Quando porém desapareceu de vez, abandonando seu roteiro sentimental, deixou saudade, confesso. E deixou ainda o mau pressentimento de que a época dos velhos amigos, dos velhos tempos e das velhas noites estava-se findando.

ÓDIO À PRIMEIRA VISTA

A verdade sobre a dupla Moacir e Guanabara

Ainda mais instantâneo que o falado amor à primeira vista é o inverso dele: a antipatia ou o ódio ao primeiro olhar. Já lhes aconteceu isso, conhecer alguém e no mesmo instante sentir o irrefreável desejo de aplicar-lhe um pontapé na parte mais sensível do corpo? Também já senti, claro, mas não como no caso do Moacir e do Guanabara. Foi exagerado. Um não podia ver o focinho do outro.

– Conhece o Guanabara?

O aperto de mão, no lugar de aquecer, esfria ainda mais certas apresentações.

– Moacir, a seu dispor.

Chegaram, viram-se e detestaram-se. Estava estabelecido um inexplicável e duradouro sentimento. Mal se olharam, já não suportava a cara do outro. E sem nenhum motivo além da repulsa puramente animal. Meu cachorro tinha dessas coisas. Quando não gostava de uma pessoa, não aceitava dela nem perna de cabrito.

Até quem estava a 10 metros dessa apresentação formal percebeu que ali acabara de nascer uma fiel inimizade. Dois bicudos que não se beijariam. Moacir afastou-se, confessando a quem quisesse ouvir que odiara o jeito do Guanabara. Que sujeitinho! Este, por sua vez, disse que a pose do Moacir lhe provocara ânsia de vômito. De onde saíra aquele tipo?

Amigo de um e de outro, quis entender melhor o motivo de tamanha aversão. Sejam mais claros, por favor. Moacir fixou-se no jeito do Guanabara, de quem quer bancar o importante, mas não saiu disso. Guanabara, falando na pose de rei do mundo do Moacir, não conseguia explicar o porquê da referida ânsia.

Parei de insistir. Como frequentadores do clube, provavelmente se reencontrariam e superariam essa resistência inicial. Bastaria um acostumar-se com o cheiro do outro.

Não foi o que sucedeu. Quando Guanabara se aproximava do grupo, Moacir saía pela tangente. Moacir entrava por uma porta, Guanabara evaporava-se. Sempre prevenindo encontros, evitavam até pegar juntos o elevador. Claro que já não convidávamos os dois para o mesmo almoço ou mesa de bar. Até avisávamos: Moacir, o Guanabara vai aparecer na festa. Ambos agradeciam muito esse tipo de advertência.

Para agravar a situação, apareceu por lá uma tal de Suzaninha, elétrica, esbanjando charminho. Os dois a disputaram, interessadíssimos. Ela, indecisa, ora estava com Moacir, ora com Guanabara. Suspense. Aquele que a gata rejeitasse poderia tornar-se um criminoso. Quem tentaria matar quem? Mas tudo acabou bem, graças a Deus, ela decidindo-se inesperadamente por um terceiro. Cheguei-me a Suzaninha, com muito jeito, e perguntei por que nem Moacir nem Guanabara, que desejaram tanto conquistá-la.

– Ora, eu sou louca? – ela explodiu. – Nenhum deles me falou uma única vez de amor, me quis beijar ou coisa assim. O tempo todo só falavam do ódio que um tem pelo outro. Acha isso normal?

Algum tempo depois saí do clube e não vi mais Moacir e Guanabara. Mas, quando ouvi o nome deles no rádio e depois os vi na TV e nas fotos dos jornais, levei o maior

golpe de minha vida. Inacreditável. Localizei, febril, pela lista telefônica, amigos daquele tempo que me esclarecessem. Um deles, o Reimão, me revelou tudo.
— Então, não sabia?
— Por favor, conte-me.
Um dia em que ambos estavam reunidos com o grupo, e o tema do papo era a dureza da vida em São Paulo, Guanabara saiu-se com esta:
— Se as coisas não melhorarem, volto para a Serrinha.
Os olhos de Moacir brilharam:
— Você é de Serrinha? Nasci lá!
A cidade natal é sempre um ponto de contato entre as pessoas. Principalmente quando pequena e distante. Conheceu o Araújo, boticário? Você frequentou a pensão da Nena? Ainda estava lá quando o Silveirinha sumiu com o dinheiro da prefeitura? Sempre haviam estado próximos. E mais: os dois, como calouros, tinham cantado na estação de rádio de Serrinha! Dessa feliz lembrança nasceu a ideia luminosa e salvadora. Hoje, como todos sabem, a dupla caipira Moacir e Guanabara fatura os tubos em shows, no disco e na TV. Dizem que emplacou até em Paris.

CHOVE CHUVA

Enchente surpreende marido em motel da Marginal

Pondo à parte seu lado dramático, como o das enchentes em São Paulo, a chuva não serve apenas para a venda de capas e galochas. Tem inspirado poetas e grandes compositores, como Tom Jobim, Jorge Ben e Tito Madi. Poderia ser único tema de um CD capaz de emplacar nas paradas. Na vida da gente sempre há uma chuva inesquecível. Mesmo excluindo as pessoas que perderam casa e tudo o mais, quem não tem uma história de chuvarada para contar?

Já lhes falei de O Pra Lua, sortudo e cara de pau que sabia tirar proveito pessoal até dos fenômenos meteorológicos? Na empresa onde trabalhávamos, nenhum atraso era tolerado devido a um gerente pente-fino. Pois não é que O Pra Lua conseguiu dele licença para nos dias de enchente chegar tarde? Bastou mostrar-lhe um retrato seu, num precário barquinho, remando ao lado de duas pobres senhoras angustiadas, que salvara heroicamente. Merecia premiação: a foto do ano.

– Disse-lhe que em casa as águas chegaram quase ao teto – explicou-me.

– E não chegaram?

– Moro no 20º andar, maninho. Escaparia até do dilúvio.

– E o barquinho?

— Ainda não sou o Chiquinho Scarpa, mas tenho meu barquinho na represa. As mulheres são tias minhas. Adoram passear de barco. Apenas lhes pedi que fizessem cara de flageladas.

Emocionante história de chuva foi a que circulou durante algumas horas e muitos quilômetros pela Marginal do Tietê. Milhares de pessoas apontavam alarmadas para o leito do rio. Um cadáver boiava. O helicóptero de uma emissora de TV levou a imagem para o país inteiro. Tratava-se de um homem jovem, alto, loiro e extremamente elegante. A primeira vítima da enchente ou, quem sabe, um suicida, já que um homem tão chique não podia ser morador da periferia. O helicóptero fazia aproximações perigosas para focar o afogado. Bonito defunto!

Uma senhora apresentou-se ante as câmaras. Era o filho dela, moço vaidoso, mas com manias suicidas. Seu retrato passou a ser exibido de intervalo a intervalo. Surgiram os mergulhadores. Tarefa difícil. A correnteza empurrava o corpo sem parar. Um desses destemidos quase morre. Para olhar o rio, um motorista perdeu a direção e matou três. Um cão da polícia nada até o afogado, mas apesar da torcida se desinteressa. Surpresa! O filho da infeliz mãe é focalizado e fala... Estava num bingo. O ibope da emissora vai às alturas. O trânsito torna-se impossível nas marginais, a cidade para, o país desacelera. Afinal, verdadeiros camicases do bem, que sempre aparecem, caçam o velocíssimo defunto. Que, estranhamente, não portava documentos. Era um manequim de isopor lançado por um alfaiate: Timóteo, o barateiro da Lapa, que costumava usar formas inovadoras de promover sua tesoura. Distribuindo cartões, desculpava-se:

— Não tenho grana para publicidade. E o rio não cobra nada, valeu?

O pior drama da chuva, a meu ver, aconteceu com o Macedo. Quem conhece o Macedo sabe que é bem casado e não dado a aventuras. Pelo contrário, vovô e exercendo cargo de confiança, sempre fugiu delas. Aquela ida ao motel não fora programada. Praticamente o arrastaram. O tempo não estava bom. Mal assinou a ficha, a chuva começou. A princípio pareceu-lhe que, além de excitante, boa para seus sessenta anos, ela lavaria a mancha daquele secreto pecado vespertino.

Logo, porém, intensificada, ela virou tempestade, tornado, furacão, o que quiserem. Os hóspedes, no saguão, apavorados, viam pelas janelas a água ameaçar seus carros. Depois, aquilo. Buuuummmm! Uma grande árvore, atingida por um raio, tombou bloqueando por completo a entrada do motel. Muitos braços desesperados tentaram abrir a porta. Inútil, a árvore pesava toneladas. Surgiu um princípio de incêndio: correria, fumaça, tosse, desmaios. A sorte, não sei se assim se deve dizer, pode ser impróprio, foi a chegada do Corpo de Bombeiros. Cumprimentos à corporação! Salvos, o bom Macedo e a jovem, ante a luz vermelha da TV, tossindo, identificaram-se. Apareceram também nos jornais, ambos com pouca roupa, suponho devido ao agarra-agarra da situação. Lembro a manchete de um deles: "Gente importante salva em hotel de alta rotatividade". Mas por que na primeira página? Por quê?

UMA NOITE DE CÃO

Ele dava a vida por um frango assado. Ela também

— Ramalho! Vá entrando. Hein? Que pacote é esse?
— Não sente o cheiro? Passei em O Rei do Frango Assado. É o melhor que se faz em São Paulo. Eu não chegaria de mãos abanando.

Ramalho, um amigo do Rio de Janeiro, ao vir para cá, sempre aparecia em meu apartamento com grandes notícias e pequenos pacotes. Como chegava habitualmente tarde e faminto, comprava no caminho qualquer coisa para comer: pizza, quibe, bauru. No entanto, jamais era bem-vindo por mim e minha mulher devido à hora imprópria das visitas, quando já íamos dormir.

"Virginia Wolf" não parava de balançar o rabo e de saltar sobre o Ramalho. Embora quase o tivesse mordido certa vez, naquela noite nossa encantadora dálmata deu de lhe fazer festa. Minha mulher levou o frango para a cozinha. Desembrulhado sobre a mesa, era uma tentação.

Sentamo-nos no living. Ramalho acomodou-se numa poltrona, de costas para a cozinha, a contar novidades sombrias do Rio. Vivíamos tempos pesados, tensos. Um embaixador fora sequestrado. Suas informações eram verdadeiras bombas. Confidenciou:

— Um dos sequestradores é nosso amigo.

Levei um choque. E não era para menos. Virginia entrava no living e postava-se elegantemente sobre as patas dianteiras ao lado do Ramalho. Com o frango na boca. Isso mesmo: com o frango na boca. Olhei para minha mulher que deixou escapar um "Meu Deus!".

– Vocês sabem do que falo, não? – ele perguntou, grave.

Se Ramalho olhasse para baixo veria a cadela segurando a peça entre os dentes, certamente à espera de autorização para iniciar a ceia. Ergui-me, forçando o visitante a olhar para o alto. Conversaria de pé. Sentindo a presença da dálmata na vizinhança, ele estendeu o braço e começou a acariciar-lhe a cabeça. A centímetros da coxa esquerda do bípede assado. Pensei nas consequências. Se ele descobrisse onde estava o seu jantar, eu teria de me vestir, descer à garagem, toda lotada no horário, tirar o carro da vaga e sair pela madrugada à procura, talvez dramática, de outro frango.

– Não quer saber qual é o amigo nosso que está envolvido?

Puxei um pufe para bem perto do Ramalho. Diminuindo seu ângulo de visão, ele teria menos probabilidade de tocar Virginia. Já trabalhei na TV e entendo desses lances.

– Claro que quero.

Ramalho recuou na poltrona, ficando na mesma linha que o cão. A cara consorte empalideceu. Olhei para o teto.

– Aquilo não é um inseto? – apontei.

Ramalho e ela olharam para cima. E a dálmata também com aquele bruto frango na boca.

É apenas uma mancha – ele percebeu.

– Detesto insetos andando pela casa.

O expediente deu resultado. Minha mulher aproveitou o momento e atraiu Virginia para o corredor. Ouvi o cão rosnar. Não querendo entregar a presa, fugiu com ela para o terraço, iluminado, em frente ao living. Vi Virginia, perseguida, passar com o frango.

– Gosto muito desse terraço – disse Ramalho, encaminhando-se às portas de vidro.

Num salto, apaguei a luz.

– Ele fica mais bonito no escuro, observe.

Apesar da escuridão, via a cachorra escondendo-se entre floreiras.

– Vamos ao frango – ele decidiu, com o cheirinho tomando conta do apartamento.

– Primeiro sirvo um uísque.

Ouvimos ganidos que assustaram o Ramalho. Seguiu pelo corredor.

– A cachorra deve ter-se machucado.

Agarrei-lhe o braço.

– Tome o uísque. Então um dos sequestradores é nosso amigo?

Minha mulher apareceu enfim com um sorriso. À cozinha! Ramalho sentou-se ante o frango descarnado. Só para ele!

– Esse estava demais! – disse Ramalho no final. – Deixei um pedaço de peito para a cadela. Será que ela gosta?

– Sei lá!

SALAS DE ESPERA

*O que acontece antes da consulta,
do teste, do pedido de empréstimo...*

Mesmo com decoração agradável, ar refrigerado, sorrisos de uma atendente sexy, ficar plantado numa sala de espera é mais chato do que campeonato de boliche. Seus personagens não pertencem a um elenco muito variado: a criança que não para de se mexer e adora desamarrar sapatos, a gorducha louca para penetrar na intimidade das pessoas e aqueles leitores compulsivos de revistas, na verdade apavorados com aventais e boticões. Mesmo lendo os textos mais cômicos não sorriem jamais.

Algumas salas gravam-se a ferro e fogo em nossa lembrança. Hoje, em pesadelos, retorno à sala de espera do gerente de certo banco, no centrão. Um espaço frio e sóbrio, tendo à parede apenas um quadro com uma imagem, não identificava se de Cristo ou Tiradentes. A segunda possibilidade era assustadora para quem, já com a corda no pescoço, dependia de um empréstimo.

Depois de duas horas de espera, aparecia sorridente uma bela secretária explicando, com 32 dentes à mostra: o gerente fora convocado às pressas para uma reunião; seríamos recebidos no dia seguinte. Isso acontecia pela terceira vez na semana. Às vezes atendia prontamente, mas consumia o tempo

com poucas entrevistas. O banco não abria o cofre assim, fácil. Exigia garantias, avais, comprovantes. Eu trocaria aquele gerente por um dentista sádico, doido para arrancar dentes. Aquela sala de banco dava-me até saudade. Entre cada cliente, o dentista sempre aparece para dar uma olhada no faturamento à sua espera. O gerente-geral não, nunca dava as caras, a pilotar compenetrado e solitário em seu gabinete o poderoso encouraçado financeiro. No banco, eu e aquele grupo éramos de uma pontualidade absoluta. Mal abria o expediente, ocupávamos a sala de espera vestidos de escuro, em todos os tons da confiabilidade. Um do grupo tinha o hábito de marcar com os dedos sobre a mesa os compassos de um infinito *Bolero* de Ravel. Ao seu lado, um homem-usina tremia a perna o tempo todo fazendo vibrar móveis e vasos da sala. Sempre havia quem fumasse charuto, símbolo, talvez, de dias melhores. Um tomava comprimido de quinze em quinze minutos, olhados no relógio, provavelmente – bum! – à beira do enfarte. Outro plantava-se de pé à janela para despejar sua aflição sobre a cidade. Tive a impressão de que se atiraria daquele 20º andar. Aguardava, desejoso. Assim, eu invadiria a gerência berrando:
— Veja, um já se matou! Empreste-nos dinheiro ou todos nós nos atiraremos pela janela!
Houve outra sala de espera terrível em minha vida. Precisava de emprego. Desesperadamente. Não fora o primeiro a chegar, sempre há os que chegam antes. Fiquei horas com os olhos fixos na porta da esperança. O mais madrugador entrou como se já fosse dono do emprego, saiu de cabeça baixa, perdidão. O segundo, que levava à mão um currículo enorme, deixou a entrevista picando-o em mil pedacinhos, odiosamente.
Minha vez. Entrei trêmulo, pálido, derrotado. O empresário abriu os braços, sorrindo. Conhecia-me, conhecia-o. Rodolfo! Não o sabia também dono daquilo. Meu dia de sorte!

— Mas é você mesmo? Aqui está seu maior fã! Li dois livros seus. Minha mulher disse que sairá outro. Serei o primeiro a comprar.

Abraçado, senti que o mundo afinal acolhia este aquariano.

— Estava na sala de espera desde as 2, Rodolfo.

— Por que não mandou me avisar? Eu o receberia imediatamente. Não calcula como o admiro. Que emoção!

— Agora estou precisando de um emprego, amigo. A vida está dura.

— Dura? Está duríssima! Insuportável — confirmou, com uma pequena ressalva. — Mas não para os artistas. Vocês não sofrem nossos problemas. Devem rir da gente, reles homens de negócio. Invejo-os. Sinceramente. Como gostaria de ter talento! Viveria com pouco dinheiro, porém feliz. Eu aqui sou um sofredor, um mártir dos números.

— O que poderia me arranjar, Rodolfo? Estou encalacrado. Qualquer coisa serve — revelei, humilde.

Ele lançou-me um olhar mais sábio do que compadecido:

— Eu não o desviaria de sua vocação com um empreguinho. Conserve-se fora da maldita engrenagem. É o importante: fora da engrenagem.

E confessou:

— Hoje ganhei o dia, vendo-o. Vou acompanhá-lo ao elevador.

— Mas Rodolfo...

— Faço questão.

MEDO DE AVIÃO

Meus personagens inesquecíveis da ponte aérea

Durante décadas voei quase semanalmente pela ponte aérea São Paulo-Rio de Janeiro. Desde o tempo do pequeno Samurai, a bordo do qual, certa vez; tive o prazer de apreciar uma tempestade negra com um sortimento completo de raios, ventos e trovões. Viajava invariavelmente só, mas raras vezes sem um passageiro ao lado, as aeronaves sempre lotadas. Um, que vira no aeroporto dramática despedida familiar, perguntou-me:

– O senhor costuma viajar pela ponte?
– Constantemente.

Sobre vizinhos de poltrona poderia escrever um volume de memórias de voo, tantos e tão divertidos foram eles. Os mais comunicativos são os que sobem num avião pela primeira vez, alguns após anos de hesitação. Tentam dominar o nervosismo socialmente, puxando conversa.

– Nunca sofreu absolutamente nada?
– Já esqueci uma pasta cheia de documentos.
– Falo de desastre.

Lembrei-o: há meio século não havia acidente na linha. Risco bem maior corre quem vai ao Rio de automóvel. O perigo está na Dutra, não nas alturas. É estatístico. Ele sorriu, acalmado. Ao ouvir o ronco do motor, porém, inquietou-se de novo.

— Melhor afivelar o cinto — aconselhei.
— Que cinto?
— Está sentado em cima dele.
— É obrigado? Sou claustrófobo.
A comissária surgiu e ajudou-o, gentil. O contato com a moça lhe fez bem. Acomodou-se, respirou, olhou pela janela.
— Voar hoje é seguro — constatou minutos depois. — Sinto-me como se estivesse em terra firme.
— O avião ainda não levantou voo.
A primeira providência do viajante de estreia é ler, mesmo sendo dos que abominam as letras de fôrma. Apanhou um vistoso folheto, junto aos jornais, na bolsa do banco da frente. Mas não trouxera os óculos.
— Isto é importante?
— São instruções aos passageiros. Indica as saídas de emergência, os toaletes, os cinzeiros. Ensina a usar o cinto, mostra onde estão os cobertores e travesseiros e, virando a página, como proceder em caso de... pouso na água.
Preocupante esclarecimento. Indagou, trêmulo:
— Disse pouso na água?
— Nesse caso usa-se o assento para flutuar.
— No mar?
— Engenhoso, não?
Ele não achou. Visivelmente aterrorizado, olhou o relógio e levou-o ao ouvido. O que acontecia com os ponteiros? Não se mexiam! Desafivelou o cinto e ameaçou levantar-se. Desistiu.
— Tenho três filhos — balbuciou.
— Parabéns. Em idade escolar, suponho. Como estão caras as mensalidades!
O tema relativo ao colégio e seus gastos não o atraiu, interessado no assento e em suas incríveis possibilidades flutuantes.
— Larguei de fumar há anos, mas se o senhor me der um cigarro...

Nem todos soltam a língua por nervosismo. Há os que não conseguem mesmo viajar em silêncio. Um passageiro excessivamente gordo, durante o tempo todo, me descreveu uma infeliz viagem a Beirute, sob pesado bombardeio. Quase um estilhaço de bomba me acerta. Outro, cujo rosto impreciso mais parecia retrato falado de um delinquente, confessou estar descontroladamente apaixonado por certa teleatriz, da novela das 8 que nem o conhecia.

Um gaúcho vestido a caráter me revelou, sem ser solicitado, todos os segredos da arte de fazer churrasco, obrigando-me inclusive a tomar notas, eu, um vegetariano. Uma senhora, sem parar de chupar balas de hortelã, foi até o Aeroporto Santos Dumont narrando mil gracinhas de seu netinho, pelo que ouvi o garoto mais chato da paróquia. E houve também...

– Aí está escrito: use o assento para flutuar? Isso acontece? – perguntou o companheiro ao lado, como se estivesse boiando, a fumar, no oceano.

– Infelizmente para mim, ainda não – respondi já querendo silenciar o cara. – Dizem que é delicioso!

FIGURINHAS CARIMBADAS

As peripécias de um caçador de autógrafos

Geralmente todo colecionador de autógrafos foi, na infância, fanático por álbuns de figurinhas. O hábito de colecionar começa cedo, seja o que for: caixas de fósforos, borboletas, gravatas extravagantes, armas, poetas, selos ou dólares. Nasce da compulsão irresistível que alguns sentem de dar ordem às coisas: enfileirar, enumerar, colar, grampear, dividir em grupos, séries e famílias. O mundo pode ser um caos, uma confusão geral, uma meleca. Mas minha coleção não, consolam-se. Nos seus cadernos, quadros e estantes, em organização perfeita, tudo no lugar, classificado, eles têm uma visão de continuidade e equilíbrio que, vista pela janela, parece faltar no universo.

O colecionador de autógrafos, porém, difere dos outros. O autógrafo para ele não é simples assinatura garranchada. Coleciona muito mais – o sorriso, o perfume, o abraço, qualquer palavra que a celebridade lhe diga. E sobretudo a angústia para obter o contato com o ídolo. Para isso espera durante horas, arrisca perder o emprego, toma chuva, recebe empurrões, briga com porteiros e secretários, chora, sim, chora, tentando comover seu artista famoso.

– Conseguiu o autógrafo de Tula Maldonado? – perguntei a um jovem obstinado havia horas postado à porta da emissora onde eu trabalhava.

— Está difícil, eu a persigo há meses. Mas sou persistente. Tenho centenas de autógrafos. Até de artistas estrangeiros, como a Madonna.
— Madonna?
— Foi fácil. Aproximei-me dela no hotel, vestindo uniforme de mensageiro. Recebi até um beijo.
— Como é seu nome? Posso pegar um autógrafo de Tula no estúdio. Aguarde – ofereci-me.
— Não, obrigado.
— Quero lhe facilitar o trabalho.
— Através de intermediário não vale. Prefiro sofrer aqui.
— Ela vai demorar.
— Eu espero.

Havia anos trabalhando naquela e noutras emissoras, conheci inúmeros autografomaníacos e suas manhas. Nos primeiros tempos andam em bandos, fazem algazarra, exibem álbuns ou tiras de papel, revelando suas intenções. Como todo vício ou mania, começa por farra. Depois, a brincadeirinha vira obsessão. Aí o colecionador passa agir solitário, torna-se mais criativo, ousado, quase agressivo. E – curioso! – não que ame excessivamente a voz, o estilo ou a personalidade de determinado cantor ou ator. Às vezes é até indiferente à arte deles. A fixação reside no desafio, na dificuldade da obtenção de certos autógrafos.

— Tula, tem um rapazinho na porta querendo autógrafo.
A estrela mostrou as garras.
— Um magrela com uma cicatriz no queixo?
— Esse mesmo.
— Pois não vou dar autógrafo nenhum. É um doido. Já me abordou no elevador, na igreja, no enterro da minha tia...
— Diz que conseguiu autógrafo até da Madonna.
— Pode ser, mas eu não vou dar.

Ao sair do canal, vi o rapaz à porta. Tentava ludibriar a vigilância e entrar.
— Ela não vai lhe dar o autógrafo – disse-lhe. – Desista.

— Sou do ramo — respondeu. — Não desisto.

Voltei à noite, precisava ultimar um script. Não encontrei o talzinho à porta. Teria afinal se cansado? Circulando pela ala dos camarins, ouvi subitamente gritos e uma correria. Tula saiu de um toalete cuspindo fogo. Ao erguer o vestido percebera que o moço a esperava lá com a caneta. Situação humilhante. O segurança apareceu correndo. O colecionador foi agarrado e levado à delegacia mais próxima. Nem sei por que fui junto.

— Conte o que houve — exigiu o delegado, por coincidência o doutor Jota Mourão, apresentador em nossa emissora do programa policial *A Noite Tudo Encobre*, um dos líderes de audiência.

— O senhor é o delegado Jota Mourão? — admirou-se o rapazinho, aceso.

— Sou.

— Me dê um autógrafo. Sou seu fã. O senhor esteve bárbaro na sexta.

BRILHANTES CURRÍCULOS

É preciso muita imaginação para arrumar emprego

Levei dias escrevendo um trabalho para disputar vaga numa empresa. A exigência: pôr no papel todas as pretensões do candidato. Caprichei e apostei na convocação. Mas não apareci na lista dos escolhidos. Indignado, exigi explicação da comissão julgadora.

– Realmente seu material nos pareceu de primeira. Parabéns.

– Por que então não me chamaram?

– Seu curriculum vitae estava pobre.

Eu realmente usara poucas linhas com informações profissionais, sempre um auto-oba-oba, enquanto muitos candidatos preencheram páginas inteiras. Que bobagem! Seriam mesmo currículos tão convincentes? Permitiram-me lançar meus olhos curiosos sobre eles. Alguns enumeravam mil diplomas, obtidos pelos candidatos às vezes em cursos brevíssimos de uma única semana de duração ou meros atestados de presença em eventos, conferências ou debates. Qualquer viagem, para estudo e pesquisa, contava para enriquecer o retrospecto profissional. Estranhamente Guarujá, Caxambu, Lindoia e Búzios eram as cidades mais visitadas, principalmente no verão pelos donos das vagas. Entrevistas no rádio e na televisão também marcavam. Vi os nomes de Hebe e Elke Maravilha.

– Julgava o curriculum vitae simples complemento – disse à minha mulher, arrasado. – Imagine só! Um candidato, associado a uma dezena de entidades e associações, mencionou inclusive uma de amantes de carros e outra que reúne gente que entende tudo sobre canários.
– Devia ter feito o mesmo.
– Eu? Não sou cara de pau.
– Pena. Vai continuar desempregado.
Sempre se arranja o que fazer, e lá fui eu, embora aquela derrota não me saísse da cabeça. Eu queimara as pestanas bolando tanta coisa... Nunca mais gastarei massa encefálica nesses concursos, resolvi. Isso de depender de julgadores acabou.
Meses depois minha mulher, excitada, mostrou-me um jornal.
– Há um cargo sob medida para você. Basta carta e currículo.
O meu não impressiona nem um fabricante de espanadores.
– Aqui diz que o salário é excelente. Arrisque.
– Só se for na base da gozação.
– Por que não? Assim a gente se diverte.
Depois de redigir meia página apenas sobre minhas pretensões e metas profissionais, passei ao currículo. Comecei enumerando diplomas e certificados: o candidato fez curso de ablativismo...
– Que é isso?
– Uma corrente filológica. Acabo de ler no dicionário, mas não sei bem do que se trata.
Diplomou-se em dialetos anglo-latinos medievais e línguas mortas balcânicas; estudou comunicação interpessoal, não verbal e social; literatura comparada, de cordel, oral, de vanguarda, decamerônica; poesia celta, gaélica e córnica.
– Não estou entendendo nada.
– E é para entender?
– O período de diplomas e atestados foi longo. Falei até

em curso de charada, charada aferética, alexandrina, justaposta, eu que sempre saltei essa seção de jornais e revistas. Cursos de liderança, holismo, oratória, caligrafia, cabalística etc.

Passei depois à enumeração de clubes, associações e academias. Clube dos Ciclistas do Ibirapuera, dos Fanáticos por Fuscas, Associação Viva o Verde, Amigos do Velho Triângulo, Academia Paulista de Sanfoneiras e Academia de Chorões e Repentistas.

Esperançoso, tempo depois fui saber do resultado.

– Seu currículo impressionou bem – disse-me o chefe de relações humanas. – Que cultura! Que experiência! Mas infelizmente não foi o escolhido.

– Posso ver o currículo do vencedor? – pedi possesso.

Mostrou, meio atemorizado comigo. Uma linha.

– Sobrinho do ministro Azambuja Ribeiro – li.

Na verdade um brilhante currículo.

ESPELHO, ESPELHO MEU

Mesmo os mais fiéis cometem pequenas traições

Desde a longínqua infância fomos grandes inimigos. Todas as manhãs, no banheiro, já me dizia bom-dia. Observava até melhor que eu próprio as coisas que me aconteciam. Veja esse buço já quase bigode. Está se tornando hominho, garoto. Às vezes ordenava, paternal: O cabelo está grande corra para o salão e corte.

Amigo vira logo confidente. Foi para quem segredei minha queda pela Ivone, a ninfeta mais avoada do quarteirão. E quando se mudou para Santana, ele notou minha amargura e disse palavras de consolo. Com muito senso crítico me viu fazer o primeiro laço de gravata. Elogiava, porém, quando me penteava e vestia com esmero. Comecei a contar-lhe minhas experiências amorosas. Ouvia, uma a uma, com prazer. Perguntei-lhe em tom de conto de fada, orgulhosamente:

– Espelho, espelho meu, existe no bairro rapaz mais charmoso do que eu?

Seu silêncio significava: vá em frente e viva a vida. Aproveite ao máximo, mas, por favor, não deixe de me contar tudo. Não sou um retrovisor de carro, felizardo, que roda quilômetros pela cidade, vendo muita gente e tanta coisa interessante. Coitado de mim; vivo à parede, refletindo sempre as mesmas pessoas, o cabide, a toalha...

Atendendo a seu apelo, quase súplica, contava-lhe minhas farras de moço, sempre ao fazer a barba. Parecia sentir algum fascínio por detalhes eróticos. Pedia-me até para repeti-los morbidamente.

Certo dia, o confidente, a julgar por qualquer sinal de cansaço em meu rosto, adiantou que eu deveria estar me excedendo nas conquistas amorosas. Usou até a vulgaríssima palavra gandaia, excluída de meu dicionário. Mesmo assim ansiava por aqueles pormenores.

Mais respeito – exigi, contrafeito. Está falando de minha noiva. Vou casar ainda neste ano. Nada de intimidades.

Realmente montei um apartamento e casei-me com Carolina. Levei pouco dos meus pertences de solteiro. À última hora, decidi levar também o espelho, embora tivesse perdido o brilho. Nem sei o porquê da resolução, já que não conversávamos mais. O corte das confidências causara nele algum ressentimento.

Minha mulher a princípio não gostou do espelho. Formato antigo, destoava do banheiro moderninho. Disse-lhe que compraria outro. À noite, enquanto se penteava, revelou ter mudado de ideia.

– Esse espelho é de uma fidelidade sem igual!
– Ele torna você mais bonita?
– Pelo contrário, mostra-me espinhas, manchinhas... Meu rosto como ele é.
– Não quer mesmo outro?
– Deixe ele aí.

A partir daí comecei a perceber: ela passara a gastar muito em cosméticos e nos salões de beleza. Não me pareceu necessário, sendo ainda jovem. Falei com o tal.

– O que anda pondo na cabeça de minha mulher? Sabe quanto ela gastou neste mês? Limpou minha carteira.

– Muito honrado em me dirigir a palavra. Mas como espelho que sou, a aparência de sua mulher só a mim diz respeito.

Menos de um mês depois, ela com ar lamentoso.

– Preciso urgente de uma operação plástica. Observou meu nariz?
Pensei em quanto custaria uma operação. Puxei-a para um espelho.
– O que tem seu nariz? É perfeito.
– Venha ao espelho do banheiro. É torto!
Fomos ao banheiro, ela quase encostando o rosto no espelho. Estava certa. Ou estavam certos. O nariz nitidamente torto!
– Pode marcar a operação – eu disse, pegando o secador de cabelos. – Mas veja isso – e num golpe só quebrei o espelho numa porção de pedaços.
Ela fez a operação e ficou satisfeita com o novo nariz. Algum tempo depois, enquanto abria a bolsa, decidiu esticar a pele da testa. Outra nota preta. Aproveitei uma ausência sua para espiar a bolsa. Dentro luziu uma lasca do velho espelho. Desconfiava.
– Oi – cumprimentou-me cínico.
Fui com ele para a pia da cozinha. Uma boa martelada o transformou em farinha. Soprei-o. Juro, nunca me senti melhor.

OS DOMINGOS

Vivendo à espera deles

O domingo foi para mim, na infância e na juventude, prova semanal da existência de Deus. Maior que os outros dias, começava já no sábado, quando ia dormir cedo para gozar um sono cheio de expectativa. Ao me levantar, abria logo a janela e contemplava o céu sempre de azulão majestoso. À hora do almoço vinham seus cheiros e paladares, dos temperos ao vinho, este a parcela do pecado dominical. Sim, o dia santificado era para mim extremamente pecaminoso a partir do momento em que pisava o solo excitante das matinês. O guichê do cine Santa Cecília, nos Campos Elíseos, determinava a exata linha divisória entre o cotidiano e a fantasia, o meridiano que transformava o menino bem-comportado, queridinho da professora, no jovem mister Hyde, monstrinho, a ensaiar pelos corredores do cinema sua caça às promíscuas garotinhas do bairro.

Domingos sensacionais os daquele Doce Pássaro da Juventude. De Jean Harlow à resistente filha de um dentista do bairro, tudo descobertas e emoções. Havia depois o footing na rua principal, o sorvete e a sinuca. O resto da semana não passava de uma cansativa espera em que o sentimento mais marcante era o ódio às segundas-feiras, de um realismo estúpido. Assim foi até que um dia, já enfrentando os problemas da vida, concluí dramático:

– O domingo é uma ilusão.
Foi a mais triste constatação da minha mocidade.
Outros domingos viriam. Já casado, decidi dar uma folga à mulher, almoçando nesses dias em restaurante. Ideia tão boa que ocorreu a milhões ao mesmo tempo. Só a escolha a princípio já era um prazer, embora nem sempre se chegasse a um fácil acordo. Minha mulher é exigente. Mas a seleção não se limitava à quantidade dos pratos. Onde há boa comida, a fila de espera vai até a esquina, o que torra a paciência. Os melhores e os mais baratos nisso se igualam: no mínimo uma hora de tortura. Mas, se não ficamos uma hora na fila, ficamos ainda mais no carro procurando restaurantes sem fila. Existem. Já notei. São prediletos daqueles fregueses que têm família numerosa, com no mínimo seis encantadoras crianças. É divertido quando uma delas insiste em nos desamarrar os sapatos ou compartilhar nossa sobremesa. Uma chegou até a dar sumiço numa revista que eu levava comigo. Gracinha. No domingo, afinal, encontramos um restaurante vazio. À saída, o proprietário veio agradecer, quase comovido. Homem sensível. Quis saber o porquê.
Estivemos fechados trinta dias – explicou.
– Luto?
– Acusaram-me de falta de higiene. Maldade. Insetos existem em toda parte, não?
Resolvemos trocar os simples almoços por pequenas viagens dominicais. Por que não pegar o carro de manhã bem cedo e voltar à noite? Estávamos esquecendo a existência de algo chamado natureza. Ela não pode ser privilégio de poucos. Há quanto tempo não vestíamos roupas de banho? Certas praias do litoral nem conhecíamos, lembrou minha mulher. Levando a chave de um apartamento, pé na estrada. Foi maravilhoso. A máquina, a estrada, a paisagem. O vento... E, sobretudo, a sensação de liberdade. Demoramos algumas horas para chegar à praia, é verdade, mas conservamos o bom humor. Às vezes é até melhor topar

com dificuldades. Afinal, o velho marzão! A areia suja não estava muito convidativa, mas não sou dos que vivem estrilando. Uma queixa: com aquele calor, não encontramos uma única cerveja gelada nos bares. Aconselharam a procurar nos restaurantes. Mas em 30 quilômetros de praia não tivemos sorte. O contato com a natureza ativa na gente uma fome canibalesca. Teríamos atacado alguma criancinha se não tivéssemos visto um vendedor de tremoços. Filmes mexicanos e tremoços são duas coisas que odeio neste mundo. Mas se tratava de salvar vidas.

A volta não teria sido tormentosa se não fosse aquela carreta tombada na estrada. São imensas e possuem muitas rodas. Ainda assim, sempre tombam. Especialmente aos domingos. Dormíamos, quando nos informaram, batendo no vidro, que a Anchieta já estava desimpedida. Em apenas três horas chegamos a São Paulo.

– O domingo continua sendo uma ilusão – comentei com minha mulher. – Que tal uma pizza?

– Nada melhor para se opor a uma ilusão – disse ela sabiamente.

OS PEQUENOS MISTÉRIOS

Quando a vida vira um romance policial

A gente leva a vida topando com eles, os mistérios – principalmente os pequenos, que intrigam, chateiam, perturbam ainda mais que os grandes. Coisas que desaparecem diante do nosso nariz, seres providenciais que surgem para nos salvar quando tudo parecia perdido, trotes ou brincadeiras cujos autores nunca foram revelados. Mistérios que parecem obra de um mágico gozador e irresponsável.

Minha mulher, olhando a penteadeira, teve uma crise nervosa:

– Quem foi que sumiu com meu perfume francês favorito?

Desconfiamos logo da diarista, coitada, ela que nem chegava perto dos caríssimos vidrinhos da patroa. Já íamos expulsá-la quando tocam a campainha: o faxineiro. Achara no lixo do apartamento um frasco de perfume francês. Mistério esclarecido. Esclarecido nada. No dia seguinte minha mulher encontrou na gaveta outro vidro de perfume igual. Mandracaria.

Na última vez em que estive desempregado, já escolhia a janela da qual me arremessaria (não tenho armas em casa, é perigoso) quando uma voz ao telefone, de alguém dizendo chamar-se Odilon, pediu que me apresentasse em determinado jornal, onde precisavam de um redator. Corri para lá, e no mesmo dia comecei a trabalhar. Graças ao tal Odilon. Mas quem era ele? Ninguém sabia. Ninguém conhecia nenhum Odilon.

Deve ser seu anjo da guarda, supôs minha mulher.

– Não – respondi. – O meu chama-se Mariano e dizem que está sofrendo de reumatismo na asa direita.

O pior foi que, quando já esquecia o mistério, recebi um cartão de Natal, assinado por quem? Seu amigo de todas as horas, Odilon. E sem endereço do remetente.

Durante dez anos, recebi telefonemas anônimos de uma agradável vozinha feminina cuja dona, enigmaticamente, sabia de tudo que acontecia comigo. Mesmo as maiores intimidades! Passado cerca de um ano do último telefonema, outra misteriosa voz feminina no aparelho:

– Lembra daquela moça que ligava de quando em quando para falar de sua vida?

– Lembro, claro.

– Mudou-se para a Europa e manda-lhe lembranças por meu intermédio.

– Mas quem era ela?

– Minha prima.

– E você quem é?

– A prima dela. Tchau.

Mistérios. Tínhamos um amigo de todas as semanas, o Teófilo. Sábado não era sábado sem seus casos. suas anedotas, suas fofocas. Parecia uma amizade definitiva. Um belo dia desapareceu. Jamais mandou uma carta, um telegrama ou um recado. Esquadrinhamos a cidade inutilmente à sua procura. Um dia recebemos a visita de um amigo dele.

– Vi o Teófilo, casualmente, há um mês – disse.

– Mas onde anda o sacripanta? – perguntei.

– Ora, disse que quem quiser ter notícias dele basta recorrer a vocês. É o que estou fazendo agora.

E o caso do livro de poemas de Carlos Drummond de Andrade com uma singela dedicatória, do próprio? Desapareceu de minha biblioteca depois de uma reunião de amigos em nosso apartamento. Eu e minha mulher colocamos os nomes de todos numa lista de suspeitos. Entre eles estava um jovem escritor que lia tudo que lhe caía às mãos, um psicoterapeuta apaixonado pelos poetas da geração de 30, uma atriz de televisão que o país todo conhece, um ex-deputado estadual da oposição, um jogador de tênis endinheirado, a namorada bonitinha do tenista, um careca gorducho que apareceu não sabemos como ou com quem, um dramático cantor de boleros e uma parente nossa, velhinha peralta a que mais se aproximou das estantes. Qual desses nove tinha sido o ladrão? Resolvemos visitar todos eles com uma perguntinha na ponta da língua:

– Não estamos acusando ninguém, mas um livro de estimação desapareceu de nossa biblioteca na noite da reunião. Sigilosamente poderia nos dar alguma informação?

Ninguém informou nada. Mas, algum tempo depois, um volume chegou pelo correio. Diante de minha mulher, desembrulhei nervosamente. Era, sim, um livro, e de Carlos Drummond de Andrade. O que desaparecera da estante. A dedicatória, porém, estava alterada. "Fui informado de que roubaram o exemplar que lhe enviei, portanto estou lhe enviando outro. Do amigo Carlos Drummond de Andrade."

– Mesmo depois de morto ele continua gentil – comentou minha mulher.

DESVENTURAS DE UM DUBLADOR

O homem que perdeu sua verdadeira voz

A amizade nasceu na ponte aérea, assim:
EU – Parece que conheço o senhor!
ELE – Deve estar enganado.
EU – Não morou na Vila Pompeia?
ELE – Sempre morei em Pinheiros.
EU – Estudou no Colégio São Paulo?
ELE – Nem passei na porta.
EU – Mas o senhor tem algo que me é muito familiar.
ELE – Sei.
EU – Sabe?
ELE – A voz.
EU – Já falamos por telefone?
Ele riu, eu não. Onde estava a graça?
ELE – Assiste muito televisão?
EU – Onde pensa que adquiri minha cultura?
Aí eu ri, ele não.
ELE – Sou dublador – explicou-se. – Com certeza assistiu a centenas de filmes dublados por mim.
EU – Eu estava mesmo reconhecendo essa voz! Humphrey Bogart! Um dos meus atores favoritos.
ELE – Realmente uso a voz grave de Bogart em ambientes abertos e nos apartamentos de cobertura. E certamen-

te nos aeroportos. Ocorre naturalmente. A voz dos atores adapta-se aos ambientes e às situações. Entendeu?

EU – Não.

ELE – Se alguém me ofendesse agora, por exemplo, ouviria a voz poderosa de Stallone. É um dos atores que dublo. Se o senhor fosse uma moça bonita, eu falaria como John Travolta. Com as crianças viro o marinheiro Popeye. Já o dublei.

EU – Mas o senhor tem a sua própria voz, não?

ELE – Acha que tenho?

EU – Deve ter, todos têm.

ELE – A minha, perdi.

EU – Não é possível.

ELE – (*Fazendo um esforço, como se desafiado.*) – Creio que é esta.

EU – Não – lamentei. – O senhor pronunciou apenas algumas palavras, mas reconheci a voz de Charles Chaplin, dublado.

ELE – Realmente dublei *Luzes da Cidade* e *Um Rei em Nova York* – disse em tom dramático de confissão.

EU – Não se preocupe. Todos nascem com sua própria voz.

ELE – Sabe que tenho pensado até em suicídio?

EU – Por causa desse simples fato?

ELE – Minha mulher me abandonou.

EU – Por quê?

ELE – Com ela, sei lá por que, usava a voz de Paul Newman. E ela detesta Paul Newman.

Impressionado, decidi ajudá-lo a reencontrar sua voz original. Sem ela acabaria dando cabo da vida. Era um sofredor.

EU – (*Peguei uma revista.*) – Leia isso. Sem dublar ninguém.

Ele – leu, linha a linha. Depois respirou e encarou-me, otimista. Sacudi a cabeça.

EU – Marlon Brando – disse. – Em *O Selvagem*. Tente de novo.

ELE – Não vou conseguir.
EU – Por favor.
Leu outro trecho e acrescentou em seguida:
ELE – Desta vez é a minha voz, estou certo. Descendo de italianos.
Errava mais uma vez.
– Não foi você quem falou, foi Marcello Mastroianni. Seu mal é trabalhar além do expediente.
ELE – Até nas férias continuo dublando.
EU – Fique com meu telefone. Ligue-me a qualquer notícia. Quero ajudá-lo a romper essa obsessão.
ELE – Sim.
Era o britânico *yes* de David Niven, o inconfundível *yes* de Niven.
Duas semanas depois recebi um telefonema. Voz catarrenta, molhada, de alguém que apanhara um fortíssimo resfriado.
ELE – Lembra de mim? O dublador.
EU – Ah! Como vai?
ELE – Tenho novidades sobre aquilo. Acabei de encontrar minha verdadeira voz.
EU – Quero ouvi-la.
ELE – (*Depois de um espirro.*) – É esta! Custou mas consegui. Devo a seu estímulo. Estou me sentindo outra pessoa.
EU – Outra?
ELE – Isto é, a pessoa que eu era.
EU – Parabéns! Comemoraremos um dia desses.
ELE – Até lá, amigo – respondeu o afônico.
Realmente a voz ao telefone não me pareceu a de nenhum ator dublado. Foi o que concluí... precipitadamente. Lembram aquele filme de Jack Lemmon? Aquele em que toma um porre, cai num rio ou piscina e pega uma tremenda gripe. Lembram?
Jack Lemmon. Ensopado, fanhoso, espirrando. Perfeito. Que dublador!

ADEUS, PARA SEMPRE

A frase que assassinou um homem

Há frases que marcam uma vida, ou, no mínimo, preenchem um capítulo inteiro da existência. Uma delas, lida e ouvida, em minha mocidade, ainda me traz pungentes lembranças. Morava no Rio de Janeiro, numa pensão da Lapa, e dividia um quarto com outro paulistano. Primo, alguns anos mais velho que eu. Ambos tínhamos saudades de São Paulo, ele muito mais, pois deixara aqui uma namorada. Helena, um deslumbramento. Morena alta e cabeluda, de olhos verdes e acesos, já provocara desatinos. Correspondiam-se semanalmente. Primo, estudante de engenharia, sofria terrívelmente para escrever. Certo dia pediu-me ajuda, já que eu começava a escrever contos e crônicas. Vendo minha hesitação, por não querer penetrar na sua privacidade, mostrou-me alguns retratos da amada. Helena pintando os lábios diante de um espelho, fantasiada de havaiana num baile carnavalesco e – inesquecível – de maiô numa praia ensolarada. Não deu para recusar. Passamos a responder as cartas em dupla. A princípio curtas e secas, com minha colaboração encorparam-se e tornaram-se até poéticas. Lidas em voz alta pareciam poemas em prosa.

Eu aguardava com ansiedade as horas da semana reservadas à resposta da carta de Helena. Primo confessou-me que jamais poderia prescindir de minha cooperação. Temia, inclusive, que eu voltasse inesperadamente para São Paulo. Como poderia justificar à namorada o decréscimo de ardor e a súbita ausência de belas frases?

– Ela também começou a escrever mais – observou. – Nunca passou de uma página e hoje escreve três.

Verdade. A moça, antes tímida, contida, mostrava-se solta, impulsiva, cheia de desejos e de planos, embora em luta corporal com a gramática. Obra minha, do meu talento, da minha criatividade, do meu charme, concluí, vaidoso.

Alguns meses depois, quando Primo via aproximar-se o dia de seu regresso, já falando em casamento, encontrei-o sentado na cama desolado, lívido, imóvel. Jamais vira alguém em tal estado de prostração. Com um envelope nas mãos, olhos vazios, fixava absurdamente uma parede. Chamei-o pelo nome, temendo que morrera sentado. Não respondeu. Chamei-o outra vez. Afinal fez breve movimento, erguendo a carta alguns centímetros.

Peguei a carta, desta vez brevíssima. Não lembro o que dizia preliminarmente, mas recordo todo o seu conteúdo concentrado numa frase de aço:

"Adeus, para sempre."

Durante alguns dias o infeliz missivista não conseguiu comunicar-se com ninguém. No restaurante, era eu quem fazia os pedidos aos garçons. Ele nem cumprimentava as pessoas. Não abria a boca. Quando o fez foi para balbuciar apenas: "Adeus, para sempre". Baixei os olhos. Eu também fora derrotado como corredator ou como copiloto daquela grande paixão.

Assim que recuperou a fala, ainda aparvalhado, Primo acrescentou alguns porquês aflitos à perfurante frase disparada por Helena. Qual fora o motivo do rompimento se estavam tão apaixonados? Por quê? Por quê? Por quê?

Voltei a São Paulo antes dele. Perguntei-lhe na despedida se precisava de algum favor. Respondeu negativamente. Não resisti. Aqui chegando telefonei para Helena, que

nem sabia quem eu era. Disse-lhe do sofrimento de seu ex-
-namorado. Passara a vestir-se mal, esquecia os estudos, dera
de beber. O que ela poderia fazer para salvá-lo?

– Disse tudo na carta – ela respondeu.

A frase cruel permaneceu, lançada ao vento, lembrada
ora com piedade, ora com certo humor, pois há sempre alguma graça nas dores alheias. Nunca transmiti a Primo o resultado do telefonema. Na verdade só o encontrei décadas depois, no Guarujá, cercado por filhos e netos. Havia prosperado e engordado, um vencedor. Assim que ouviu meu nome, abraçou-me.

– Não imagina como me alegro em vê-lo feliz – disse-lhe, fascinado, em sua luxuosa casa de praia.

– Feliz? Quem disse?

– E não está?

Como resposta levou-me para o escritório e abriu um cofre, dele retirando um velho envelope.

– Lembra-se da carta de Helena? Arruinou-me... definitivamente. Ganhar dinheiro foi um mero consolo nesses anos todos. Nada tem a menor importância para mim. Nem jamais teve. Aquele adeus, para sempre, me transformou num cadáver ambulante.

E isto dito foi brincar com os netinhos na areia.

LUA DE MEL FLUTUANTE

Uma história de amor à prova d'água

Vendo pela TV as cenas dramáticas da enchente que pandemonizou São Paulo, eu e minha mulher tornamo-nos subitamente românticos. Nossos dedos entrelaçaram-se e trocamos olhares melosos. Pessoas, ilhadas, acenavam em desespero, um barracão desabava, uma pobre mulher era levada pela enxurrada e nós, bem juntinhos, acariciávamo-nos.

A empregada, entrando, flagrou os patrões como dois pombinhos, insensíveis ao sofrimento alheio. Pareciam até favoráveis à catástrofe municipal. Minha mulher, constrangida, deu explicações urgentes.

Nós também tivemos nossa enchente. Não em São Paulo, mas em Santa Catarina. E logo em nossa lua de mel.

Estávamos cheios de malas sob o maior temporal que assolara o Sul nas últimas décadas. A noite nupcial seria em Blumenau porém o rio Itajaí parecia não estar de acordo. Inundara as estradas e os campos e desabrigara milhares de habitantes. O ônibus interrompeu seu trajeto. Ir para a frente, loucura. Os recém-casados e parte dos passageiros desceram. E Blumenau tão perto! Minha mulher teve uma ideia ao ver um possante caminhão parado. Acercou-se do seu jovem motorista, um paraense que estacionara o veículo diante do dilúvio, e propôs:

– Pode nos levar a Blumenau? É só seguir a estrada. 50 cruzeiros por cabeça, tá bem?

Antes que dissesse sim, uns trinta passageiros subiram para a carroceria com suas malas, sacolas e pacotes. Blumenau era logo ali. Minutos depois, sobre um leito de quase 1 metro de água barrenta o caminhão passava por uma rua cujos moradores, com seus cães e gatos, se equilibravam nos tetos das casas. Uma delas deslizava como uma canoa. Chegamos a uma reta em que a enchente era um mar absoluto. Nada, nada aos lados e à frente. De repente, aquilo! Um forte ruído de madeira rompida, estilhaçada, e o caminhão inclinava-se perigosamente à esquerda. Por ignorar a região, o motorista saíra da ponte que, sem saber, devido à enxurrada, estava trilhando.

Alguém berrou:

– Não se mexam! Se o caminhão cair no rio morreremos todos.

Eu nem podia mover-me, espremido junto à grade da carroceria por 500 quilos de bagagem. O silêncio falou por todos, antes que as providências começassem. Um rapaz, o mais próximo de mim, moreno e taludo, tirou o paletó, as calças e a camisa, fez uma trouxa e sem alarde se atirou às águas. Minutos depois, surgia às margens do rio. E eu que sempre fizera pouco dos atletas! Amaldiçoei as horas perdidas lendo livros. O que Proust e Joyce me valiam naquele momento.

Minha mulher foi a primeira a escapar, num pequeno barco, em busca de socorro. Quase morre afogada. Preso pelas malas vi meia dúzia de cobras nojentas acercando-se do caminhão inclinado. Certamente com as piores intenções. Sob um sol de tostar a pele, aproximaram-se dois barqueiros. Vendo as malas bloqueando meus movimentos, balançaram a cabeça, pessimistas.

– Este está perdido – disse um. – O caminhão vai acabar virando.

Já desconfiara. Escorregava centímetro por centímetro provocando um ranger de madeira. Com dor e esforço, consegui liberar um braço e puxei um cigarro do bolso. O último que seria fumado por um viciado fumante. Ó, que sabor de despedida naquela nicotina! Adeus, papai e mamãe! Adeus, lua de mel!

— Viu a mulher dele? — ouvi.

— Vi, sim, pedindo socorro — disse o outro barqueiro. — Que morenaço!

— Aquela fica viúva pouco tempo.

Não me pareceu um consolo.

O resgate foi lento, difícil, pessoa por pessoa, sempre sob a vigilância impaciente das serpentes. Salvar-me era o mais complicado, devido às malas. Parecia haver até certa má vontade. O mais jovem, eu, seria o último a ser retirado do caminhão, caso fosse possível.

Na margem do rio, vi o atleta sorrindo. O desastre fora coisa do passado. Para ele, a vida continuava. Um casal de velhinhos estava sendo salvo.

Ela olhou, grata, aos céus.

— Quase todos se salvarão... Deus é pai.

Restei só eu com o caminhão cheio de água, as cobras já sobre as malas e o sol me queimando a cabeça. Dava-me por morto quando chegou o barco da salvação remado por um matuto.

— É o senhor que tem uma lua de mel para hoje?

A DEDICATÓRIA

Tarde de autógrafos no Paribar

Meu pai dizia: quando não gosto de uma pessoa, esqueço o nome. Era uma espécie de vingança. Lembrei disso naquele fim de tarde, no Paribar. Eu esperava alguém que não chegava, e que não chegou, quando um velho conhecido, vendo-me, sentou-se à minha mesa. Eu vinha ouvindo coisas muito desagradáveis a seu respeito. A pior delas: tornara-se dedo-duro, informante da política sobre a atividade subversiva dos intelectuais paulistas. E de fato ele circulava pelo Dom Casmurro, Clube dos Artistas e Paribar, pontos frequentados por escritores, jornalistas e artistas em geral. Podia não ser verdade, e talvez não fosse mesmo, mas o referido costumava fazer perguntas demasiadamente indiscretas. Vivíamos muito tensos no governo militar.

Assim que se sentou, disse:

— Sei que acaba de publicar um livro. Faço questão de sua dedicatória. Vou pedir ao garçom para comprar um exemplar.

— Não é necessário, mando para sua casa. Deixe-me o endereço — sugeri, por não lembrar-lhe o nome.

— Quero ler ainda esta noite. Garçom!

Como era mesmo o nome dele? Raul. Não.

— Não perca tempo, o romance é uma droga.

— Não é o que escreveu o crítico Moutinho ontem. Seria Antero?

— Ah, ele é meu amigo. — Não é verdade. Eu só viria a conhecer o Moutinho dez anos mais tarde.

— Garçom, me faça um favor.

Não seria Rogério? Ah, era Rogério. Ou Inácio?

Veio o livro. Ele tirou do bolso uma linda caneta-tinteiro e ofereceu-me. A hora do autógrafo.

— Vim aqui para beber. Primeiro tomarei um uísque. Você não tem pressa, tem?

Minha mulher sempre me exigiu: não beba nada quando a noite de autógrafos é sua. Basta você tomar uma dose para esquecer o nome até do amigo mais íntimo.

Eu tinha esse problema quando os livros ainda não vinham acompanhados por uma tira com o nome do comprador. As pessoas mudam de figura. Eu próprio era esquelético na mocidade e hoje sou isso. Cabelos pretíssimos ficam brancos, quando não caem totalmente. Quem é esse careca? Minha mulher, salvando-me, dizia: é fulano, seu amigo de infância. Quando o simpático comprador era mulher, as coisas se complicavam ainda mais. Basta que mudem de penteado para eu me confundir. E quando pintam os cabelos? Como reconhecer na morena brejeira de ontem a loira cintilante de hoje? E há o problema mais cruciante do envelhecimento. Nessas tardes e noites de autógrafos, surge muita gente que não se via há décadas. Quem é o velhinho? Não reconhece? Casou com miss São Paulo! Você morria de inveja dele.

Para clarear a memória, erroneamente eu bebia. Minha mulher espiava as dedicatórias, trêmula. A um padre à paisana, que conhecera no passado, escrevi: com um abraço extensivo à sua esposa. A um juiz conhecido pelo seu moralismo, dediquei: com a saudade de seu amigo de farras. Confundindo a mulher de um secretário do governo com uma velha atriz, saquei: esperando revê-la um dia brilhando em nossos palcos. E sempre pega mal perguntar: como é mesmo o seu sobrenome?

— Vamos à dedicatória — disse o homem do Paribar.
— Antes, mais um uísque.
Não era o segundo, já o quarto. E não era mais tarde, já noite.
Como se chamava mesmo? Leonel? Seria Leonel?
Veio o garçom.
— Anda bebendo muito — ele impressionava-se.
— Reconheço que sim — menti. Praticamente parara de beber.
Plínio? Sílvio? Rolando? Lucas Stênio? Elesbão?
— Sabe, ando querendo quebrar a cara de uns tipos — ele confessou, revoltado. — Imagine, andam me chamando de dedo-duro. Já ouviu, não?
— Não ouvi.
— Sou capaz de dar um tiro na boca do primeiro que me disser isso.
Fosse qual fosse seu nome, era um homem violento.
— Seria capaz?
— Como se não me chamasse Procópio Leitão — arrematou, feroz.
A caneta.
A meu querido e inesquecível amigo Procópio Leitão. Paribar, data e autógrafo.
Tchau.

CORREIO SENTIMENTAL

A feliz história de um plagiador

Os namorados de hoje não precisam mais de veleiros, barcos e iates para seus passeios aquáticos – podem navegar pela internet. Ninguém morre afogado e é muito mais barato. Inclusive – isso é o mais importante – podem conhecer-se via computador, o que, para os tímidos, é melhor que torrar dinheiro com psicanalista.

A internet será muito em breve a grande esquina dos encontros românticos, ou o quarteirão provinciano do *footing*, onde rapazes e moças passeavam antigamente. Em caso de desentendimento, o desenlace é bem mais simples nos namoros computadorizados. Basta apertar a tecla "delete".

– Hoje deletei aquele chato do Jorge.
– Cuidado, Rosa, senão eu deleto você.

Apagar a memória da amada no computador é mais radical que uma queima de arquivo. Desta sempre restam cinzas, ossos, metais. Do ato de deletar nada restará.

Não duvidem, logo a internet será a culpada de grandes tragédias passionais, registradas nas manchetes.

Deletado pela namorada, o rapaz atirou-se do viaduto.

Apaixonados via internet, mas rejeitados pelas famílias, dois jovens suicidaram-se diante do computador.

Marido ciumento mata a esposa que navegava pela internet com um coleguinha de trabalho.

O homem atual é muito mais apetrechado, mas não mudou muito na essência. Atirar-se do viaduto é coisa que não se usa em São Paulo desde que o prefeito Prestes Maia deu novo visual ao Vale do Anhangabaú. Os suicidas, embora talvez se sentissem moderninhos, acabariam imitando os pioneiros do amor malsucedido: Romeu e Julieta.

No meu tempo, certamente nem a ficção científica chegava à internet. Os tímidos recorriam ao Correio Sentimental.

Senhor calvo, mas de ótimo aspecto, convida jovens de até vinte anos para um fim de semana em sua mansão, à beira-mar, a fim de discutirem males e conveniências da vida moderna.

Oriental, maluca por xaxado, deseja manter relacionamento definitivo ou temporário com pessoa de qualquer cor ou idade que tenha a mesma paixão.

Moço pobre, com noções de higiene e bons dentes deseja conhecer viúva proprietária para matrimônio. Exijo sinceridade, sentimentos religiosos e escrituras definitivas.

Um amigo meu, o Ataliba, rapaz que não dava sorte com as mulheres, leu um desses anúncios.

Morena dourada, ex-miss Suéter e ex-miss Garoa, procura alguém que saiba versejar, um poeta, para o amor e outros desatinos. Inútil apresentar-se sem essa qualidade. Cartas para Terezeca.

O Ataliba não era poeta. Nem mesmo acróstico fizera, formado com as letras iniciais do nome de alguma garota, mas sentiu-se atraído. Morena dourada. Ex-miss Suéter. Ex--miss Garoa. E que outros desatinos seriam esses? Mandou uma carta e um sonelo lindíssimo, certamente não de sua lavra, mas de Guilherme de Almeida, o grande vate paulistano, que tão bem sabia falar de amor. Terezeca responderia? E se identificasse o plágio? Não esperou muito pela resposta. Apaixonada, ela logo escreveu pedindo mais, mais. Que poeta, aquele moço! Ataliba recorreu novamente a Guilherme. Outra vez acertou na mosca, isto é, no coração de Terezeca. Marcaram um encontro na rua Sebastião Pereira. Bem, a morena dourada com certeza tivera melhores dias. Suas faixas de miss deviam estar muito desbotadas. Miss é como automóvel: o que importa é o ano. Mesmo assim, Ataliba, que não era nenhum galã de cinema, apaixonou-se.

– Faça uma poesia – ela exigiu.
– Não sei improvisar. Poesia requer trabalho. Amanhã.

Não sei se juntos praticaram os desatinos do anúncio, mas acabaram cometendo o maior de todos: o casamento. Na véspera, Ataliba consultou-me. Deveria revelar a ela que não era poeta? Aconselhei que o fizesse aos poucos. Um dia ele abriu um livro e mostrou a Terezeca um soneto de Guilherme para que ela intuísse o plágio.

– Seus versos são muito melhores – ela respondeu.

Iniciado pelo Correio Sentimental, esse foi um casamento que deu certo. Viveram muito felizes. Até a morte de Ataliba. Outro dia Terezeca me chamou a seu apartamento e tirou de uma gaveta dezenas de poemas escritos com a bela letra do falecido. Olhei. Todos do saudoso... Guilherme de Almeida.

– Vou reunir os poemas do Ataliba para publicar um livro – disse-me a maior fã do poeta.

– Vai publicar? – espantei-me.
– E quero que escreva o prefácio. Tá?

MEU PAI ERA ASSIM

Breve história de um apaixonado pela cidade

Quando o assunto é cordialidade, bem viver, sempre lembro de meu pai, Luiz, com z, um campineiro que nunca se metia em contendas e tinha um jeito especial de fazer amigos. No fim da vida sofreu de catarata, doença de velhos, que durante algum tempo o impediu de ler, seu maior vício. Devido a ela, vendo mal, mesmo ao sol, deu muitos encontrões, esbarrou em muita gente nos seus passeios diários pela cidade. Não passava um dia sem ir "lá embaixo", como chamava o antigo centrão paulistano. Certa vez quase derruba um transeunte apressado. Pronto para o revide, punhos fechados, este berrou, irritadíssimo:

– O senhor não enxerga?
– Realmente não, cavalheiro. Sofro de catarata. Estou voltando do médico. Vou operar as duas. Aceita um café?

O homem, desajeitado, aceitou. No bar, já amaciado pelo papo amigável de meu pai, fez questão de pagar não só o café como cervejas e bolinhos de bacalhau. Como tinha carro, estacionado perto, gentilmente levou meu pai para casa depois de uma ida à farmácia. Pagou também essa despesa, tão arrependido estava da grosseria. Feita a operação, ele foi o primeiro a visitar seu Luiz, levando tantas frutas ao hospital que uma bela amizade nasceu então.

Todos os boêmios são cordiais e meu pai era um deles. Aliás, costumava me advertir sobre pessoas sem vícios aparentes, essas que sempre alardeiam muita honestidade. "Perto deles, cuidado com a carteira", aconselhava. Desdenhava os alcoólatras, mas sem fanatismo, porque o vinho, informara-se, era bebida sagrada. O próprio Cristo o multiplicara numa ou mais ocasiões. Fumante, sofreu um choque ao ser proibido de fumar. Mas fez tanta amizade com o médico que este suspendeu a proibição. E, embora nunca tivesse fumado, certa vez o doutor aceitou um cigarro tentadoramente oferecido por meu pai.

Uma de suas paixões era discutir política. Nunca mais perdera um comício desde que, na mocidade, ouvira Rui Barbosa em campanha para a Presidência da República. Naqueles tempos, frequentar comícios era perigoso, acabavam em corre-corre e pancadaria. Já acontecera de chegar em casa sem o chapéu ou um dos sapatos, porém feliz. Nessa matéria, reconheço, era um vira-casaca. A verve de um bom conferencista bastava para convencê-lo. Gostava de políticos que falassem bem e sonoramente, importando menos o conteúdo. Foi quase comunista, getulista várias vezes, udenista, democrata-cristão e só não trotskista porque sempre se atrapalhava ao tentar pronunciar essa palavra.

Na Revolução de 32, com sua oficina gráfica fechada, apresentou-se para lutar. Alguém lhe dissera que tudo não passaria de um passeio ao Rio de Janeiro. E havia lá uma tal cerveja Cascatinha, deliciosa. Mas, considerado um tanto idoso, deram-lhe revólver e um distintivo da Guarda Civil. Com a corporação nas trincheiras, a cidade precisava de guarda.

– Prefere trabalhar de dia ou de noite?

– De noite, lógico – respondeu.

Seu horário era das 7 à meia-noite. Escolheu para exercer vigilância um dos quarteirões do centro, próximo da avenida São João, cheio de bares e casas suspeitas, onde, segundo ele, pululavam espiões e contrarrevolucionários. O próprio alto comando ignorava o fato, mas confiou em sua observação. Alerta, nunca voltou para casa antes do amanhecer, satisfeito com o dever cumprido, a cantar em tom heroico, desafiador, *Taí, O Teu Cabelo Não Nega* e outras músicas da moda.

No dia em que não foi para "lá embaixo", o centrão, já não mais a atração do município, eu e meus irmãos nos entreolhamos, preocupados. Se perdia o interesse na cidade, o que lhe restaria? Poucos paulistanos amavam tanto aquelas ruas, ladeiras, largos e praças. Os edifícios e a multidão. Foi quem orgulhosamente apresentou-me o viaduto do Chá, o prédio Martinelli, a Catedral da Sé e o romântico bonde camarão. Um pouco de tudo parecia pertencer-lhe. Num domingo levou-me para visitar uma imensa mansão vazia em Higienópolis. Vendo-o percorrer todos os cômodos, exaltando-os detidamente, pensei que quisesse comprá-la, eu que o julgava apenas remediado.

– Não vou comprar – disse. – Tem muito vazamento. Só quis ver onde viveu o senador Miranda.

Certa manhã, chamado pela família, fui visitá-lo. Entrei em seu quarto e o vi estirado na cama, sorrindo. O que o faria sorrir tão cedo? Minha mãe e meus irmãos entraram logo em seguida. Também ignoravam por que sorria, mas não tinham boas notícias para mim.

CLARO QUE VOU BEM!

Lições de um professor de otimismo

Todo pessimista é um chato. Os otimistas também. Mas, como são mais raros hoje em dia, dá para suportá-los. Tive um amigo, o Polilo, que fazia do otimismo sua marca pessoal, sua política de viver, seu charme. Se lhe perguntavam formalmente Como vai?, respondia quase num brado:

– Claro que vou bem!

Diziam ter nascido assim. Chegou a este vale de lágrimas rindo, como se no trajeto tivesse ouvido uma anedota.

Para cada situação da vida Polilo fazia uso de um catálogo de sorrisos. Tinha-os formatados para os batizados, casamentos, bodas e até enterros. Por que não? É do que os familiares do falecido precisam para superar o transe.

No caso de ter de suportar frontalmente uma notícia má, dessas de desanimar, e que atingem o país inteiro, saía com um chavão do tipo "Amanhã será melhor", "Nem tudo está perdido", "Não há mal que sempre dure", e pendurava um forte sorriso de confiança no futuro. O otimismo atrai a sorte, cria clima de favorabilidade a seu redor, garantia.

O sorriso, porém, não era o único destaque na figura desse otimista. O aperto de mão tinha também grande importância,

– Nunca cumprimente ninguém com a mão mole – aconselhava. – Aperte. Um pouco de dor às vezes solidifica uma amizade útil.

A essa altura já deu para perceber que o otimismo do Polilo não era totalmente... amador. Ajudava-o a fixar relacionamentos, conquistar posições, subir na vida. Nascera com a voz, mas ela necessitara de estudo e exercício.

– Nunca entre numa reunião, coquetel, festa ou evento se não fora convidado – ensinava. – Faça de sua entrada um acontecimento, algo inesperado, uma invasão ruidosa, atraindo olhares de todos. "Eh, pessoal, cheguei!" Abrace quem estiver perto, mesmo não sabendo de quem se trata, e faça longos acenos aos mais distantes. Você por aqui? Que saudade, amigão! E, quando surgir um intervalo de silêncio, quebre-o, eu disse quebre-o, com uma sonora gargalhada. O riso é contagioso e soma pontos a seu favor.

A intenção permanente de agradar, estimular as pessoas, prognosticar sucessos, foi benéfica ao Polilo. Conseguiu bom emprego e fez carreira nele, sempre firmado em sua crença inabalável num futuro melhor.

– O segundo semestre vai ser ótimo!

Os chefões gostavam de ouvir falar assim. Imprimia certeza em dias melhores. No entanto, ele não entendia de negócios, era zero em economia e jamais lera nada sobre administração.

– Falo o que os patrões querem ouvir – explicava, sem contradizer quem negasse seus conhecimentos.

– Acha honesto? Soubemos que a empresa vai mal, quase no vermelho. Não ouviu comentário?

– Ouvi, mas apenas vejo o lado bom das coisas. Nunca fui um catastrofista!

E quem quer ter um catastrofista como companheiro de diretoria, espalhando mau agouro? Xô, urubu!

Apesar de seu humano interesse em acumular vantagem, Polilo era otimista cego ou fanático. A seu ver, para cada sinuca de bico havia uma saída. O ruim só podia melhorar. O azar é simplesmente o outro lado da sorte, portanto está pertinho dela. Aquilo, brilhando, não é vagalume, não. É de fato uma luz no fim do túnel.

Num circo, onde um elefante de 5 toneladas pisoteava um frágil faquir, aproximou-se do picadeiro, com tempo de dizer: "Paciência, moço, isso passa".

Se tivesse visto Tiradentes a caminho da forca, Polilo teria afirmado: "Não tenha medo, alferes, essa corda não aguenta o seu peso".

A Joana d'Arc, antes de acenderem a fogueira:
"Vem uma chuvarada aí, mocinha!"

A um condenado à morte na cadeira elétrica:
"Ouvi dizer que os eletricitários vão entrar em greve".

Acabei perdendo o Polilo de vista, coisa comum nesta aloucada cidade de São Paulo. Com saudade de seu otimismo, perguntei por ele aqui e ali. Disseram-me que estava internado num hospital. Fui visitá-lo, surpreso ao ver que se tratava de hospital de indigente. Soube então que perdera o emprego, a mulher o abandonara e seu único filho falecera. Um médico adiantou-me que seu estado de saúde era péssimo. Aproximei-me do leito em que um homem esquelético respirava com dificuldade. Curvei-me sobre ele.

– Como vai, Polilo?

E ele, com um fio quase inaudível de voz:

– Claro que vou bem...

O QUE VOCÊ FAZ DE MADRUGADA?

Como se comportam os inimigos do Sol

Nem pense em responder à pergunta acima se você for vigilante noturno, porteiro ou fiscal de obras profissionais que no geral odeiam ficar despertos noite adentro. Quanto às pessoas certinhas, pacatas, normais, elas dormem, ora. No entanto, há outras que, por simples preferência, neurose, antipatia ao Sol, optam, luz acessa, por aproveitar a madrugada de alguma forma.

Minha amiga Fanny Abramovich, escritora, aguarda o outro lado da meia-noite para trabalhar na computação de um dos seus deliciosos romances juvenis. E só vai para o entre-lençóis quando o dito astro rei inicia sua incômoda tarefa. Que mal há nisso? Quem determinou que a madrugada deve ser reservada ao descanso?

Meu falecido irmão, Mário Donato, também escritor, sofria na madrugada de crises de nostalgia. E já na época do rock, movido a uísque e saudade, colocava na vitrola velhos sucessos da música americana, principalmente os de Bing Crosby, num volume de som como se estivesse participando de um baile de formatura dos anos 30. No dia seguinte, antes que alguém protestasse, era o primeiro a perguntar na portaria:

– Houve alguma festa no prédio ontem à noite?

Numa rua onde morei, havia um estranho notívago. Alguém, no meio da madrugada, abria a janela de seu apartamento e berrava um sonoro palavrão, aquele, o número 1, o mais popular e imperativo de todos. A julgar pelo tom, tratava-se de um desabafo, nada pessoal, mera necessidade de mandar a cidade, ou o país, ou o próprio mundo seguir num determinado rumo. Por compartilhar do mesmo rancor ou da mesma necessidade de desabafo, eu não dormia sem antes ouvir aquilo. Uma vez ouvido, apagava a luz e roncava.

Os sons da madrugada sempre me fizeram imaginar coisas. Principalmente quando não havia risco em caminhar e os guardas tinham como único trabalho impedir que usassem a rua como mictório ou pedir silêncio aos bêbados. Recordo-me de um casal que durante anos passou sob minha janela discutindo animadamente. Assim que dobrava a esquina já os ouvia. Os passos e a voz. Travessão falava ele, travessão, falava ela. Diante de um poste elétrico paravam por instantes. Deviam ter muitos problemas e nenhuma discrição, mas uma virtude não lhes podia ser negada: a pontualidade britânica. Passavam, brigando, pelo meu quarteirão às tantas horas em ponto. De onde vinham e para onde iam, nunca, lógico, pude saber. E da origem e destino da humanidade, sabemos?

Lembro-me dos passos apressados de um homem que passava tossindo sistematicamente. Alguém, por trás de uma janela, esperava-o de segunda a sábado, e enchia a boca:

– Xarope São João!

O notâmbulo, tossindo, jamais se detinha ou protestava.

Eu também sou homem da madrugada. Enquanto minha mulher dorme, pesquiso o mundo pela televisão doméstica ou a cabo. Às vezes vejo coisas interessantes. Certamente não me refiro aos programas eróticos. Outro dia assisti a um desses quase até o amanhecer só para verificar até onde ia um casal de safados. Pensei até em escrever ao arcebispo.

Valeu mais esperar pela luta de boxe entre Tyson e Bruno, para quem o combate seria moleza. Costumo assistir a esses tardios espetáculos. Sou um tanto sádico, dependendo do horário. Logo no primeiro assalto Bruno percebeu o equívoco, seu e da mídia, e no intervalo do segundo para o terceiro foi cercado aflitivamente pelo treinador, no corner. Enquanto sacudiam uma toalha diante de seu rosto, perguntavam:
— Nome?
— Jack Dempsey, isto é, Frank Bruno.
Ótimo.
— Onde você está?
— Londres.
A luta era nos Estados Unidos, mas considerando-se que o idioma era o mesmo, tudo certo.
— Está bem para continuar a luta com Mike Tyson?
— Eu estou lutando contra Mike Tyson? — espantou-se Bruno.
Soou o gongo, ele ergueu-se e viu que estava.
Ah, os dramas e as comédias da madruga!

EMPRESTE-ME SEU HOLOFOTE

Como tornar-se íntimo de gente famosa

*H*á pessoas que não suportam o anonimato, a dor de não ser ninguém. Para essas, o grande remédio é apaixonar-se dos notáveis e conquistar, se possível, a amizade deles. Acontece, porém, que não é fácil. Todas as estrelas que vivem rodeadas por um séquito enorme. São amigos, empresários, interesseiros, fãs e os já referidos que necessitam de luz para dar um sentido à existência.

Eu, tendo trabalhado décadas na televisão, pude observar a angústia e também os estratagemas dessas pessoas para se fazer notadas pelos eleitos da mídia. Não se trata de conseguir um autógrafo. Esse é apenas o primeiro toque. Querem ser fotografadas juntas, obter uma dedicatória mais íntima, o telefone particular, e ser chamadas pelo nome. Quando isso ocorre, grandes barreiras foram ultrapassadas e o carente não está longe de frequentar o camarim ou mesmo a casa do seu ídolo.

Conheci bem diversos tipos assim.

– Como foi que conseguiu ser tão íntimo de Fulano de Tal? Mesmo a mim, que trabalho na emissora, jamais cumprimentou.

– Soube que na infância ele era doido por amendoim doce.
– E daí?

– Sempre que me aproximava dele, aos empurrões, eu lhe dava um saquinho de amendoim. Do que se gosta na infância é para toda a vida. Foi assim que passou a me identificar. Eu era o fã dos amendoins. Logo que via, sorria e acenava.
– Isso se chama reflexo condicionado. Pensei que só funcionasse com cachorros e macacos.
– Aí ele quis saber meu nome, mandou baterem uma foto comigo e ficamos amigos. Hoje assisto até a suas gravações.
– Ainda leva amendoins?
– Claro.
Outro tornou-se amigo de uma famosa cantora usando um recurso corriqueiro. O par de braços dela era pouco para carregar tantas flores, pacotes, troféus e correspondências. Estavam sempre ocupados. Sua fama era medida em volumes de todas as naturezas e tamanhos.
– Pode deixar, eu ajudo.
Assim que ela saía do palco, ou de um carro, ou de uma entrevista, com sua carga de embrulhos, ele materializava-se em sua frente.
– Eu cuido disso.
Demorou para que a estrela descobrisse que não se tratava de nenhuma pessoa contratada para ajudá-la. Isso aconteceu numa cidade muito distante. Após um show, em que ela recebera 1 milhão de rosas, o serviçal misterioso apareceu.
– Eu levo as flores até o carro.
– Alguém lhe paga para fazer esse serviço?
– Não, faço por prazer. Viajei por conta própria. Sou seu fã número 1.
A estrela, comovida, abraçou o gentil carregador, tornando-o a partir daí seu amigo, confidente e conselheiro. Era até muito para quem apenas ambicionava um pouco de seu brilho para refleti-lo entre os parentes e amigos.
Na verdade, poucos alcançam tão estreita aproximação com seus ídolos. Alguns nem conseguem pôr os olhos ne-

les. Outros, com muita criatividade, mentem que os conhecem ou conheceram intimamente. Alguém que me disse ter bebido muito chope com Mário de Andrade, no Bar Franciscano, teria no máximo oito anos quando o escritor morreu. E tinha cinco anos certo compositor frustrado quando morreu Noel Rosa, de quem dizia ter sido parceiro em sambas não gravados.

Outros apenas exageram. Li numa biografia de Luigi Pirandello um caso típico. O genial teatrólogo italiano perguntou a um desconhecido onde era a rua Sposito. Este reconheceu o autor, orientou-o e, dias depois, comentou entre amigos:

– Sabem quem encontrei outro dia? Pirandello. Ele me viu, me deu um abraço, um beijo na cara, e perguntou: "Sabe onde é a rua Sposito, meu caro Giuseppe?" Sempre tonto, o velho Luigi.

A SÃO PAULO DO MEU TEMPO

Não perguntem sobre a garoa, corsos e borzeguins

Confesso que não me agrada muito ter de fazer declarações ou conceder entrevistas sobre o que chamam a São Paulo de seu (meu) tempo. Isso vem acontecendo com alguma frequência desde que escrevi um romance tendo o velho Martinelli como cenário. Essa curiosidade, manifestada por jovens jornalistas, via jornal e rádio, e por colegiais, que me procuram em grupos portando gravadores, me faz sentir como se eu fosse um arcaico referencial da cidade, um marco, edifício tombado, item de excursão turística, mirante, cicerone ou guarda de exposição de retratos antigos da velha urbe. Pouco estimulante para quem ainda se julga com muita lenha para queimar, embora reconheça que São Paulo mudou bastante nas últimas décadas. Não é necessário, porém, ser nenhum ancião para lembrar o visual e o charme discreto da burguesia que esta capital já exibiu.

A quem interessar possa, conheci a Pauliceia Desvairada, de Mário de Andrade, que também foi a de Hilário Tácito, autor do romance *Madame Pomery*, o primeiro, talvez, escrito sobre a boêmia paulistana. Inútil portanto perguntar-me da garoa que então decorava poeticamente nossas madrugadas, porque eu era então um bebê, viciado em leite, desconhecendo, ainda, melhores prazeres líquidos.

Dito isso, entendam que jamais usei palheta, colete, borzeguins, casaca e outras peças da indumentária masculina vigente até os anos 20. Quando pisei as calçadas do meu bairro, almofadinhas e melindrosas, os mauricinhos e patricinhas de hoje, haviam trocado de roupa e já assumiam responsabilidades. Sendo assim, não cheguei a dançar o charleston, a passear de tílburi, nem fiz o corso carnavalesco em Ford Bigode. Jamais joguei frontão, não assisti aos filmes de Rodolfo Valentino, nunca dei corda num gramofone e não tinha idade para frequentar cabarés como o Imperial e o Wonder Bar, no centrão paulistano.

Surgi em cena um pouco mais tarde, quando os paletós usavam sólidas ombreiras, estilo Tarzan, e ostentavam uma elegância agressiva. Como a garoa deixava de ser tema, chapéus e bonés caíam de moda, e mesmo os carecas enfrentavam, descobertos, a fria noite paulista. Mais duradouros foram os cachecóis, de cores e tecidos diversos, que, além de proteger contra os resfriados, envolvendo o pescoço, eram um complemento indispensável da elegância noturna no inverno. Nunca usei piteira, mas vivi a sua época, ditada pelo cinema, quando todos os personagens de um filme, a sós ou em conjunto, fumavam desbragadamente.

Evidentemente, sou do tempo dos bondes-elétricos. Havia os abertos, os camarões, fechados, e em algumas linhas o caradura, atrelado aos abertos, a tostão por passagem. Ao vê-los, sempre lotados, os transeuntes riam. A miséria sempre foi espetáculo risível. Na infância colecionei figurinhas, entre elas a Holandesa, muito famosa. Meu pai, a princípio, condenou a coleção, como um vício pernicioso. Mas acabou pegando a mania e descobriu que havia um comércio intenso de figurinhas na escadaria da catedral. Foi lá que, acotovelando-se com centenas de crianças, torrou um orçamento mensal da família, fazendo minha mãe chorar e, pior, sem conseguir completar o álbum.

Fui leitor das primeiras aventuras do X-9, do Jim das Selvas, do Flash Gordon e do Mandrake, meu herói favorito, pois me ensinou que neste mundo tudo é mandracaria. Conheci a avenida Paulista, quando só tinha mansões, o viaduto do Chá anterior, feito de ferro, a São Luís estreitinha, os morros do Pacaernbu, o Bar Viaduto e seus violinos, vi os dirigíveis *Zeppelin* e *Hindenburg*, ri com o Juca Pato, presenciei em minha rua a retirada dos lampiões de gás, usei prendedor de gravata, ouvi pelo rádio Joe Louis *versus* Max Schmeling e fui visto no Teatro Boa Vista, na Confeitaria Vienense, na boate Oásis e passeando no Ibirapuera antes de ele ser um parque.

Além desses limites, não vi nada, não estive lá, não passei perto. Sobre as primeiras décadas do século não me entrevistem, nada tenho a acrescentar. E lamento não ter podido responder ao ansioso estudante que me perguntou:

— E, na intimidade, como era a marquesa de Santos?

A ORDEM É PESQUISAR

Perguntas indiscretíssimas também valem?

Toca o telefone. Atendo.
– O senhor tem três minutos disponíveis? Qual é a pasta de dente que está usando? Compra roupa feita ou sob medida? Viaja ao exterior todos os anos? Se é casado, cite três marcas de perfume preferidas por sua esposa. Gosta mais de cinta ou suspensórios?

Outro dia eu saía de casa quando fui abordado:
– Quantos banhos o senhor toma por semana?
– Estou cheirando mal?
– É uma pesquisa.

Pesquisadores. Há um exército deles, em toda parte, perguntando e tomando notas. O comércio, a indústria, as emissoras de rádio e TV precisam de números para planejar, investir, lucrar. São nossas preferências, tendêcias, manias e opções que fazem girar a grande roda do progresso.

Quanto o senhor ganha por mês?

Fico sabendo que pertenço à classe B2. Para ser um B1 teria de possuir um carro estrangeiro ou um apartamento nos Jardins. Computador e todos os eletrodomésticos não me elevam na escala social. Sigo meio humilhado. Por ter lido Proust, Joyce e Virginia Woolf me julgava cavalheiro de

primeira classe. Um elitista. Engano. Tabelado na coluna B2, como mero operário especializado, resta-me a resignação.
— O que o senhor faz nos fins de semana?
Tornei-me um inimigo das pesquisas desde que escrevia telenovelas. Certa noite estava num restaurante em que os profissionais da área se reuniam quando notei algo estranho. Nenhum deles aproximava-se de minha mesa. Mesmo os que me deviam favores e os puxas tradicionais.
— Sua novela desceu 5 pontos.
— Por isso que a turma se afastou?
— Se não recuperar os pontos, cai em desgraça. E o que adianta bajular quem não escreverá a próxima? Diga.
A pesquisa julga, orienta, condena, crucifica. O que Pôncio Pilatos fez foi pura pesquisa: "A quem devo soltar, Jesus ou Barrabás?" Na televisão eu sofria pesadelos horríveis quando uma novela minha ia ao ar. Sonhava com altas personalidades internacionais, sorrindo, debochadas, a acionar para baixo, cruelmente, o polegar. Gente como Margaret Thatcher, Napoleão, Gandhi e mesmo o papa.
Corria ao departamento de pesquisa da emissora.
— Caiu mais 3 pontos.
— Mas é a melhor que escrevi.
O que conta é a voz da maioria. Chato, não?
Deixei as novelas, porém não me livrei dos pesquisadores, para os quais somos apenas números, unidades, amostras, parcelas. A milionésima fração de uma importante decisão industrial que será tomada, adiada ou anulada.
— De 0 a 10, que nota dá ao nosso presidente?
— Não gosto de julgar.
— Então o senhor não tem opinião formada?
— Claro que eu tenho.
— Então dê a nota.
É outro processo de pesquisa: fazer do pesquisado juiz. Que nota dá a Wanderley Luxemburgo, a Paulo Maluf, à novela das 8, a Adriane Galisteu, a Camille Paglia? A gente

leva para casa um sentimento de culpa. Nas notas teria revelado certa maldade, complexo, inveja? Por que dei só 8 à Galisteu?

— O senhor já teve aventuras extraconjugais?

— Não é coisa que se pergunte.

— Nenhuma vez?

Irritado, ergui a mão, com os dedos espaçados, diante de seus olhos. Vontade de dar um tabefe.

— Você quer saber demais...

Presto, contou meus dedos.

— Cinco vezes? Obrigado.

O CHARME DOS EXCLUÍDOS

O homem mais feliz era um sem-camisa

Os sem-teto e os sem-terra estão na ordem do dia. Parte considerável do papel dos jornais e do tempo da televisão é preenchida por eles. Unidos, organizados, aplaudidos, desfilam, interrompem o trânsito, fazem manifestos, dão entrevistas, invadem. Muitos com-teto e com-terra, invejosos de tanta publicidade, até caminham ao lado deles nas passeatas.

Em tempos menos bicudos, os marginalizados, os sem, eram apenas os que não possuíam televisão, os terríveis televizinhos. No geral em grupo, sempre faziam visitas inesperadas, nas horas mais inoportunas. Pretextando saudade ou qualquer motivo sentimental, na verdade queriam assistir a algum jogo de futebol ou programa de TV na casa dos que já tinham comprado o aparelho. Não eram agressivos nem sindicalizados. Não portavam faixas nem bandeiras, não usavam alto-falantes, mas eram os chatos da ocasião, os maiores cri-cris da década. O crediário – que corrige os grandes desníveis sociais – felizmente nos livrou dos televizinhos antes do surgimento de um perigoso líder entre eles.

Aliás, todos nós, mesmo os mais bem-aventurados, somos seres incompletos. Convivemos sempre com uma dolorosa sensação de falta. Isso vem desde Adão, que logo notou faltar alguma coisa no Paraíso. Falo de cátedra, porque aqui está um carente. Quase enlouqueço por causa de algo que sempre desejei. Sou um sem-piscina. Isso chegou a ser para mim uma calamidade. O cinema determinara o clichê, a imagem perfeita da felicidade. A piscina era parte integrante. Não há felicidade a seco, ensinou Hollywood. E nós, espectadores mortais, aceitamos. Todas as vezes em que eu entrava debaixo do chuveiro a tal sensação de falta se acentuava. Furioso, esmurrava o ladrilho, xingava o mundo. Tudo despeito e inveja. O chuveiro, com aqueles furinhos, passou a simbolizar meu fracasso social. Sob ele me sentia um pária. Ensaboado, limpo, mas pária. Se houvesse algum movimento ou partido político que reivindicasse piscinas, eu teria tornado-me um ativista, atirado bombas, embora até hoje não tenha aprendido a nadar. Sem-piscina, uni-vos!

A outras pessoas falta alguma coisa, mas ignoram. Levam a vida inteira sem notar. Um amigo meu observou, cheio de ironia:

– Você já viu, nessas mansões de grã-finos exibidas nas reportagens, alguma estante, um único livro ao menos, viu?

– Vi listas telefônicas.

– Não vale. Falo de livros.

– Mas acha que os ricos precisam de livros? Honestamente.

O amigo baixou a cabeça. Reconheceu estar errado. Nem todo sem é um necessitado, um infeliz, um rebelde. Principalmente isso: um rebelde. Ó mundo de contradições! Às vezes ter é um peso, um excesso desnecessário. Pode até atrapalhar.

Depois há aquele rei que desejava vestir a camisa do homem mais feliz do reino. Encontrado após longa procura, descobriu-se que tal homem, milionário de felicidade. era um sem-camisa. Meu pai costumava dizer que há muita sabedoria nessa história. Duvido, mas cai muito bem num domingo, principalmente se fizer sol.

JECAS E CAPIAUS

Oito dicas para identificar um caipira

Somente agora, passada a onda a propósito da declaração do nosso presidente sobre o caipirismo nacional, decidi encarar o assunto. Comecei com um tipo de pergunta. Entre meus amigos há algum jeca, matuto, piraquara, capiau, tabaréu, tapiocano, curumba, mixuango ou brocoió? Quais são os políticos babaquaras deste país? Na imprensa, há muitos botocudos? Eu, cidadão paulistano, já amei alguma mambira? Certamente não me preocupava em anotar a cidade onde esse pessoal nasceu, mas em localizar seu lado provinciano acanhado, mocorongo, o traço hereditário ou regional de sua personalidade que resiste a tudo que é atual, metropolitano, universalista.

– Há muito jeca nascido na capital – ponderou minha mulher. – Enquanto outros, oriundos de pequenas cidades, não o são. Um exemplo? Carlos Drummond de Andrade. Nasceu numa pequena cidade de Minas mas foi sempre global, sem fronteiras. Monteiro Lobato, homem do interior, vivia esbravejando contra o amarelão e o caipirismo. E JK, interiorano, não foi em seu tempo o mais progressista e civilizado de todos nós?

– Não sei se valem os exemplos. Os três migraram cedo para cidades grandes. Movimentaram-se, sonhavam alto. Mas é possível deixar de ser caipira sentado a vida toda na pracinhada da matriz? Frequentando a botica do Tonico? Namorando a Ritinha? Comendo broa de milho?

– Isso não sei – ela respondeu. – Depende do orgulho municipal. Campinas, mesmo quando era um pingo no mapa, não se julgava interior. Como dizia Walter Foster, as pessoas não se cumprimentavam na rua para demonstrar que a cidade era grande.

– Antigamente a gente via logo quando um caipira se aproximava – disse eu. – Tudo nele tinha a marca do interior, principalmente a fala, boa de ouvir e de imitar. Hoje, não. Os capiaus deram de se disfarçar. Primeiro a roupa, o jeito de falar, depois o dentro. Há muito caipira bancando o parisiense, o nova-iorquino. As agências de turismo fazem milagres. Mas eu consigo identificá-los.

– Como consegue isso?

– Caipira é caipira. Sempre é flagrado num detector de mentiras. Passe perto de um suspeito assobiando algum sucesso de uma daquelas duplas milionárias. Se ele partir para o dueto ou sorrir orgasticamente, paulistano não é.

– Enumere algumas dicas para a identificação de caipiras disfarçados – ela sugeriu, me desafiando.

– A primeira já foi. Caipira, por mais que se mostre evoluído, refinadinho, não troca Cole Porter ou Gershwin por uma moda de viola. Publicamente até pode, mas na intimidade...

Dica número 2 – Mais cedo ou mais tarde, ele dirá: "Conheço uma caninha melhor que qualquer uísque". Aí ele se trai totalmente.

Dica número 3 – Ele não tem bronca de aranha ou de pernilongo como os metropolitanos. Se você gritar "cobra!", nem olha para o chão.

Dica número 4 – Conhece umas ervas que curam todo o tipo de tosse, resfriado, gripe, males de digestão, dores musculares, inchaços, úlceras, impaludismo e doenças de fundo psicológico.

Dica número 5 – Basta relaxar um pouco e contam alguma dessas chatíssimas histórias de pescaria.

Dica número 6 – Pode até ser contrário a soltar balões, mas acenda uma fogueira, mesmo numa sala de visitas, e chorará de emoção.

Dica número 7 – Até os materialistas admitem: ao menos uma vez na vida, viram mula sem cabeça.

Dica número 8 – Embora morando no Morumbi e sendo sofisticado, encontrará entre seus pertences um berrante ou um chapéu de palha.

– Não me ocorrem outras dicas. Estou com fome.

– Sabe o que comprei na feira? Pamonha e rapadura.

– O que está esperando, mulher? Caviar também enjoa.

PROCURANDO ODILON

Se alguém souber, por favor mande notícias

— Escreva sobre o Odilon, escreva sobre o Odilon — sempre insiste minha mulher quando me sento para bolar uma crônica.
É a esperança de que ele apareça. Morre de curiosidade. Na verdade, já me referi a ele de passagem nesta página. E quantos recados deixei por toda parte? Pensei até num anúncio de jornal. "Apareça, Odilon, seu amigo Marcos gostaria de vê-lo". Comunicar-se com ele parece impossível, só exibe o ar de sua graça quando lhe dá na telha. Mas apenas o ar, porque o fato é que nunca vi o Odilon. Acreditem se quiserem, nunca o vi. Nem minha mulher crê muito nisso.
— Sua memória é que nunca foi boa — ela diz. — Como não conhece uma pessoa que o salvou em tantos momentos difíceis, quando tudo parecia perdido? Devem ter sido muito amigos no passado.
Sempre que esse assunto vem à baila me descontrolo um pouco. Sim, minha memória nunca foi dessas coisas, já deu muitas mancadas, mas não sou um pinel, um xarope.
— Já disse mil vezes que jamais conheci um Odilon.
— Nem no ginásio?
— Nem no primário.

– Você não estaria querendo esquecê-lo justamente porque lhe deve favores? A mente humana é cheia de mistérios. Inventa motivos que não existem.

– Posso ter um milhão de defeitos, menos o da ingratidão. Gostaria de ter um encontro com ele principalmente para agradecer as colheres de chá espontâneas que me deu tantas vezes e descobrir afinal quem é essa figura.

Minha mulher fez uma pausa, a mesma que faz para mudar perigosamente o rumo de uma conversa.

– Nunca lhe ocorreu que...
– Pode falar, diga.
– Nunca lhe ocorreu que o Odilon talvez... não exista?
– Como assim?
– Pode tratar-se de uma entidade divina, um espírito de luz, um anjo da guarda...

Como já havia brigado com minha mulher naquela semana, preferi dar uma risada. Um homem do meu gabarito acreditar nessas bobagens! Entidades, espíritos, anjos. Não sou um materialista casca-grossa, mas crer em tudo, como leitor babaquara de certa literatura da moda, também não.

Recolhi-me para lembrar toda a história. Começou quando, estando desempregado, recebi um cartão manuscrito: "Passe na rua do Triunfo, o Galante está precisando de roteirista. Odilon". Fui e encontrei o produtor de cinema em pânico. Seu roteirista desaparecera. Aliviado, quase me beijou. Assinei contrato na hora. Disse-lhe do Odilon. Respondeu ser péssimo para guardar nomes.

Algum tempo depois, eu estava outra vez no desvio quando telefonaram da televisão. Haviam indicado meu nome para escrever uma telenovela. Corri para o Sumaré. O contrato já estava sobre a mesa do Walter Foster. Perguntei quem me indicara. Ele revelou, a ordem viera da cúpula. Alguém convencera o diretor a me contratar.

– Um tal de Odilon. Conhece, não?
– Ah, claro. O Odilon.

Minha mulher aproximou-se, inconformada. Ao menos sabia como era o Odilon? Alto, baixo, moreno, loiro, dentuço, canhoto?

Uma vez eu precisara de uma palavra amiga para dobrar certo diretor de agência de publicidade, precisamente a Mênfis. Dessas coisas que só o Odilon faria para mim. E não é que o próprio passou pela agência e deixou uma carta me elevando às nuvens? Perguntei na portaria como era a pessoa.

– Tem o nariz atucanado – foi o que lembrou o porteiro.

– É tudo o que sabe? – minha mulher me apertando.

– Ah, ouvi sua voz certa vez. Telefonou-me magoadíssimo. Eu o encontrara três vezes na Paulista. Por que não o cumprimentara?

O pior aconteceria mais tarde. Na Henrique Schaumann. Um caminhão vinha na minha direção quando alguém voou, sim, voou para salvar-me. Perdi os sentidos. Ao acordar, estava rodeado de pessoas e um guarda de trânsito disse que eu devia a vida a um amigo que por acaso passava.

– Amigo meu?

– Disse chamar-se Odilon. Mas estava com muita pressa.

O guarda ergueu do chão um livro que eu levava e mais...

– Isso também lhe pertence?

Era uma pena comprida e larga como não vi em ave nenhuma. Consultei até enciclopédias. Branca, leve. praticamente indestrutível.

– Parece de um... – ia comentando minha mulher, tocando, encantada, a estranha pena. Interrompeu-se diante de minha cara feia.

– Odilon não é meu anjo da guarda. Pode ser que voe e tenha o corpo coberto de penas, mas deve ser uma pessoa normal.

PARA GREGOS E TROIANOS

Doa-se o enredo de um romance inacabado

Fechei a pasta estalando o elástico, desdenhosamente. Mais um romance que eu não concluiria. Na metade, o enredo tomou um rumo, os personagens outro e eu, o autor, um terceiro. O edifício de doze capítulos em duzentas páginas desmoronou sobre mim. Puxo os cabelos, bato a cabeça na parede. Meses de trabalho perdidos.
Minha mulher indagou:
– O que vai fazer com ele?
– O que se faz com um bolo que não vingou?
– Mas você acreditava tanto, dizia a todos que estava escrevendo um romance genial!
– E ainda acho criativo, original, inovador, fantástico, mas melou, perdeu o prumo, a linha. Virou uma grande confusão. Se continuar trabalhando nele, perco a cabeça, enlouqueço.
– Ora, Joyce, no *Ulisses*. também fez uma grande confusão, mas não se preocupou tanto.
– Desisto. Nem vou guardar a papelada. Não temos espaço. Ao lixo.
– Ouça esta. Por que não doa o romance? Seja generoso, uma vez ou outra.
– Doar um romance? Ninguém iria querer assumir a autoria, somente um grande cara de pau.

– Faça então uma doação parcelada, um pedacinho para quem quiser. Autores carentes, sem inspiração, aproveitariam, felizes, suas sugestões. É como jogar boias ao mar para salvar náufragos.

A sugestão pareceu-me absurda, mas no dia seguinte não. Mesmo morto, meu romance inacabado poderia gerar obras-primas. Vai aí, pois, o melhor dele. Atenção, jovens autores, fanzocas, alunos de comunicação. Escolham sua dica, anotem e sigam em frente. Pode ser a pedra fundamental da fama e da fortuna.

Personagens:

Orozimbo Cortes Marcondes Machado Ramalho – Como ninguém se atreve a perguntar a um homem que carrega esse nome "O que o senhor faz na vida?", passeia pelo romance altiva e desinibidamente.

Vitória Vitorino – Mulher de vida fácil. Viúva, com oito filhos, transporta fardos numa fábrica. Serviço fácil porque não exige esforço intelectual.

João e Juca – Irmãos xifópagos milagrosamente separados após forte discussão sobre futebol. Vinte anos depois foram rexifopagados para eliminar dúvidas testamentárias.

Adriano Castelar – Mordomo realmente culpado de um crime, o que não acontecia na literatura, havia sessenta anos. Mata um vendedor de enceradeiras e esconde o corpo dentro de uma armadura. Depois convence o patrão a doá-la ao Museu do Ipiranga.

Ernesto Máximo da Silva – Anão, trabalha na imprensa nanica. Canta óperas, fuma charuto, sempre visto com loiras altíssimas. Também para chamar a atenção, beijou o "Beijoqueiro". E comprou um leão para proteger sua residência. Azar. Houve uma greve de açougueiros.

Cenários:

Um elevador parado entre o 27º e o 28º andar de um edifício, após o expediente antes de um feriadão, no qual se encontram, enclausurados e no escuro, uma mulher com voz de trovão, um paraplégico, jogador de um time de basquete sobre rodas, um paquistanês, chegado na véspera, um estranho indivíduo, identificado apenas pelo mau hálito, e um perigoso cão fila, que entrou misteriosamente no elevador. Atende pelo nome de "Tonico".

E mais: um clube de nudistas, ainda sem licença da prefeitura, no qual os sócios do sexo masculino pagam multa de 10 reais todas as vezes que algum mau pensamento se torne visível.

Há uma tarde de chuva sem personagens em Bangcoc, uma terça-feira qualquer numa clínica em Osaka, especializada em ocidentalizar olhos. Alguém passa apertado por um mictório público em Basra, fechado para reformas. Uma veneziana é subitamente aberta em Veneza e ninguém vê nada de dentro para fora ou de fora para dentro. Um sábado insuportável em Cochabamba.

Objetos (não confundir com objetivos):

Um guidom de um Ford 1925 enfiado à força num criado-mudo; uma gravação muito chiada do grito do Ipiranga, de autenticidade contestada todavia, pois na época as gravações externas sempre fracassavam; a sombra de uma mulher etrusca numa parede, conservada por algum tipo de refrigeração; o fio de uma navalha; cedido pelo próprio W. Somerset Maugham; uma faca de três gumes; um pedaço de arco-íris, resultado do choque com um Soeing; uma tiara de Cleópatra que ela mesma usou num filme do mesmo nome.

Escolha por aqui ou por ali. São bolações de primeira. Garanto. Vá em frente. A gente se encontra na Academia Paulista de Letras.

O CASO DO TERNO USADO

Quando a elegância é fruto de um segredo

Não entendia como o Dino, ganhando tão pouco, pudesse ter um guarda-roupa farto e variado. Tecidos ingleses, cortes elegantes, aviamentos de primeira. Cheguei até a imaginar que, além de trabalhar num modesto escritório, faturasse um extra exercendo alguma atividade ilegal. Muita gente contrabandeia até maria-mole neste país de longas fronteiras. Intrigado, resolvi esclarecer o enigma justamente num dia em que ele estreava um vitorioso terno de tussor de seda. Nossa amizade permitia certas indiscrições.

— Não há mistério algum — abriu-se. — Compro roupas usadas.

— Usadas? Mas lhe caem tão bem!

— Acontece que o dono do belchior, o Samuel, é meu amigo há anos e conhece muito bem minhas medidas e preferências. Nem preciso passar por lá, ele logo me avisa quando surge uma coisa do meu gosto. Ontem mesmo telefonou: "Doutor Gerson trouxe um tussor, corra". Doutor Gerson, um promotor público, tem minha altura, meu corpo. Faz muita roupa, nos melhores alfaiates da cidade, e as vende ao Samuel. Velha é modo de dizer, esse tussor tem menos de um ano.

— Que sorte, ele tem seu corpo!

— Não é só ele, não. Brotero, um deputado federal que

também faz muita roupa, tem medidas como as minhas. Mas infelizmente aderiu ao governo e anda engordando um pouco. Vida boa...

Eu estava precisando de um terno novo urgentemente. Vivia uma grande paixão pela Elisa, a bela da rua, muito disputada por um punhado de rapazes afoitos, e queria impressioná-la. Como aos demais, ela me dava alguma bola, sem compromisso; inclusive já tínhamos ido a uma boate, mas ficara nisso. Não era uma boboca, tinha ambições e bastante cautela. Com tantos admiradores, devia estar escolhendo um que provasse estar melhor de vida.

– Quer ir ao meu belchior? – ofereceu Dino. – Eu o levo ao Samuel. Você sairá de lá elegante como um príncipe.

– Lamento, Dino, mas não posso.

– Não pode por quê?

– Preconceito, sei lá. Nunca alguém em minha família vestiu uma roupa usada.

– Mas isso é bobagem!

– Pode ser, mas é assim. Se me der o endereço, vou ao belchior – para vender um terno.

Eu mandara fazer um belo terno xadrez, vistoso, mas a Maria, minha empregada, esqueceu o ferro sobre o paletó e foi atender ao telefone. Resultado: uma mancha amarelada na altura da lapela do tamanho de um punho. Quando ferro quente faz isso, não há conserto. Possesso, não sabia se chorava ou se despedia a Maria. O que não podia era aparecer diante da bela Elisa com aquilo na lapela.

– Vendo o terno para o belchior e mando meu alfaiate, o Zezito, fazer outro.

– No seu lugar, trocaria por outra roupa do Samuel – insistiu o Dino.

Eu me sentiria o último dos homens se visitasse Elisa com uma roupa usada. A expressão "pobre, mas orgulhoso" funciona. Psicologicamente, viraria um trapo perto dela, quase um mendigo. Ela tão chiquezinha, tão crítica em relação a tudo, tão... Bem, fui até o belchior e me apresentei ao Samuel. Ele olhou o terno superficialmente e fez logo sua oferta.

– Pago 100 mangos.

Ele não vira o amarelado? Fui honesto.

– Tem essa marca de ferro...

Não ligou a mínima.

– Sempre tem quem compra.

– Negócio feito.

No dia seguinte fui à alfaiataria, em Santa Cecília, e encomendei outro terno. Mas não repeti o padrão; xadrez dera azar, e sou um tanto supersticioso. Escolhi um tecido azul, bem clássico. Elisa, burguesinha, talvez preferisse ao xadrez, esportivo demais. Quinze dias depois, o terno ficava pronto.

Soube então que minha amada ia dar uma festinha no sábado; convidava a mim e demais fãs. Boa ocasião para estrear o terno. Com meu azul novinho não temia concorrência. Roupa nova dá moral.

Logo à porta encontrei o Lauro, um dos meus rivais. Estava bronqueado.

– Se espera conquistar a Elisa hoje, desista. Está aos beijinhos e dançando o tempo todo com um cara da Lapa. Dizem que vai ficar noiva.

Entrei, não acreditando. Na sala, ela toda sorridente e agarradinha com um tipo desconhecido. Curioso, usava terno xadrez igual ao... Quando me viu, aproximou-se com o feliz namorado.

– Conhece o Raimundo?

Antes de mais nada o que vi foi a mancha amarelada na altura da lapela.

A PISCINA

Não há nada melhor para fazer amigos

— *E*screva sobre a piscina – disse minha mulher.
– Não vai parecer pretensioso, exibicionista?
– Ora, quem gosta de pobreza é intelectual. Não viu as eleições? Depois, está calor e piscina é um tema refrescante.

O argumento final me convenceu e pus a máquina da memória a funcionar. Ter uma piscina é a maior meta de parte da sociedade, pois, com apenas algumas braçadas, atinge-se o lado de lá, onde a palavra status está situada com toda a sua grandeza. Não se chega a pé ou dirigindo um carro mixo a esse território de privilegiados. A travessia exige Mercedes, helicóptero ou o nado, seja clássico, de costas ou borboleta.

Num filme ou telenovela, que foca o mundo dos ricaços, sempre há cenas à beira da piscina, garçons circulando com bandejas, moças tentadoras de maiô, homens elegantes de smoking, mergulhos e beijos sob a água clorada. Os que se preocupam em saber o que é a dita felicidade, que poetas e filósofos tentam definir, descobrem o que não está em nenhuma enciclopédia: a felicidade é, na maioria das vezes, retangular, inclui um trampolim, leva cloro e tem muita água dentro.

Minha mulher planejou uma bela festa para a inauguração da piscina. Ponderou que não adiantava nada ter uma e ninguém ficar sabendo. Isso de alegria secreta, felicidade a dois, é coisa para lua de mel. Quando se faz uma conquista, temos de bradar aos quatro cantos. Causar inveja às vezes é saudável. Minha opinião era outra:

– Acho que o mais importante agora é aprender a nadar.

– Besteira.

– Por que besteira?

– Você bem sabe que sempre tive medo de água.

– Ignorava, devido à insistência com que lutou pela piscina.

– Vou cuidar da festa, quero ver essa piscina cheia.

Não foi necessário. Há notícias que se propagam com uma velocidade próxima da luz. E já antes do fax e do e-mail. No mesmo dia em que os operários concluíram sua obra, minha mulher preparando a lista dos convidados, primo Emílio chegou. Nem sabia se ele estava na cidade: aliás, nunca me interessei pelo seu paradeiro.

– Lembra-se de mim, primo?

Mal apertou nossa mão, o chatíssimo parente já foi tirando o paletó, pondo-se à vontade. Alguém lhe falara da piscina e ele era um apaixonado pela natação, informou. Mas não trouxera calção. Emprestei-lhe o meu e ele caiu na água. Saiu três horas depois, com fome e sede. Feliz, pediu permissão para nos visitar um dia sim, outro não. Íamos, em conjunto, respirar aliviados, livres do Emílio, quando chegou um grupo de amigos. Estes traziam maiôs e calções, além de uma fome semelhante à do primo, manifestada depois de duas horas natação.

– Será que falta alguém na lista? – perguntou minha mulher, mostrando-me uma vintena de nomes.

– Deve faltar, mas não cometerei a imprudência de lembrar. Essa turma me cansou. Vamos dormir.

– Agora não podemos.

– Por quê?

Os vizinhos pediram para usar a piscina.

– Aquele casal antipático?

— E seus cinco filhos. Poderia dizer não?

Minha mulher acabou concordando. Não haveria festa de inauguração. Nem seria necessário: o pessoal da lista apareceu quase todo já no dia seguinte. No fim de semana a casa foi praticamente invadida.

Agora que temos uma piscina não desceremos mais para a praia – explicaram.

Descobri na piscina uma grande função social. Gente que não via há anos apareceu. E eu, que me julgava desconhecido no bairro, comecei a ser visitado diariamente por vizinhos. E pelos amigos dos vizinhos. Aos domingos parecia uma piscina da prefeitura. O próprio primo Emílio achou que aquilo era abuso.

O mundo sempre dá aquelas voltas. Vocês sabem. Tivemos de nos mudar para um edifício todo de quitinetes. Perguntei na imobiliária:

— Tem piscina?

— Piscina?! Não.

— Não mesmo?

— Não.

— Graças a Deus.

FÉRIAS DE VERÃO

Seja onde for, o mundo continua pequeno

Tudo começou com uma pesquisa, cuja pergunta-tema minha mulher trouxe da feira. Confesso que, como sempre, eu pretendia passar em casa o verdão inteiro, quando todos os chatos da cidade viajam. A São Paulo dos feriadões e das férias escolares, mais vazia, torna-se interessante. Visito-a como um turista sem boné, descobrindo praças, pontes e recantos. Vou a cinemas, teatros e shows com maior frequência. Posso ser visto, até com máquina fotográfica, no Museu do Ipiranga, na Catedral da Sé, no metrô.

Minha mulher e a pesquisadora na banca de peixes:
– Onde passarei o verão? Não sei. Geralmente...
A pesquisadora, folgada, perguntou:
– O dinheiro está curto?
Minha mulher não gostou da intimidade. Empinou-se diante da moça.
– Estou hesitando entre Mônaco e Havaí.
– Puxa! A senhora que é feliz. Até agora a viagem mais distante é para Araraquara.
Assim que entrou em casa, com as compras, notei nela algo diferente.
– Os preços estavam muito altos? – imaginei.

— Uma emissora de rádio fez uma pesquisa na feira do Pacaembu: onde você vai passar o verão? Segui a pesquisadora para saber dos planos da turma.
E prosseguiu quase chorando:
— Todos vão viajar. Menos nós. Estou sentindo complexo de inferioridade.
— Coma um pastel que passa.
— Freud nunca disse isso.
— Se dissesse perderia a clientela.
A piadinha não adiantou muito. Minha mulher já pusera na cabeça a ideia fixa de viajar. Naquele ano não ficaríamos em casa. Faltava resolver para onde. Praias? Montanhas? Estações de repouso?
— Fizemos um camping certa vez — ela lembrou.
— Para quem gosta de muriçoca não há nada melhor. Se quiser, saio e compro uma barraca — ameacei.
— É uma linda prova de amor, mas uma noite no campo foi o suficiente para o resto da vida.
Resolvemos seguir para as montanhas, fartos da superfície. Minha mulher comprou umas calças esportivas e sapatos rústicos. Muito bacana.
— Está mesmo disposta a praticar o montanhismo, serrana bela?
— Montanhismo?
— É como chamam o alpinismo. Afinal, estamos indo para as Alterosas, não?
Pela primeira vez ela ligou o fato, isto é, a roupa ao ato.
— Deus me livre! Não subo nem escadas.
— E eu me sinto mal em elevadores — revelei.
Ponto-final em nossas aventuras montanhesas. Ela decidiu:
— O jeito mesmo é ir para o mar, embora você odeie sol e areia.
— Mas não tenho nada contra cerveja à beira-mar.
Preparamo-nos para o verão na praia. A televisão, porém, não parava de jogar água fria em nosso plano. Havia

na estrada um engarrafamento de 12 quilômetros. Quinze carros pegaram fogo, engavetados. Trinta e dois feridos. O resto, tudo bem.

— Não vamos — ela resolveu. — A estrada está um inferno.
— A TV gosta de dramatizar.
— Está faltando tudo na praia, inclusive bebidas.
— Isso já é grave. Vamos para uma estação de repouso.

Pegamos nosso carro e partimos. Horas depois chegávamos a um pequeno hotel. Havia uma festinha. O hóspede mais jovem completava 75 anos. Bastante alegrinho. Um ancião insistiu em me ensinar a jogar dominó. É empolgante. Quem tem coração fraco... Minha mulher fez amizade com uma senhora muito simpática.

— Vamos almoçar nós quatro. Minha filha já vem vindo.

Sentamo-nos, à espera, no restaurante. Vendo uma moça aproximar-se, minha mulher levou o maior choque de sua vida.

— Lembra-se de mim? Eu a entrevistei na feira para a pesquisa de verão. O mundo é pequeno, não?

SOBREVOANDO CASABLANCA

Um filme no coração, uma cidade lá embaixo

Voltávamos da Europa, quando, na madrugada, apesar do ronco das turbinas, ouvi uma voz que me falou ao coração:
– Estamos sobrevoando Casablanca.
Minha mulher dormia ao meu lado após duas ou três horas de vãs tentativas.
– Estamos sobrevoando Casablanca – informei, como se se tratasse da Cidade dos Sonhos.
Não confiem demasiado no romantismo feminino.
– Quer me deixar dormir, quer?
Ergui-me e tentei olhar para baixo. Uma simples luz marroquina seria o suficiente. Minha memória cinematográfica seria um referencial. O que vi foi apenas o manto escuro e infinito das nuvens. Um único passageiro, fumando muito, continuava acordado. A maioria dormia profundamente.
– Estamos sobrevoando Casablanca – disse-lhe num tom nostálgico. Eu precisava dividir aquela sensação.
Ele levou um susto e perguntou algo num idioma de difícil identificação. Talvez javanês. Devia ter entendido qualquer coisa como "O avião está com problema". Soltou o cinto de segurança e saltou de pé derrubando uma bandeja. Tentei acalmá-lo, mas ele não entendia nada de português e o pavor já tomara conta de seus dois metros de altura. Sobressaltado,

acordou um conhecido. Antes cobriu-o de fagulhas de cigarro. O homem despertou assustado.

– Não aconteceu nada – tranquilizei-o em nosso desconhecido idioma. – Apenas disse a ele que estamos sobrevoando Casablanca.

Este passageiro não ignorava totalmente o português.

– Vamos descer em Casablanca? Por quê?

– Só estamos sobrevoando a cidade.

– E há perigo nisso?

Alguns passageiros da ala acordaram. Ninguém ligava a cidade ao filme, produzido em 1942, em plena Segunda Guerra Mundial, e dirigido por Michael Curtiz de forma precária, com roteiro improvisado. Apesar disso, tornou-se um campeão de bilheteria e, ainda mais, um ícone do romantismo do século. Jamais a fórmula amor e medo dera tamanho resultado. Amor nobre, capaz de renúncia e grande risco. Até os coadjuvantes, que não ganham para isso, são nobres no filme.

Um comissário apareceu às pressas e com bastante dificuldade conseguiu, enfim, explicar tudo. O nome de Humphrey Bogart, reconhecido, despertou sorrisos e lembranças. O passageiro de cabelos brancos, eu, referia-se somente a um antigo sucesso do cinema.

Para curtir melhor a informação geográfica, pedi um uísque duplo, cantarolando *As Time Goes by*... Pagaria qualquer coisa para assistir ao filme enquanto sobrevoasse a cidade. O comissário informou que Casablanca já ficara para trás. Minha sede, contudo, não. Pedi outro uísque, lembrando-me de Ingrid Bergman, que não voltaria a trabalhar com Bogart, de Paul Henreid, Claude Rains, Peter Lorre, Conrad Veidt, de Sydney Greenstreet. Enquanto bebia, fui rememorando cena a cena.

– Parece ter exagerado no uísque – observou minha mulher, já à luz do dia. – Está com uma cara! E com um hálito...

– Não era para menos. Sobrevoamos Casablanca. Sou um sentimental.

— Já arranjou pretextos melhores para beber.
— Sabe quantas vezes vi o filme? Você não vai adivinhar. Vinte e duas. Sempre reprisa na TV e eu não perco. Existe até um clube. Sabia? O dos fãs de *Casablanca*. Sou o sócio número 321.
Minha mulher fez cara feia. Era um clube ao qual jamais ingressaria.
— Quer saber de uma coisa? Jamais assisti a esse *Casablalca*, tão falado.
— Não? Impossível.
— Pelo trailer deu para ver que parece um especial da Globo. E o coitado do Bogart, como galã, não dá para suportar. Ou dá?
— Por favor, não fale mal de *Casablanca*. Só as pessoas sem sentimento não o apreciam.
— Não vamos brigar por causa de um filme.
— Claro que não
E de fato não brigamos. O divórcio, foi amigável.

SONHOS COM CELEBRIDADES

É só fechar os olhos e elas aparecem

Sonhei com Márcia Fu me dando um tabefe no ouvido. Justamente quando pintava um certo clima. O sonho é produto de desejos e temores inconscientes. Sempre pensei assim. Depois descobri que Freud já dissera isso alguns anos antes. Sou uma vítima do plágio. Pessoas vivem tentando me preceder. Devido a essas duas sensações, luxúria e medo, costumeiras durante o sono, o homem dormindo é mais primitivo que o homem acordado, está mais próximo de suas origens, lá na Brucutulândia. A vida é como nos sonhos, reproduz a dança dos desejos e temores. Já sonhei mil vezes estar caindo de uma montanha, perigo que na realidade jamais corri porque, paulistano, subi no Pão de Açúcar uma única vez, e de bondinho. Talvez seja a mais manjada fantasia do inconsciente. Figuradamente, temomos é a perda de emprego ou outras perdas que nos façam despencar na escala social. O medo paralisante está entre as mais perversas invenções oníricas, presente no mais leve pesadelo. A gente precisa fugir de uma terrível ameaça produzida por homem, máquina ou monstro, mas nem um dedo consegue mover. O jeito é se fazer de morto. Errado: já fui enterrado vivo diversas vezes.

Quem vive uma cena assim na cama deve estar sofrendo o drama da impotência no mundo vertical da competição. O pavor do fracasso faz isso, é o trem que vai nos esmagar sobre os dormentes, é a mordida de Drácula, o pavio da dinamite chegando ao fim. Tudo simbologia.

Os sonhos de vovô Brucutu, elementares, não dispunham dos efeitos especiais de hoje e eram pobres em metáforas. Ele sonhava em preto e branco com feras, raios e tufões, apetitosos nacos de bisão, cavernas mais frescas e urbanizadas, e com as Ulas mais moderninhas da vizinhança.

Não é muito comum sonharmos com celebridades, porém, observa-se que isso vem acontecendo frequentemente depois do advento da TV por assinatura. Pesquisas comprovam. Meu amigo Lorca, que vocês fazem muito mal em não conhecer, costuma ter sonhos eróticos fixados nas atrizes da novela das 8.

Perguntei-lhe se já tivera sonhos idênticos com o elenco da novela das 7, pródiga em garotas bonitas. Respondeu que isso nunca lhe aconteceu, apesar de todo seu empenho. Nem mesmo sonhara com atrizes do cinema americano. Seu erotismo limitava-se ao horário aludido. Acorda ouvindo os comerciais.

Meu amigo Ricardone há décadas sonha estar jogando queda de braço, num mosteiro, contra um gorila, a cara de Benito Mussolini. Impressionado, e sentindo fortes dores musculares, procurou um psicanalista. Funcionou. Ainda sonha, é verdade, mas de Mussolini o gorila não tem mais nada.

Laurindo, meu primo, recebe nos sonhos curiosos telefonemas. Outro dia, ao atender, reconheceu a voz de dom Pedro I, dizendo-lhe: "Laurindo, se for para o bem de todos e felicidade geral da nação, diga ao povo que fico". Uma semana depois, a voz era de Olavo Bilac: "Laurindo, veja se gosta deste soneto: 'Ora, direis, ouvir estrelas. Certo perdeste o senso!' Vou em frente, Laurindo?". Em outro sonho, tocou o telefone e era Getúlio Vargas. "Laurindo, não espalhe, mas estou deixando a vida para entrar na História."

Sonhar com celebridades envolve mistérios. O que me levava a ver tantas vezes Marilyn Monroe em meus sonhos?

– E isso era mau? – perguntou o Lorca, invejoso.

– Não me interrompa. Mal fechavaos olhos e me via em frente da dita Marilyn numa ilha deserta.

– Numa ilha deserta? Seria até pecado interrompê-lo... Prossiga.

– Mas no sonho Marilyn tinha erisipela e aparentava oitenta anos de idade. Não dava. Acabava por abandonar a pobrezinha, voltando ao continente a nado.

– Não sonha mais com ela?

– Mais uma vez. Veio ao meu apartamento. Esplendorosa. Foi logo dizendo: "Voltei só para dizer que estou curada. Um pescador me levou uma pomada. Mas o que você me fez não vai sair barato. Vingar-me-ei".

– E vingou-se?

– Bem, voltei a sonhar com a ilha deserta. Eu e mais ninguém. Nem mesmo o índio Sexta-Feira, de Robinson Crusoé. E o pior é que tinham empurrado o continente para mais longe.

MINHA VIDA É UM ROMANCE

Todas as boas histórias já foram escritas

A vida imita a arte, disse Oscar Wilde. Hoje, certamente, ele estaria arrependido de ter afirmado algo que se tornaria um enjoado lugar-comum. Vocês sabem, lugar-comum é aquela dose breve de sabedoria ao alcance de qualquer imbecil. Desde que comecei a escrever profissionalmente, a frase-título desta página me persegue, como acontece com a maioria dos escritores. Uma senhora invadiu minha sala, agarrou-me e exigiu, enfática:

– O senhor precisa escrever a minha história. Todos vão chorar.

Lembrei-me de Wilde, já citado, que também disse: "Um coração despedaçado garante muitas edições". Dispus-me a ouvi-la. Era o drama de uma mulher de classe média, feliz como só ela. Mas, tendo perdido o marido, vê-se forçada a lutar pelo sustento de quatro filhos, sendo que um morre, outro se casa e muda de cidade, outro...

– Um momento. Esse romance já foi escrito nos anos 40 por Maria José Dupré. *Éramos seis*. Não leu? A família morava na avenida Angélica.

– Mas nós morávamos no Cambuci...

Outra senhora procurou-me para me contar, a partir da juventude, sua vida e a de duas amigas, tendo cada uma seguido um destino diferente. Uma envolveu-se com a política, outra viciou-se em drogas, outra...

– Já li esse romance. *As meninas*, escrito por Lygia Fagundes Telles.

Ela arriscou, esperançosa:

– E se o senhor incluísse mais uma personagem?

Muitas pessoas se sentem vivendo enredos exclusivos, inéditos na imaginação do destino. O que sofreram ninguém sofreu antes. Os problemas enfrentados jamais afligiram outra pessoa. O mundo, garantem, nutre certa marra especial contra elas. Deus ou o diabo as escolheram como vítimas. E necessitam desesperadamente de um ghost-writer que redija sua epopeia.

Homens também me procuram.

– Conheci uma mulher na infância e vivemos um grande amor até que ela me traiu com meu melhor amigo. Daria um grande romance.

– Já deu. *Dom Casmurro*, de Machado de Assis. Nunca ouviu falar de Capitu?

Uma mulher de difícil vida fácil procurou-me com a mesma intenção. Seu nome, inclusive, era Naná, como a prostituta do famoso romance de Émile Zola. Já quiseram que eu reescrevesse *Os Maias* e *Os irmãos Karamazov*.

A existência humana é uma constante repetição, geralmente reunindo episódios folhetinescos de gosto duvidoso. Nunca resulta numa tragédia ou comédia original, refinada, leve, só para as elites. Daí o sucesso das telenovelas mexicanas, hoje revivendo os antigos dramalhões radiofônicos. A moça expulsa da casa dos pais; o noivo que perde tudo no jogo em plena lua de mel; o marido honesto que se apaixona por uma jovem e abandona a família; o bondoso pobre que subitamente enriquece e se torna mau...

Os escritores, sim, podem transformar qualquer enredo vulgar em coisa fina. Shakespeare imortalizava o comum. A vida como ela é, porém, é grossa, limitada, rotineira, cheira mal. A própria Virginia Woolf, escritora das mais sutis, incólume ao barato e ao grosseiro, suicidou-se jogando-se num rio, carregada de pedras, como uma daquelas personagens da cafonérrima telenovelista cubana Glória Magadan.

Alguns leitores, no entanto, aprontam surpresas. Quando publiquei em 1960 o romance *Café na cama* uma aspirante a atriz, toda descontrolada, bateu à minha porta, tendo o livro nas mãos.

– Quem o autorizou a escrever a história de minha vida? – gritou.

– Eu fiz isso?

– O senhor contou tintim por tintim. Pôs minha família inteira no romance, meus vizinhos, enumerou meus empregos, meus namorados, fala de certo escândalo que me atribuíram... Tudo, tudo, tudo. Vou processá-lo.

– Espere um pouco.

– Entenda-se com meu advogado.

– Ora, minha personagem não é você. Chama-se Norma Simone.

Aí doeu:

– E como pensa que me chamo?

ALMAS GÊMEAS

Pequenos detalhes de grandes amores

Lembro-me do momemo exato em que decidi casar-me. Eu estava com 35 anos, e a família, os amigos e eu inclusive achávamos que não me casaria mais. Eram os anos dourados, e eu levava uma bela vida de solteiro. Os casados invejavam-me. Os viúvos invejavam-me. Até os noivos começavam a me invejar. Então liguei o rádio do carro e a moça que acompanhava deu um salto.

– Adoro essa música!

Ai, meu coração! Era uma antiga canção de George Gershwin das menos populares e conhecidas dos programadores, mas coincidentemente uma das minhas preferidas. Jamais ouvira alguém declarar sua admiração por ela, e muito menos mulheres. Só se apaixonavam pelo que estava na moda. No fim do disco, a grande resolução já estava tomada. Contei a meu irmão que ia casar-me e por quê. Ele não entendeu.

– Vai entrar nessa só porque gostam da mesma música?

– Uma prova de que somos almas gêmeas.

– Mas uma só música? – ele repetiu.

Telefonei imediatamente para ela.– E de *Anything Goes*, de Cole Porter, também gosta, queridinha?

– Desde garotinha.

Duas músicas. Confirmado. Comprei as alianças. São pequenos detalhes que aproximam as pessoas. Muito antes de Roberto Carlos eu já sabia disso. O amor é um jogo de armar. Quando duas peças se encaixam, tudo se encaixa. Se ela vibrasse com música caipira ou samba-enredo, não teria saído casamento. Um amigo meu, o Freiras, casou-se com Conchita porque ela gostava de pamonha. Fissurado, jamais encontrara alguém que gostasse de pamonha. Nem a mãe dele.

Na época, também achava o motivo insuficiente para levar ao casamento. Mesmo porque sempre odiei pamonha. Além do mais, Conchita não era nenhuma belezinha e estava encostada.

– Cuidado, Freitas. Pode ser falsa essa loucura por pamonha.

O que aconteceu depois do casamento não sei. Talvez ele tenha enjoado de pamonha, ou ela. Ou ambos enjoaram. Depois de uma briga feia, ela foi para o hospital e ele para a cadeia. Mas por que contei essa história? Ah, para provar que todas as regras, principalmente as boas, têm exceções. Deve ter sido por causa disso.

Ninguém se casa depois de enumerar uma longa série de qualidades da amada ou do amado. Apaixonei-me devido a 37 motivos. Nossos gostos combinam em 25 itens. Em nove de cada dez problemas tomaríamos a mesma resolução. O casório não é resultado de uma entrevista ou de uma soma. Mas é, geralmente, de uma única afinidade. Afonso e Jurema conheceram-se e amaram-se nas arquibancadas do Pacaembu. Num suado 1 a 0 contra o Palmeiras. Tinham ambos coração corintiano. Como todas as torcidas são fiéis, foram felizes para sempre nas vitórias, nas derrotas e nos empates.

O Amador, ex-partidão, dizia que seria impossível casar com uma moça cujas ideias políticas não coincidissem com as suas.

– Mas e as da Teresa? – perguntei, ciente de certas diferenças.

Teresa era filha de Galhardo, fascistão manjado, que desfilara de camisa verde na juventude, ao contrário de Amador, sempre alardeando ideias democráticas.

– Não coincidiam – ele admitiu.

– E como aconteceu a virada?

– Para tornar-se uma democrata como eu, uma liberal, ela teve de apanhar muito, muito – confessou Amador.

Meu caso não se parece com o do Freitas ou o do Amador. Ainda hoje eu e minha consorte temos o mesmo ouvido musical. Às vezes a gente sai, cada um de um lado, compra o mesmo disco e oferece ao outro. Bonito isso. É o que a gente conta. Mas exagerei um pouco. Aconteceu uma única vez...

Nas eleições ela é livre, vota em quem quiser, quando se trata da câmara dos vereadores, digo. A vida não é apenas um CD e abrange um número variadíssimo de gostar mais disso ou gostar mais daquilo. Seis meses após o casamento, ele quase acaba devido a discordarmos quanto a certa marca de salame. E, pior, foi a primeira de uma lista de conflitos. Brigamos por causa do Oscar, de um jogo de computador, de uma dose a mais de uísque que tomei, de um roupão molhado sobre a cama, de um roupão seco debaixo da cama, de qualquer coisa que esqueci de comprar, de qualquer coisa que eu esqueci e ela comprou. Mas nem tudo são brigas. Há abraços e beijos comemorativos.

– Você está hoje muito sentimental.

– É aniversário de nosso casamento.

– Ah, vou sair e comprar aquele lenço bonito.

– Já comprei. Não o lenço. Olhe no meu pescoço.

O refulgente colar há três décadas prometido. Desmaiei de emoção.

CENAS DE ELEVADOR

Uma receita para curar claustrofobia

Quando chegamos ao hotel onde passaríamos a lua de mel, minha mulher me disse:
— Não levaria a mal se subíssemos a pé?
Pensei em algum tipo de superstição.
— Mas são doze andares.
— Então vá você de elevador.
— Quem lhe pôs essa bobagem na cabeça?
— Sofro de claustrofobia. Sorry.
— Bem... Mas hoje é um dia especial. Esqueça isso.
— Para os claustrófobos não há dias especiais. Todos são iguais nos ambientes fechados.
Insisti mais um pouco. Ela resistiu. Decidi então subir com ela os doze andares. Não era o momento de queimar energias, desperdiçar esforços. Principalmente para quem se excedera no álcool na festa de casamento e no avião. Já no 5º andar avaliei que realmente exagerara. Se as pernas dobravam...
Talvez por culpa de minha mulher me tornei um tanto fixado em elevadores. Quantos encontros indesejáveis acontecem neles, obrigando-nos a cenas de representação teatral, sem auxílio de um diretor. Gente que pagaríamos para não ver mais.

– Que prazer, Romualdo! Onde tem andado? Ainda ontem falei de você no clube. Precisamos marcar um encontro. Aguarde meu telefonema, amigão...
– O número de meu telefone mudou. Tome nota.
– Pode dizer, não tenho papel mas decoro.

A interpretação exige total naturalidade devido à limitação do espaço. Hipocrisia cara a cara, em close absoluto. E sempre são dois os intérpretes. Se fosse na rua, ambos fingiriam não ter visto o outro. No cinema ou no teatro, olhariam para o teto. No elevador não dá.

Uma vez saí de um elevador e fui direto ao pronto-socorro. Dois inimigos se encontraram num 7º andar, insultaram-se, espumaram e partiram para o acerto. Sobrou para mim, que distraidamente lia uma revista. E encontrar com uma ex qualquer quando estamos acompanhados pela cara-metade? Já lhes aconteceu? As ex amam essas casualidades. A senhora sabe que quase nos casamos? Identificam-se, lembram fatos comprometedores e enchem o elevador de reticências maliciosas. Ele não tinha sossego... Posando de *lady* ou de piranha, aproveitam, assim, para se vingar de males que nos atribuem. E sempre com uma cara que diz: vejam com quem ele foi casar...

Adoro cães, mas sou vítima de cachorros em elevadores. Todos cismam de desamarrar meus sapatos. Às vezes só noto a brincadeira quando piso num cordão ao descer uma escada. Já caí, rolei, desmaiei e acordei com um deles me lambendo o rosto. Nos dias de feira os elevadores lembram uma campanha ecológica. Cheios de frutas, flores e legumes. Sinto-me como uma atração a mais na salada. Meu temor é que me derramem óleo e vinagre. Cuidado, minha senhora, eu sou indigesto.

Piores são as mamães e papais que nos exibem orgulhosamente seus bebezinhos. Eu com pressa, tentando resolver um problema de vida ou morte, a perigo no emprego, e eles não se mancam. Erguem o recém-nascido à altura de meu rosto. Cheira a leite e talco. Temo que me lambuze com suas mãozinhas meladas. Entra mais gente no elevador. Generoso, o pai permite que toque o nenê para ver como é fofinho. Subitamente o garotinho ou a garotinha, sei lá, começa a berrar. E o elevador torna a parar. A mãe diz que ele vomitou a noite inteira, coitadinho. Tento afastar o rosto. O pai pede que beije o titio. E justamente naquele momento...

Vocês devem estar mais preocupados com a claustrofobia de minha mulher. Durante anos isso foi um problema. Morávamos sempre nos andares inferiores dos edifícios e nunca visitávamos quem ocupasse apartamentos nos pisos mais altos. A solução foi um psicanalista, caríssimo por sinal. Um dia ela me disse:

— Esse dinheirão não gasto mais. Chega. Vou enfrentar o elevador. Iremos do térreo ao 105º andar. Isso vai me curar.

— Em São Paulo não temos nenhum edifício tão alto.

— Em São Paulo, não. Mas em Nova York tem, queridinho.

Pensei em dar mais uma chance ao psicanalista. Profissional competente. Mas minha mulher já se decidira pelo choque.

Ela de fato voltou curada de Nova York. E com um guarda-roupa novo.

PEQUENOS PRAZERES, GRANDES EMOÇÕES

Momentos inesquecíveis que iluminam a vida da gente

Há certos prazeres, pequenos, quase insignificantes, que marcam, iluminam uma vida. Lembro-me, ao acaso, de um deles. Havia um calor insensato no litoral. Eu estava instalado num apartamento alugado, com uma dessas sedes que água pode matar, mas covardemente, a sangue-frio. Aquela era sede nobre, para ser curtida, suavemente. Sede de cerveja, das bem geladas, com batatinhas e janela para o mar. Saí, em meu carro, já com a boca seca. Batatinhas e o marzão, vistos de um terraço, eu tinha. Faltava o líquido salvador.

Logo no primeiro boteco, um sádico me informou que ninguém tinha cerveja na praia. Não vira a notícia pela televisão? Peguei o carro e fui procurar outro boteco. A partir do quinto, comecei a ficar aflito e a dirigir até com uma certa imprudência. Percorri uns trinta. Voltei ao apartamento no lamentável estado de quem atravessara um deserto.

Minha mulher:

– Onde você foi tão alucinado?

– Comprar cerveja. E não encontrei nenhuma. Vou morrer. Adeus.

— Mas o dono do apartamento deixou meia dúzia na geladeira...

Corri à cozinha e abri a geladeira. As lindas cervejinhas estavam lá! Suadinhas. O prazer de tomá-las, gole a gole, foi o maior destaque daquele ano, no qual, nada mau, até ganhei um dinheirinho na loteria. Como disse, há uns prazeres baratos, e deste tamanhinho, que ficam na memória, se eternizam, merecedores de um graças a Deus.

No tocante ao canalha do Palha, o tipo de prazer foi diferente. Ele sempre me prejudicou, sempre. Durante anos. E eu não podia dizer-lhe o que pensava dele, desabafar, porque em mais de um emprego foi meu superior. Com uma só palavra me mandaria para a rua. Quando topamos certa manhã no largo do Café, cara a cara, ambos já em empresas diferentes, explodi. Sem um bom-dia, comecei a xingá-lo em voz alta, enchendo o largo de palavrões. Seu isto, seu aquilo. Mandei-o para uma porção de lugares, nada aprazíveis. Mas não só ele. A mãe também. A mãe. Juntou gente, inclusive o plantão do deixa-disso. Fui afastado da cena, na marra, ainda atirando minhas bombas, enquanto ele evaporava.

Continuei meu caminho matinal, andando nas nuvens, aliviado. Sentia um bem-estar maravilhoso. Prazer puro. As pessoas com as quais cruzei naquele dia acharam que eu estava com boa cara. Viajara? Uma perguntou, já com uma caneta para anotar, em que spa eu repousara.

Pequenos prazeres são o tempero da vida. Uns acontecem, outros podem ser programados. Ouvir Billie Holiday ou Peggy Lee, já no terceiro uísque, para mim é um deles. Ler Carlos Drummond de Andrade num feriadão ensolarado é outro. Assistir a um filme policial *noir*, em vídeo ou TV, numa sexta-feira à noite, comendo pipoca, é um programão. Reler Hemingway, numa viagem de trem, junto à janela, é simplesmente delicioso. Dar banho num cachorrinho de estimação, no tanque, ele com sabonete no focinho, espirrando, só eu sei quanto daria para tornar a fazer. Ou, no topo do verão, engolir um simples sorvete de abacaxi, que traga em colheradas pausadas o gosto de infância, conservado no frio.

E o encontro com Rosalinda! Prazer difícil de explicar. Foi numa galeria cheia de gente apressada em véspera de Natal. De repente, depois de uns vinte anos, esbarramo-nos e depois nos abraçamos, rindo e derrubando pacotes. Abaixados, catando os embrulhos, sem saber quais exatamente eram os meus e os dela, gargalhamos rentes ao chão, um pedindo desculpa ao outro, ainda a confundir os volumes. Que jeito de reencontrar depois de um grande amor terminado ferozmente num duplo juramento: nunca mais quero ver você. E estávamos os dois, de joelhos na galeria, a rir como bobos. Novamente em pé e cada um com seus embrulhos, beijamo-nos civilizadamente e seguimos a rir por lados opostos. Eu não tornaria mais a vê-la na vida. Não nos preocupamos em trocar endereços. Mas o esbarrão me causou um grande pequeno prazer, o melhor presente, talvez, daquele Natal.

Aposentados também podem curtir seus pequenos prazeres, geralmente aqueles que recompõem o orgulho de quem trabalhou a vida inteira. O meu, o maior, limita-se a responder um NÃO, redondo, sempre que me venham oferecer emprego. Pessoas que inúmeras vezes me negaram uma oportunidade anseiam, agora que me aposentei, por uma resposta positiva.

– Não.

– Você disse não ao presidente da empresa? – espantou-se minha mulher. – Disse?

– Ele pensou que me compraria por 50.000 mensais.

Solidária, minha mulher começou a chorar. Desesperadamente.

A GRANDE VIRADA

Como recuperar a audiência de uma novela

Eu escrevia a novela das 7, cuja audiência não ia nada bem. Já me torciam o nariz na Globo. Em minha visita mensal à emissora, passara pelo restaurante La Fiorentina, no Leme, onde o pessoal de teatro, cinema e especialmente de televisão costumava reunir-se até o amanhecer. Naquela noite minha mesa permaneceu vazia, rejeitada. Lembrei-me de Anselmo Duarte. Depois de receber a Palma de Ouro, em Cannes, pela direção de *O pagador de promessas*, também fora ignorado lá, quando pronunciou a histórica frase: "O difícil é vencer no La Fiorentina". Mas eu não recebera nenhum prêmio internacional, não tinha conforto físico de nenhum troféu consagrador e estava em perigo.

Voltando a São Paulo, disse à minha mulher:

– A audiência da novela continua caindo. E o pior, não sei que rumo tomar. Corto personagens, crio outros? Estou confuso.

– Não se sente já à máquina. Vamos ao shopping center. Precisa distrair-se um pouco.

Acompanhei-a, mas não tirava o pensamento da novela. A história parecia travada, nenhum suspense para garantir o interesse do dia seguinte. Entramos numa loja. Encostei-me a um balcão, olhando para fora. Ouvi uma freguesa dirigir-se a uma balconista, que eu, em minha posição, não via.

– Olá, Darci!
– Tudo bem?
– Está gostando da novela das 7?
Claro, agucei os ouvidos.
– A novela até que é boa, mas tem um grande mal. (Qual, Darci, qual?) É lenta, arrastada. Falta ação. O personagem vivido pelo Cuoco, o piloto, é indeciso, fala bastante, ameaça e não faz nada. (Acha mesmo, Darci?) O Hugo Carvana está mal aproveitado. É bonzinho demais. Devia tentar roubar a namorada do Cuoco, fofocar. (Mesmo sendo amigos, Darci?) Aí, sim, a coisa pegava fogo. O povo gosta de triângulo amoroso. Outro papel, muito engraçado, que o autor devia incrementar é o do Carone, o chefe dos escoteiros. Entendeu? (Entendi, Darci.) E fazer a Françoise Fourton, uma das três namoradas do piloto, ir à luta, brigar, dar bofetões.

Não lembro hoje todos os remendos sugeridos pela balconista. No dia, porém, gravei tudo. Quando minha mulher terminou a compra. disse-lhe:

– Vou já para casa. Tive umas ideias.

E saí sem olhar para trás, mesmo porque Darci concluíra sua crítica. Em casa, fiquei uma semana à máquina, fazendo uma revolução na novela. Mexi em tudo, sempre a serviço da ação, como determinara Darci. Papéis cresceram, enquanto outros, inexpressivos, foram cortados. E nada de sutilezas. Darci falara em fofocas e bofetões. Entrei na dela.

Um mês depois, apareci na emissora. No corredor, topei justamente com a pessoa que pretendia evitar.

Boni me viu e sorriu largamente:
– Que virada!

Por todos os corredores ou salas que circulava, a mesma saudação:
– Que virada!

Pacote. Borjalo, Sabag, os chefões, abraçaram-me. A audiência subira e até ultrapassara a da novela das 8. Parabéns! Uma das atrizes me beijou. Informaram: escreveria outra novela em seguida. À noite fui até o La Fiorentina. Algumas mesas logo se juntaram à minha. Sorrisos, batidinhas nas costas, congratulações. Todos tinham certeza da virada. Torceram por mim.

Voltando, minha mulher sugeriu:

– Vá ao shopping e leve um dinheirinho num envelope para a tal Darci.

Concordei. E fiz mais: comprei duas dúzias de rosas. Na loja, perguntei ao gerente:

– Qual dessas moças é a Darci?

– Darci não trabalha mais aqui – respondeu, como se aliviado de um grande fardo. – Foi despedida e voltou para o interior.

– Despedida? – perguntei, indignado. – A salvadora de meu emprego?

– Uma idiota. Perdi muita freguesia por sua causa. Não sabia nada de nada – e acrescentou, curiosamente: – Ela aprontou alguma com o senhor também?

– Comigo? Sim, mas deixa para lá.

ISTO É NOOOR...MAL?

Uma pergunta que continua atualíssima

Geraldo Alves foi um grande comediante e notável autor de esquetes de rádio e televisão. Viveu seu auge na antiga Excelsior e na Record. Na Globo, sua última emissora, nunca lhe deram a oportunidade de interpretar quadros assinados por ele. Era também excelente imitador. Ninguém o suplantou na imitação de Paulo Francis e de alguns políticos. E como eram bem boladas suas cenas e cortinas humorísticas! Lembram-se do Peseu, o das *malhares?* E do casal sempre se separando e em seguida fazendo as pazes ao som avassalador de uma valsa vienense? E do poeta barbudo, em seu leito de morte, recitando soturnamente, para admiradores em lágrimas, seu derradeiro poema? E que eram, em tom grave, marchinhas carnavalescas: *Chiquita bacana, lá da Martinica, se veste com uma casca de banana nanica?* E lembram-se do quadro em que, após uma situação estranhíssima, anticonvencional, meio para o chocante, chegava um terceiro personagem, o próprio Geraldo, e perguntava, gaiato: "Isto é nooor...mal?"

Essa pergunta, meio escandalizado, venho repetindo ultimamente. Houve época, no entanto, em que eu, o mais jovem da família e da turma, na crista dos novos tempos, achava tudo normal. Fui moderninho, sim, senhores, numa São Paulo que virava metrópole e se orgulhava de seu vanguardismo. Quando cheguei em casa com o primeiro disco em 78 rotações de um suingue e de um hot jazz, meus pais, que amavam Sílvio Caldas e Orlando Silva, ficaram enfurecidos. Para eles, eu comprara apenas um disco de barulho, produzido numa usina.

Mas como seria possível não amar a bateria de Gene Krupa naqueles anos? Ou ficar insensível ante as dissonâncias de Sarah Vaughan? Ou permanecer imóvel sob o bombardeio sonoro de um mambo-jambo? Para esses, os parados no tempo, tínhamos uma denominação fulminante – quadrado. Um rótulo impresso na testa de todos os que, principalmente em matéria de arte, continuavam no passado. Não gostar de *Cidadão Kane*, o filme de Orson Welles, era ser quadradíssimo. Apreciar pintura acadêmica, soneto, ópera, também. Quem se confessasse fã de duplas caipiras era cuspido. Igual rótulo cabia a certo tipo de comportamemo, como namorar no portão, participar de piqueniques, frequentar reuniões familiares ou festas juninas, levar a avozinha à missa, usar guarda-chuva ou prendedor de gravata e ler o *Tesouro da juventude*. E qualquer manifestação de moralismo, principalmente. Isso não perdoávamos.

Lembro-me de uma moça que, ao receber meu convite para um passeio, perguntou:

– Mas você não é quadrado?

– Eu, quadrado? – rebati, ofendido.

– Jura?

Não bastou jurar, tive de enumerar minhas preferências artísticas e hábitos da época, como fumar, jogar sinuca, ouvir programas de rádio como *Ritmos de Tio Sam*, ir regularmente às boates. Estava em dia com minha geração.

Mas nada como o tempo para passar. A própria denominação quadrado, para pichar o fora de moda, o antiquado, finalmente também envelheceu. Ibrahim Sued substituiu-a por outra, shangai, que não ultrapassou sua coluna jornalística e logo foi esquecida. Hoje a moda, a onda, a voga não é mais exclusividade da classe média, antes sempre ligadona com o novo. A mídia faz o serviço de igualar gostos e generalizar hábitos.

E, quem diria, tornei-me um tanto... intransigente? Sou hoje dos que bronqueiam, ou mudam apressadamente de canal, quando surgem no palco, entre luzes e fumaças, rodeado de potentes amplificadores, roqueiros de peito nu, ou vestindo trajes medievais, ou enfaixados como múmias, ou em roupas de caubóis, a fazer igual barulho ao dos meus discos de 78 rotações. Música visual, que depende de efeitos e trucagens? Essa não.

E me encho de indignação e pudores, eu que fui quase apedrejado por ter publicado há justos trinta anos *O enterro da cafetina*, ao ver na novela das 6, horário outrora inocente, a mais ensandecida, salivante, insaciável cena de erotismo entre jovenzinhos, não mudando de canal neste caso para ver até onde vão os desavergonhados. Recordo-me então do saudoso Geraldo Alves: "Isto é nooor...mal?".

TARDE AZUL

"Você nunca viu um céu assim, paulista!"

Conheci um colecionador de dias bonitos. O ano, em São Paulo, apresenta raros dias verdadeiramente maravilhosos, dizia Rodolfo. E temos de aproveitá-los. Para ele, dias bonitos eram justamente o que vocês estão pensando: azulões, frescos, límpidos, inclusive com aquele cheiro gostoso de terra molhada. Pegava então sua máquina fotográfica e saía por aí batendo dezenas de chapas. Seu álbum de fotografias não tinha avós, tias, padrinhos nem animais domésticos. Mostrava manhãs esplendorosas, lindos fins de tarde, noites estreladas. Às vezes, fotografava o céu e mais nada. O que existe mais bonito que o céu?

Quando ficou mais velho, partiu para o mundo com sua câmara. Andou até pela Oceania. A África correu todinha. Mas nem tudo o satisfez.

– Não gostei de Paris – disse-me. – Está sempre cinzenta. Londres é um chuvisqueiro só. Na Suécia, eles não sabem o que é sol. No Canadá, tudo é muito branco por causa da neve. É melhor nos países tropicais.

– Você gosta é do calor, não é isso?

– Gosto dos dias coloridos. Não existe felicidade em preto e branco. Quer saber de uma coisa? A melhor cidade do mundo é o Rio de Janeiro. E não me fale em favelas. Falo da natureza, daquele céu azul.

– E de São Paulo, não gosta?

– Claro, sou paulista, mas é a pátria do resfriado. E olhe para o céu. Nós temos uma semana bonita por ano, mesmo assim durante poucas horas.

– Não gostei de ouvir. Sou um paulistano fanático. É bem verdade que... Exagero. São Paulo também tem seus dias colecionáveis.

Anos mais tarde.

Eu estava na TV Globo, no Jardim Botânico, à espera do elevador, já retornando a São Paulo. Funcionário da casa, frequentemente viajava para participar de exaustivas reuniões do departamento de novelas. Os elevadores da emissora eram ladeados por duas altas janelas que mostravam um belo trecho da natureza do Rio e principalmente o céu sempre sem nuvens, de um azul brilhante, denso, absoluto. Eu até gostava quando o elevador demorava para observar pacificamente aquela cor total, de uma beleza fluida e majestosa. Se num canto daqueles reconhecesse uma assinatura, Deus cedendo à fraqueza da vaidade, não estranharia. Mas, como não há sentimentos totalmente puros, havia naquela contemplação algo de inveja: o céu poluído de minha cidade era horrível perto daquele.

Olhava fixamente para fora quando ouvi, a poucos palmos de meus ouvidos, uma voz banhada em ironia:

– Você nunca viu um céu assim, paulista!

Reação estranha, a minha. Como se flagrado em delito, o de quase tocar no que não me pertencia, entrei precipitadamente no elevador. Sequestrador de imagens, desceu comigo a frase de arqueiro que me alvejara. Que capacidade de ler o pensamento! Como surpreendera meu deslumbramento. Não se tratava com certeza de colegas, companheiros da minha equipe de trabalho, ou de atores conhecidos. Meu arquivo de vozes, acessado, não identificou ninguém. Aque-

le alguém, no entanto, me conhecia ou, mesmo sem saber meu nome, simplesmente adivinhara ser eu paulista, pela aparência. Não entendo o que os paulistas têm de tão diferente dos outros brasileiros. A afirmação gozadora me seguiu até o térreo. Havia nela algo de muito cruel. O tom seria até jocoso, de uma graça sem corte, chegada ao poético, se a pessoa se apresentasse, pisasse o chão mais duro ou desse à frase formato mais fraternal: "O céu hoje está uma beleza. Não acha, paulista?".
Cheguei à rua e plantei-me à espera de um táxi, olhando para o alto. Mesmo no chão, como um inseto, via o imenso azul. Apanhei o táxi, acrescentando agora ao azul do céu também o do mar. O motorista:
– Vejo pela pinta que é paulista. Já morei em São Paulo. Que saudade daquele friozinho.
– Saudade do friozinho?
– Mas o máximo é aquele céu cinzento. Parece um cobertor, aconchegando a gente. Melhor que este solão estúpido queimando o dia inteiro. De acordo?

UM CASO PERDIDO

Por que o patrão virou uma doçura?

Desconfiado de que seus pulmões não andavam funcionando bem, devido a uma tosse crônica, companheira de quase meio século de tabagismo, meu irmão Sylvio procurou um especialista. Diante da chapa, num simples olhar, o médico constatou:
– É.
– É o quê? – indagou o mano, num espanto sem som.
O homem de branco pegou o receituário e habilmente desenhou dois pulmões. Num fez uma cruz.
– Este já foi – esclareceu. Em seguida, dividiu o pulmão esquerdo em duas metades. Apontou com uma caneta a superior. – Isto é o que resta.
Minutos depois, o condenado saía do consultório com o o passo arrastado de quem caminha pelo corredor da morte rumo à câmara de gás. A gente já viu muita cena assim no cinema.
Decidido a não contar o drama a ninguém, Sylvio chegou ao seu movimentado escritório de informações comerciais. Corretores da empresa, à sua espera, formavam uma inquieta fila à porta da diretoria. Haveria um feriadão na semana seguinte e todos queriam adiantamento. Sylvio, durão, sistematicamente não adiantava dinheiro. Para ele, os

corretores da sua empresa eram todos beberrões e viciados em corrida. Banana pra eles.

— Entre o primeiro — ordenou à secretária, que estranhou.

— O primeiro é o José, que há quinze dias não visita os clientes.

— Pode entrar.

Entraram os corretores um a um e logo saíam alegremente com seus cheques, fazendo a mesma pergunta à secretária.

— O que houve com o patrão? Está uma doçura.

— Sei lá. Quem sabe recebeu uma boa notícia.

Sylvio não ficou até o fim do expediente. Saiu pela rua para atirar-se sob as rodas de um ônibus. Mas com o trânsito lento e atravancado de São Paulo, impossível. E se saltasse do último andar de um edifício? Entrou no primeiro. Falta de sorte: havia um problema nos elevadores.

Ao passar diante de uma casa comercial, lembrou-se: sua mulher vivia lhe pedindo um novo refrigerador. Estava com os dias contados? Escolheu logo o mais caro. E por que não também um televisor? Queria ser um defunto lembrado com carinho, principalmente pela generosidade.

No fim do dia resolveu procurar outro médico, a despeito do desenho fatal do primeiro. Era tarde, os consultórios estavam fechados. E teria de esperar pelo fim de semana e pelo feriado. Apesar da depressão, no domingo levou a mulher ao melhor restaurante da cidade. Durante o almoço, perguntou-lhe se a casa precisava de mais alguma coisa.

— Gostaria de trocar os móveis da sala — ela arriscou.

— Cuido disso na segunda.

Cuidou não só disso como também de fazer novo exame dos pulmões. O resultado demoraria alguns dias. Acúmulos do feriadão, Sylvio continuou a comparecer à firma, sempre muito gentil com os boquiabertos empregados. Concedeu-lhes até um substancial aumento de salário. E que tal tomarem juntos um chope à saída?

– Ele enlouqueceu – ouviu a secretária dizer.

Depois de uma semana de ansiedade, viu-se diante do novo médico, que detidamente examinava as chapas. Sacudiu a cabeça.

– Logo vi! – exclamou.

– Estou mal, não, doutor?

– Mal? Está péssimo.

– Que me resta fazer?

– Parar de fumar imediatamente. Se não parar, pode até aparecer uma doença grave. Ouviu? Ainda bem que veio aqui em tempo.

São e salvo, mais uma vítima de erro médico. Sylvio, mal chegou ao escritório, chamou a secretária e passou-lhe novas ordens aos berros. Era o chefe durão que voltava.

– De hoje em diante acabaram os adiantamentos. Suspenda o aumento de salário desses vagabundos. E o corretor que aparecer aqui cheirando a chope, rua!

Sylvio contou afinal à sua mulher todo o drama vivido. Não falou porém em novas compras e desconversou quando ela se referiu à troca da tapeçaria, um de seus sonhos. Quando quis retornar àquele restaurante, o mais badalado da cidade, ele fechou a cara. Daí o comentário dela:

– Que saudade do tempo em que você era um caso perdido.

A FOME DA MEIA-NOITE

Quando o cardápio é a melhor leitura

Até os 28 anos de idade eu pesava reduzidos 44 quilos, motivo para risos de muita gente. Imaginem os apelidos. Todos os dias inventavam novos. Pé na Cova, o mais simpático. Na esperança de engordar, visitava ansiosamente balanças de drogarias. O ponteiro nunca subia. Numa das drogarias, certa vez pesei 1 quilo a mais. Depois, consertaram a balança. Minha magreza chamava a atenção geral. Eu evitava tossir em elevador, sala de espera e hall de hotéis. Afastava as pessoas. Remédios para engordar, já tomara todos. Os doces e os amargos. Por via oral ou injetável. Quando surgiam novas vitaminas, mandava buscar nos Estados Unidos ou na Europa, sem paciência para esperar que chegassem ao nosso mercado.

Andava cansado de usar paletós com ombreiras de 5 centímetros, tipo Tarzan, e calças largonas. Alguns amigos, quando me viam, soltavam aquele berro do rei das selvas. Os truques da alfaiataria não funcionavam bem e estavam longe de iludir as garotas. Por isso, recusava-me a dançar: elas descobriam que eu era pano, enchimento e mais nada. Uma delas, em plena dança, pôs-se a gargalhar. Idiota!

Minha mãe me jogava pela goela abaixo tonéis de mingaus, principalmente de aveia, todos açucarados, espessos e enjoativos, cujo efeito imediato era tirar a fome. Os almoços e os jantares sempre empurrados, colher a colher, sem nenhum prazer. Exceção nos almoços dominicais, por causa do vinho, que despertava o apetite, descendo bem com carnes e macarrão. Na segunda-feira, voltavam a inapetência, a fraqueza e os mingaus.

Ao entrar para o rádio como autor de programas, minha vida deu uma guinada radical. Tendo de trabalhar até as tantas, uma delícia naqueles tempos, o bom moço dos mingaus virou o boêmio das madrugadas. Passei, então, a sentir algo novo: a irresistível, devassadora, leonina fome da meia-noite, muitas vezes espichada até muito além. E eu que, no centrão de São Paulo, onde trabalhava, só conhecera, na juventude, o movido a níqueis Bar Automático, subitamente dei de frequentar restaurantes, com novos companheiros, para a terceira refeição diária. Certamente com muito vinho e cerveja. Alguns deles ainda existem, em novos endereços, como o Gigetto, o Carlino e o Parreirinha, mas me lembro também do Simpatia, do Roperto, do Papai, sempre lotados, apesar da hora avançada.

Aconteceu pouco tempo depois um fato já não mais aguardado. Após anos, vi o ponteiro de uma balança mover-se rumo ao norte. Não comemorei. Balanças vivem desajustadas. Aquele dia percorri cinco. Confirmado! A vida boêmia fazia bem à minha saúde.

Boêmios, de Álvares de Azevedo aos poetas parnasianos, logo se debilitavam, vinham as tosses, as febres e acabavam morrendo na flor da idade. Está nos livros. Aquela triste imagem do vate escrevendo o último poema, cercado pela família! Boemia assassina. Temi, no início da vida de radialista, correr o mesmo perigo. Comigo, porém, não se desenhava esse quadro. Eu engordava mês a mês, ficava forte, papudo, podendo até dispensar paletós com enchimento e as calças-balão.

— Você tem tomado mingau na cidade? — perguntou minha mãe, notando qualquer coisa.

— Não, mãe. Leite, aveia e coisas assim nunca mais. Eu só como pratos pesados. E com muito líquido. Virei um leão. Eu sou o leão da madrugada.

Tornei-me grande frequentador e conhecedor de restaurantes. E não apenas na madrugada, porque anos depois deixava o rádio. Vivia entrando e saindo deles. Amigo dos gerentes, íntimo dos garçons, espiado pelos cozinheiros. A leitura de cardápios passou a ser para mim tão instigante como a de um bom romance policial. Que gostinho tem esse aqui, de nome francês? Todos os mistérios acabavam no prato.

Fiquei conhecendo a culinária italiana, a francesa, a árabe, a chinesa, a húngara, a grega, a espanhola, a russa, a portuguesa. Massas, carnes, aves, peixes, verduras, molhos. E engordando. Já não me chamavam de Olívia Palito nem de Fio de Prumo. Mais pesado, mais respeitável. E livrei-me da mania de visitar balanças.

Ah, estou indo agora para um spa. Emagrecer uns quilinhos. O médico me disse que, se não perder 20, posso até morrer. Um exagerado.

NOME FEIO, JAMAIS

O homem que nunca falava um palavrão

Dizer palavrão hoje é comum até na novela das 6. No teatro, o palavrão entrou muito antes, e já garantiu notoriedade a diversos autores, respeitados como autênticos. As mulheres resistiram, mas aos poucos foram introduzindo um ou outro, timidamente, no vocabulário diário. Hoje competem de igual para igual com os homens, sem colocar em risco sua feminilidade. É uma nova forma de charme. Há papais que ensinam mesmo os mais cabeludos a seus filhinhos. E até reúnem as visitas, nas festas, para ouvir o petiz desfilar seu repertório. A próxima atração. No final, sempre insistem: diga aquele outro, Paulinho. Gracinhas.

Assisti a uma cena assim, que deixou o pobre do Ramalho ruborizado 24 horas. O pudico Ramalho! Alguns de vocês, leitores, talvez conheçam o referido e sabem que não exagero. Aos cinquenta anos de idade, ele não dissera um único palavrão em público, mesmo quando irritado. Não havia flagrante. Entre nós, brincava-se afirmando que quem ouvisse o Ramalho falar um ganharia uma geladeira. Lembro de certo dia, lá no escritório, em que foi vítima de verdadeira agressão verbal. Parecia ter chegado o dia. O agressor, o Barone, o maior cafajeste da Pauliceia, merecia um soco na cara, mas ficaríamos satisfeitos com um único palavrão,

redondo, cheio de eco, pronunciado à queima-roupa pelo Ramalho. Saboreando aquela oportunidade, esperançosos, fizemos um círculo em torno dos dois e armamos um coro bem afinado, exigindo:
— Xingue ele, Ramalho! Xingue ele!
Ramalho sentia-se ofendido. O que ouvia do Barone era demais. Ele não merecia aquelas acusações.
— Xingue ele, Ramalho!
Houve um momento em que tudo indicava que o Ramalho baixaria de nível. Todo inflado, ia estourar.
— Agora — ordenou o coro.
Mas o bem-comportado colega não saiu da linha. Preferiu argumentar polidamente, acabando por desarmar a agressividade do Barone, que abandonou a arena.
— Melhor assim — disse o Ramalho. — Quase pronuncio uma palavra de baixo calão.
— Que palavra seria essa? — implorei. — Diga ao menos para nós. Ninguém trouxe gravador.
— Qualquer palavra.
— Qual lhe é mais simpática? Impossível não ter uma de sua preferência. A do coração.
— Abomino todas.
A partir daí aconteceu uma coisa estranha. O pessoal do escritório começou a antipatizar com o Ramalho. Por que não falava palavrão? Era tão natural! Para ser diferente dos outros? Seria? Então, julgava-se superior a todos nós, cidadãos de segunda classe. Quem pensava que era, o empertigado? O palavrão é um meio franco e direto de as pessoas se comunicarem... Quem conhece inglês se cansa de ouvi-los nos filmes. É universal. Os filólogos os aceitam plenamente. Sem eles nosso dia a dia seria muito sem graça.
Em seguida, passou-se a gozar as maneiras delicadas, a fala escoimada de qualquer impureza ou grosseria, o cavalheirismo fora de moda do Ramalho. O que encobria tudo isso? Pais, para nos educar, todos tivemos. Pensava que fôs-

semos filhos do quê? Logo se orquestrou uma onda crescente contra ele. Onda que subiu vários andares e acabou batendo à porta da diretoria, forçando-a.

– Afinal, o que há contra esse tal de Ramalho? – quis saber o presidente. – É mau funcionário?
– Até que não. Tem suas virtudes. O caso é que destoa da turma... Não se ajusta. Diríamos, questão de linguagem.

– Pequenas sutilezas, entendo – disse o presidente, compreensivo, e, por pressão da maioria, pegou a caneta e incluiu mais um nome em sua temida lista de cortes.

ESCOLA DE OTIMISMO

Foi encontrado o remédio contra a depressão

Caí em depressão. Não estava dando.
— Acho que me interno.
— Vou com você — disse minha mulher.
— E quem cuida do papagaio?
Na véspera, eu procurara um psicanalista. Tão deprê, achei o divã alto demais. Deitei no chão.
— Qual é seu problema? — perguntou o especialista lá das alturas.
— Particular, nenhum. Minha mulher anda uma seda, não está faltando dinheiro e a saúde vai indo. Comigo tudo bem.
— Então?
— O mau é o que está ao redor de mim, entende? De manhã, ligo o rádio e já vêm más notícias. Aviões caem, automóveis capotam, gente é sequestrada, bombas explodem, tornados e terremotos matam milhares. E há sempre um artista, um dos queridos de nossa juventude, que morreu. Depois chegam os jornais e ficamos sabendo de tudo com mais detalhes e algumas fotos. A segunda-feira é sempre o dia mais pesado devido ao trágico fim de semana. O recorde de desastres e assassinatos foi batido em São Paulo. Tchau, Rio. Em seguida, vêm os telejomais. Nossa morbidez cotidiana exige ver toda aquela desgraceira na tela, com movimen-

to, cores, diálogos e comentários. E não apenas numa única emissora. O consumidor de tragédias quer sempre mais, como quem come pipoca. Mas há ainda outro terrível aparelho que nos comunica com o mundo: o telefone. É mais um veículo de más notícias.

— Não atenda, que deixem recado na secretária — alerta minha mulher.

Concordo. Mas logo ouço uma vozinha.

— Sabe quem está numa pior? Ligue-me. A gente vai ter de ajudar.

— Ignore — aconselhou a mulher, ligando a televisão para me distrair.

Um político, num desses odiáveis flashes gratuitos, fazia demagogia. Imaginem se esse sacripanta chega à Presidência da República! Vai haver um rapa nos cofres. Fico sabendo que meu São Paulo Futebol Clube sofreu mais uma derrota. O resto, enchentes, gente sem isso nem aquilo, fome, atentados, protestos, floresta em chamas. Tudo ruim, marrom, desanimador. De positivo só uma informação sobre os milhões que a Xuxa faturou no ano... Devo me rejubilar com isso?

À beira da loucura, cheguei a tentar me atirar da janela do meu apartamemo. Detive-me. Moro no térreo. Eu e minha mulher caímos na gargalhada.

— E se a gente não levar mais nada a sério? — sugeriu a cara-metade. — Rir de tudo, rir para tudo.

— Isso mesmo — aderi, prontamente. — Uma banana para as más notícias. Vou sair por aí rindo, feliz, esbanjando otimismo, feito um panaca. Isso mesmo, um panaca.

— Farei o mesmo. Começo pelo cabeleireiro — decidiu ela, já uma dupla.

O dia inteiro dediquei-me a esse exercício atentamente. Na rua, nos bares, em corredores, salas e elevadores. Ri até de um desmoronamento com vítimas. Em tom profético, mas divertido, garanti que melhores tempos estavam chegando. No passado tudo fora pior, lembram? Besteira se preocupar.

Um belo futuro nos espera. O importante é erguer o queixo, pisar firme, apertar mãos e sorrir sempre, com todos os dentes ou com Corega. O otimismo pede sobretudo uma postura física.

Tive um dia agradável, repelindo as más notícias. Amigos, conhecidos e mesmo desconhecidos rodearam-me. Minha presença estimulava. E sabe que concordavam com tudo? Ao chegar em casa, minha mulher estava ótima. O mesmo se dera com ela. Fizera sucesso em toda parte e desaparecera certo mal-estar que a perturbava havia meses. Trocávamos nossas experiências quando o telefone tocou.

– Por favor, aí que mora o professor de otimismo?
– Professor de otimismo? – estranhei.
– Um grupo está precisando muito dele.

Minha mulher, perto, fez sinal afirmativo com a cabeça.

– Sim, é aqui. Sou eu mesmo, meu filho.
– Quanto cobra por hora, professor?

Assim nasceu minha Escola de Bom Humor e Otimismo, hoje com 5 mil alunos, sede própria e, em breve, uma filial em cada bairro para melhor servir você. Deem um pulinho lá. A inscrição não é cara como dizem. Estarei esperando com um sorriso.

O TERCEIRO MILÊNIO

Onde você estará no dia 31 de dezembro de 1999?

O ano 2000 está aí e eu nem pensei nisso. Como e onde vou passar o fim do milênio? Você não se preocupa? Melhor se mexer e tomar certos cuidados. Conheci um velhinho que arrastava uma mágoa imensa, trazida da mocidade. Planejara participar de uma festa, a maior de sua vida, em 31 de dezembro de 1899. Pisaria o novo século maxixando, na maior farra, até que um porre homérico o derrubasse. Azar: o destino, gaiato, providenciou uma casca de banana, escolheu o lugar, tirou de perto qualquer móvel que impedisse ou amenizasse a queda, e ele levou um valente tombo bem na véspera da noite máxima.

Preso a uma cama estreita, perna quebrada, dolorido e sozinho em sua casa, às escuras, na São Paulo ainda sem luz elétrica, ele não pôde efetivamente *pisar* no século XX. Nem o viu pela janela, na forma de fogos de artifício; seu quarto era no subsolo. Apenas ouvia brados ébrios de felicidade, vozes em coro, correrias malucas a pé, em coches e tílburis e, provocantemente, risos de mulheres, aloucadas pelo champanhe da meia-noite.

Quase cinquenta anos depois, o velhinho não se recuperara da sensação de perda. Estivera ausente da grande comemoração. Um parente de meu pai passou a data na cadeia.

Um francês, fechado no elevador. No Rio de Janeiro, um conquistador atravessou a noite toda dentro de um guarda-roupa, enquanto sua amante e o marido comemoravam... Milhões passaram nos hospitais. E milhões de outros ainda tiveram dias comuns, nem sabiam que atravessavam o século.

Essas lembranças me deprimem. Como vou dobrar não o século, mas o milênio? Numa festinha mixuruca, como acontece todos os anos? Solitário, no nascimento do ano 2000?

Outro dia, liguei para um amigo, o Lorca. Duas da madrugada.

– Lorca, onde você vai passar o 31 de dezembro de 1999?
– (Bocejando) O quê?
– O terceiro milênio, Lorca! Onde você vai passar?
– Quero que você e os milênios vão todos para...

Que é que deu no Lorca? Na manhã seguinte, liguei para, uma amiga, teleatriz veterana.

– Irene, onde você vai passar o réveillon de 1999?
– Estou decorando um papel, telefone depois.
– Diga qualquer coisa.
– É uma enquete de jornal?
– Não, eu quero saber.
– Você tem cada uma. Obrigada pelo telefonema. Muito gentil.

Saí à rua, fui para o shopping em que compro CDs e livros. Um conhecido que não via há anos andava tontamente na frente das lojas, abatido, largadão. Necessitava uma dose de entusiasmo.

– Juliano, onde vai passar o último réveillon do século? Que tal fretarmos um navio e...

O pouco de luz que restava em seus olhos se concentrou em mim.

– Você com suas brincadeiras estúpidas. Que maldade!
– Por que estúpidas? Quero ver todos felizes na passagem.
– Vê o meu estado, já deve saber de tudo, e fala do ano 2000? – protestou, com lágrimas nos olhos. – Este é provavelmente meu último passeio.

Sempre há os pessimistas. A ideia do navio, porém, apitava nos meus ouvidos. A data merecia alguma insanidade grandiosa.

– Onde vai passar a noite de 31 de dezembro de 1999? – perguntei ao Santana.

– Não pensei nisso.

– O que diz de fretarmos um navio durante um mês?

Julgava-o mais amigo. Pareceu furioso. O mundo está assim.

– Eu, com a corda no pescoço, desempregado, filhos doentes, e vem me falar em fretar navio? Me dê licença.

Gente sem imaginação. Desprezo essas pessoas. Vocês não? Fui adiante. Encontrei o Lisboa, um sujeito feliz, que sabe gozar a vida. Ama a esposa. Fui seu padrinho de casamento.

– Como pretende passar o réveillon do milênio, caríssimo?

– Divorciado. Tchau.

Talvez esteja me precipitando. Mas quem estiver interessado no frete de um navio que me procure.

AMIGOS DO PEITO

Como era bom ter com quem desabafar

Sou do tempo em que todas as pessoas tinham sua roda de amigos. E um em especial, o amigão, o de fé, o do peito, o quase irmão, para quem se confidenciava tudo: os mais íntimos problemas familiares, infidelidades conjugais, fracassos sexuais, saldo bancário, invejas, temores e os mais ridículos planos para o futuro. Dele se ouviam até conselhos. Todos tinham um. Romeu tinha Mercúrio, que perdeu a vida por causa dele; Bentinho, do *Dom Casmurro*, teve um amigo urso, o Escobar, Robinson Crusoé e o índio Sexta-Feira eram grandes confrades; e Dom Quixote e Sancho Pança fizeram o mundo mellhor com sua amizade.

O poeta paulista Rodrigues de Abreu – poucos devem lembrar dele –, tísico até morrer, escreveu seu melhor poema dedicado a um amigo, de nome Max se não me engano, o único que não lhe receitava remédios, mas o arrastava perigosamente para bebedeiras e noitadas. Minha mãe, presbiteriana, teve uma amizade durante setenta anos com uma senhora católica. Nunca discutiram nem ao menos conversaram sobre religião. George e Ira Gershwin, compositores, eram amigos íntimos além de irmãos. Os três mosqueteiros eram quatro amigos, todos por um, um por todos. Os escritores Alexandre Dumas pai e Alexandre Dumas filho não eram amigos. Joe

Louis e Max Schmeling, pugilistas, rivais no ringue, tornaram-se amigos apesar de todas as diferenças.

Eventualmente, um desses amigões, que almoçavam em nossa casa aos domingos, beijavam a mão de mamãe, aos quais emprestávamos gravata, isqueiro e guarda-chuva, e até tínhamos arranjado emprego, num momento difícil da vida, acabava aprontando enormes mancadas. Dessas de não acreditar. Mas ele fez isso mesmo? Está brincando. As grandes amizades ofereciam o risco amargo da traição. Às vezes, o cara só era amigo porque estava numa pior. Aí melhorava e sumia. Ou então pedia uma grana pesada para extrair não se sabe que órgão num hospital, ou fazer uma viagem inadiável, e... ninguém mais tinha notícias dele.

Apesar disso, eram belos os tempos em que se podia contar com uma boa amizade. Ter alguém com quem desabafar, sendo que esse alguém não podia ser a mãe, o irmão ou a mulher. Gente da família complica, dramatiza, e tudo vira Janete Clair. Amigões, não. Cometiam nossos mesmos erros, tinham idênticas fraquezas, já haviam enfrentado iguais situações. E o desabafo não era somente um ato da boca para fora. Era da boca para dentro também. Ia muito bem com chope, batatinhas, salsichas. No dobrar da meia-noite. os nossos males já pareciam menos aflitivos. E já se bolava outra peripécia.

Hoje ter um amigo chegado torna-se um tanto suspeito, e evita-se. Atualmente fala-se em tribo, agrupamento de pessoas ligadas pela profissão, região onde nasceram, predileção musical ou qualquer outro motivo em que o coração geralmente está ausente. Há também torcida organizada, mas a Justiça anda cuidando disso. A amizade como está estabelecida na *Bíblia*, base até de grandes realizações, não existe mais. Ou existe? O que será que Caetano tem a dizer sobre isso?

Um conhecido, suficientemente plugado, o Guimarães, disse-me que estou levantando esse problema porque não tenho e-mail. Amizade, contou, faz-se hoje pela internet, sem

essa de chopinho. E já não se limita a afeições de âmbito municipal. Ele, por exemplo, tem amigos do peito no Japão, na Coreia e na Indonésia. Aí, olhando cautelosamente ao redor, fez uma confissão ao ouvido, para sua mulher não ouvir:
– Arranjei até namorada.
– Não diga!
– Ser fiel também cansa – revelou.
– E começou via internet?
– Começou e continua. Manja Kutaradja?
– Onde é isso?
– Sumatra.
– Pensei que ela fosse paulista.
– Não teria a mesma graça. O amor a distância é muito mais gostoso. E até mais pecaminoso.
– Disse pecaminoso?
– Psiu...

OS MELHORES MOMENTOS

Revivendo os pequenos e grandes prazeres do ano

O ano acabou e, olhando o horizonte azul, ocorre-me lembrar quais foram seus melhores momentos. Não os melhores da vida do país ou do mundo, mas egoisticamente da minha. É como imaginar a produção de um videozinho particular sem terremotos, enchentes, conflitos, greves, pancadarias, só com os prazeres, sim, os prazeres por mim curtidos durante a última volta da Terra ao redor do Sol.

Costumo fazer isso com os pés no peitoril da janela – reviver o que me aconteceu de melhor no ano, sempre concluindo que, apesar de toda a poluição, desemprego, novelas mexicanas, ondas de assalto, programas de auditório, engarrafamentos nas marginais, horários políticos, valeu a pena viver mais um ano neste planetinha, o mais confortável do sistema.

Vamos lá. O que me aconteceu de bom em janeiro passado? Como me parece distante! Será que nada? Deixem-me lembrar mais um pouco. Janeiro... Ah, sim. Houve a gripe. Vocês dirão: isso não é um bom acontecimento, pelo contrário. Estão sendo precipitados. Foi ótimo. Ótimo seria exagero, mas foi bom. Peguei uma gripe, transformei-a em pneumonia e livrei-me de uma dezena de compromissos desagradáveis. Visitas, coquetéis, conferências. E sem precisar me desculpar, porque logo correu que eu estava doente. Coitado dele, está mais para lá do que para cá. Não adianta convidá-lo. Salvei o meu janeiro.

Fevereiro. Mês de Carnaval. Fantasiei-me de chinês, minha mulher de cigana, uma gracinha, e ficamos os quatro dias em casa, assistindo madrugada adentro aos desfiles pela televisão e comendo pipoca. Inesquecível. É verdade que odeio samba-enredo, porém há coisas piores, ou não?

Março. Lembrei-me de Júlio César, sou vidrado em História e sempre me preocupei em descobrir onde ele guardava os cigarros, já que sua túnica não tinha bolsos. Ainda me impressiona a advertência: "Cuidado, César, com os idos de março!". Meu nome não é César, não sou romano, não frequento o Senado e minha mulher não se chama Calpúrnia, mas por precaução decidi não sair de casa nesse mês. O seguro morreu de velho e o desconfiado está vivo até hoje.

Abril. Ah, abril é lindo. Lindo!

Maio. Um grande mês. Tem 31 dias, os menores 30 e 28. Diverti-me à beça jogando paciência no computador. É empolgante. A gente nem vê a hora passar. E eu que havia prometido levar minha mulher a Paris. Ela não gostou dessa troca e brigou o tempo todo. Então lhe fiz uma promessa: ensiná-la a jogar paciência no computador. Chorou. Quem entende as mulheres?

Junho. Também nesse mês não fomos a Paris, mas à festa da uva, em São Roque. A felicidade nada tem a ver com a geografia.

Julho. Odeio São Paulo no inverno. Minha mulher sugeriu passarmos o mês no Rio de Janeiro. Grande ideia. Lá, com 30 graus, a turma bate os dentes de frio. O Joá, Ipanema, o Canecão! Era só fazer as malas. Não me lembro por que não viajamos.

Agosto. Ex-mês de suicídios, renúncias, golpes. Ex-mês de males sociais e velhas crendices. Saí à rua, feliz. Vivemos, ainda bem, novos agostos, sem sustos. Vi um cachorro, comecei um agrado com os dedos moles. Ele rosnou. Alguém gritou: "Cachorro louco!". Corri. Maravilhoso! Ele atrás. Maravilhoso! Três quarteirões. Cheguei em casa 5 centímetros na frente do meu perseguidor. Inteiro. E a flebite, as dores, as pontadas? Curado. Fui à janela e berrei ao cão: "Estou em forma, estou em forma!". Telefonei ao médico e cancelei a visita. Valeu agosto.

Setembro. Não chegou a prima Vera. Rindo-se do péssimo trocadilho que seu nome enseja, minha prima, trazendo um mimoso buquê, hospeda-se em casa todos os setembros. Chata de galocha, usa um sorriso como escudo. A boa nova veio de telegrama: "Não poderei hospedar-me aí neste ano". Cachumba. Eu e Ifigênia pusemo-nos a dançar, inventando uma musiquinha: "Neste ano não teremos prima Vera! Não teremos prima Vera!". A vizinha, escandalizada: "Mas foi Deus quem inventou as flores!".

Outubro. Não tenham ilusões, todos os outubros são iguais, já dizia um tal Eric Braun Müller — se não me engano.

Novembro. Morreu primo Emílio. A pior notícia do ano. Nem tomei conhecimento do apartamento que nos deixou no Sumaré. Mas afinal usufruiu bem seus 41 anos de vida.

Dezembro. Depois de um ano de tantas emoções, inclusive de assistir mais uma vez à entrega do Oscar, estávamos, de taça na mão, à espera de janeiro com suas ressacas, toneladas de lixo das festas e esperanças.

O OBJETO DESAPARECIDO

Nunca perdemos nada, os outros é que tiram nossas coisas do lugar

Esperava encontrá-lo sobre a mesa do escritório, como sempre, mas não estava lá. Abri a gaveta superior, nada. Abri as outras duas, também nada. Onde o haviam colocado? Sempre que desaparece da mesa, alguém o deixou sobre o aparelho de som. Pior é quando é deixado, mas cuidadosamente guardado. Tão cuidadosamente guardado que depois ninguém lembra onde. Em casa quem esquece é a empregada, quem guarda é minha mulher. Prefiro-o esquecido, é mais fácil de achar.

O relaxamento tem suas repetições, seus usos, suas rotinas. A ordem é inventiva, maníaca, mudancista. Teço essas considerações enquanto procuro. Não está sobre o computador, sobre a impressora, sobre... Levanto. Pode estar em cima do televisor, às vezes transformado em estante. Não encontro.

– Teresa!

É a hora de chamar a empregada. Pode estar no chão. Ela ajoelha-se e começa a espiar debaixo da mesa. É pouco ágil, gorducha, porém sua profissão é essa mesma, lavar, limpar, pôr tudo no lugar. Encontrou? Não, doutor. Chama-me de doutor ao prever uma bronca. Mas ainda há muito espaço onde procurar. Talvez tenha caído e deslizado para baixo do sofá. O móvel é rasteiro demais, um palmo, ela tem de empurrá-lo até o corredor.

Enquanto ela procura, de quatro, vou à cozinha tomar um café. Conto a minha mulher o acontecido. Acusa-me. Todos os dias perco alguma coisa, inclusive os óculos, e sempre culpo alguém por isso. Respondo que nunca perco nada, os outros é que tiram meus objetos de uso do lugar e não repõem. Que outros?, indaga nervosa. Você e a empregada, quem mais poderia ser? Esboça-se uma discussãozinha, chamam-me ao escritório, é Teresa, que continua acocorada.
— No chão não está.
— Então está no ar, voando, sua idiota.
Minha mulher aparece, em defesa da empregada.
— Ela é a empregada mais bem paga no edifício, registrada e tudo, e não encontra um simples objeto que sempre deixei sobre a mesa?
— Se tivesse deixado, estaria aí.
— Ela nunca sabe de nada, essa bruaca.
Por que fui tirar essa palavra velha do arquivo? Sua poeira provocou lágrimas na empregada. Afastou-se chorando. Pedi a Leonilda, minha mulher, para me ajudar na procura. Eu estava precisando dele para trabalhar. Era urgente. Ela abriu as gavetas. Informei que era inútil. Ouvi:
— Mas é onde joga tudo: gaveta para você é lata de lixo.
Errara. Fomos procurar no quarto. Tempo perdido. Quem sabe num momento de confusão mental eu o levara para o banheiro? Fomos os dois, alterados, falando alto. Além do desmazelo, me atribuía outros defeitos. Enumerei então os dela, notados desde a lua de mel. O palavrório ficou mais intenso, quando pôs minha mãe na briga. A empregada entrou no banheiro com algo na mão.
— Achei!
Cretina! Não era o objeto perdido. Leonilda sugeriu que ele teria sido roubado. Nada mais ridículo. Quem roubaria aquilo? Sentindo-se sob suspeita, a empregada ameaçou voltar imediatamente para o interior de São Paulo. Novo choque conjugal. Fomos mais longe. Leonilda disse que eu, um

descontrolado, um doido, não tinha remédio. O jeito era o divórcio. Eu disse que podíamos tratar disso já. Somente assim, livre da mulher e da empregada, não perderia mais nada.

Enquanto brigávamos, íamos procurando. Nas estantes do escritório, na copa, na cozinha e no quarto de empregada. Como desaparecera? Algo tão visível, concreto, com um desenho que não se confunde com uma caneta, um isqueiro, um...

– Já sei – informou Leonilda. – Está no carro.

Ela própria desceu à garagem. Voltou minutos depois, mais irritada.

– Sabia que não podia estar lá – disse eu. – Essa ideia maluca só podia sair de sua cabeça.

Ficou fora de si. Aos gritos, caminhou em minha direção e empurrou-me. Caí sentado numa poltrona do living. Senti uma dor aguda. Mas ri. Sentara-me exatamente em cima dele. O objeto.

O CARNAVAL ERA ASSIM

Quando dois apaixonados tiravam as máscaras

Aconteceu num baile de máscaras, mas há tanto tempo que não lembro se comigo, se com algum amigo, se li ou se ouvi. Foi muito antes de Rita Lee gravar *Lança-Perfume* e de Jânio Quadros proibir uso do jato frio e perfumado, cheiro e símbolo do Carnaval. Então, os carnavalescos usavam máscaras, as mais variadas, nas ruas ou nos salões, porque, com elegância e criação, preferiam esconder sua identidade. Sempre com o diabo no corpo, já saíam para aprontar, envolvendo-se nas mais românticas, extravagantes ou licenciosas aventuras. Daí a máscara.

Muito diferente do Carnaval sem graça de hoje, mero espetáculo visual para se assistir sentado comportadamente, em casa ou no Sambódromo. Com horas a fio de samba-enredo, não dá mesmo para ficar muito animado. Aliás, não são brasileiros, revelo. O samba-enredo é feito na Suécia e traduzido no Brasil. Suas letras quilométricas são talvez o que se produziu de mais exaustivo e ridículo neste século. Um suicida deixou um recado: "Tudo vai bem comigo. Mato-me apenas porque o Carnaval está aí, e não quero ser obrigado a ouvir samba-enredo". Vinicius de Moraes apareceu numa sessão espírita e disse: "Voltei para corrigir. O túmulo do samba não é São Paulo, é a Sapucaí".

Havia em todas as cidades bailes de máscaras, anunciados com grandes cartazes nos quais prevaleciam os traços erotizantes. Na verdade, a própria máscara era um símbolo sexual, mesmo se complementasse uma fantasia de anjo. Uma jovenzinha mascarada era excitante. Uma balzaquiana, mais excitante ainda. Tirar a máscara dela ou dizer "Ela me deu sua máscara" era alguma coisa extremamente escandalosa. Conheci um velhinho que ainda cheirava com angústia uma máscara de colombina, na tentativa de voltar ao passado pela via nasal.

O caso a ser narrado teria acontecido no Trianon, na avenida Paulista, a principal passagem do corso, quando avião era aeroplano e carro era automóvel ou máquina, como preferia a colônia italiana. Lá realizavam-se grandes bailes carnavalescos, com uso obrigatório de fantasia. As máscaras eram retiradas à meia-noite em ponto para que a ilusão do tríduo não chegasse às más consequências. Larápios, como diziam, costumavam atuar nos bailes.

A história, porém, começou antes de fevereiro. Uma forte, impremeditada e bela história de amor. Ele era um modesto e tímido contador de uma firma comercial da Florêncio de Abreu. Aos domingos e feriados fazia versos, frequentemente publicados numa revista de bairro. Números pouco têm a ver com poesia, mas poetava muito bem, a ponto de merecer elogios de algumas balconistas das proximidades. Um dia foi procurado por uma impetuosa mulher que se disse sua admiradora. Ela era linda, rica, inteligente, culta, mas casada. O marido, um próspero industrial, morria de ciúme e sofria demais quando obrigado a viajar a negócios. Os apaixonados quase não se encontravam, e geralmente esses encontros duravam minutos. Nas esquinas, como se um transeunte pedisse informação a outro. Ou num elevador. Ou durante um trajeto de ônibus.

– Meu marido vai viajar na terça-feira de Carnaval. Vamos ao Trianon?

– Nunca fui lá, mas...

— É obrigatório usar fantasia. E máscara. A gente se encontra lá.

Você vai fantasiada de quê?

— De cigana. E você?

— Eu? Vou de pirata.

— Combinado?

Para ele, com um salário desse tamanho, não foi fácil comprar fantasia, máscara e um ingresso para o baile. Mas estava estupidamente feliz. Na terça-feira gorda seguiu para o baile com o coração aos saltos. O salão estava repleto. Foi difícil encontrar sua ciganinha. Só a quinta, sozinha, atirou-se em seus braços. Começaram a dançar, coladinhos e sem se separar um momento. O pirata e a cigana eram o par mais apaixonado, o mais alegre do salão.

À meia-noite a orquestra parou. Chegara a hora de tirar as máscaras.

— Vamos lá, querida!

— Que grande momento, meu amor!

Surpresa. Ela não era ela. E o pior: ele não era ele.

MEU DIA PREFERIDO

O prazer sádico das segundas-feiras

Você tem, na semana, um dia preferido? Durante toda minha infância e parte da juventude, o meu foi o domingo. Desde a manhã, quando eu ia aos diversos salões da praça Marechal Deodoro jogar sinuca, o domingo já se diferenciava dos outros dias. Havia espalhados pela cidade centenas desses salões, nos quais a maior parte da garotada fumava o primeiro cigarro. Nunca fui bom de taco, mas entre jogadas e fumaças realizava-se um ensaio para a maioridade. Saíamos de lá mais homem.

O almoço era especial, muito mais farto, caprichado e molhado de vinho, outra sedução. Enquanto os mais velhos iam dormir, nós, os adolescentes, nos dirigíamos ao cinema, a etapa melhor do dia, às imperdíveis matinês, famosas e apaixonantes, onde o que menos interessava eram os filmes. Na realidade, os cinemas apresentavam, como atração principal, o intervalo. Apenas para curti-lo, milhares de rapazes e ninfetinhas compravam ingressos. Ó sensuais deusas suburbanas, em seus vestidos domingueiros! Mesmo no escurinho do cinema, não tirávamos os olhos delas em nosso vaivém pelos corredores. Para nós, o rei do domingo era o rapaz que conseguisse sentar-se ao lado de uma delas.

Alguns anos depois, eu e meu grupo descobriríamos o sábado. Ah, o sábado! A mania da sinuca, jogo chato, passara, e as matinês, com a exibição do filme único, deixaram de existir. O sábado podia não começar tão cedo como o domingo nem ser tão obrigatoriamente azul. Mas não impunha obrigações como ir à igreja e almoçar com a família. Perigosamente adulto, ele era pecaminoso, excitante e cheio de emoções fortes. Explodia no fim da tarde quando planejado nervosamente pelo telefone. Às vezes nenhuma ligação funcionava, porque todas as moças de nossa agenda já tinham programa ou mandavam dizer que não estavam ou se diziam doentes.

O sábado era cheio de mentiras e falsidades, mas não suficientes para desencorajar. Não fazia mal, partia-se de peito aberto para a noite, dispostos a enfrentar cara a cara seus riscos e seduções. Mundo, eu estou aqui! O sábado, um desafio, mesmo se decepcionante deixa sempre lição ou marca. Eram os tempos das boates, caves, inferninhos, dancings, de discos de 33 rotações, cuba-libre, penicilina, boleros e samboleros, de Frank Sinatra, Billie Holiday e Nat King Cole. Afinal, ele desembocava no domingo, lá pelo fim da madrugada, quando este voltava a ser, como foi criado, dia de descanso.

Já homem feito, sério, com muitas responsabilidades profissionais, dedicando o sábado à leitura e o domingo ao reexame de trabalhos que teria de enfrentar durante a semana, descobri os encantos da sexta-feira. Era um dia comum de trabalho, mas no período da tarde começava a empurrá-lo com a barriga e a transferir as decisões mais difíceis para a segunda. Às 5 da tarde parava de trabalhar e, às 6, ganhava a rua. Não ia para casa, claro. Mortificado pelo trabalho, ficava pelos bares dos hotéis e das galerias, os executivos, a bebericar. Era um tratamento, queríamos desafogar a cabeça, renovar. Sempre havia um piano tocando Cole Porter, salgadinhos, call girls e papos cabeça.

A sexta-feira não era para principiantes. Sua primeira fase terminava com o fechamento dos bares às 9. Mas a noite ainda era pouca. Deslanchara e ninguém pensava em abandoná-la. O correto era espichar o fim de semana. Foi naqueles dias que nasceu a expressão "Ninguém é de ferro". As sextas, ao contrário dos velhos sábados, incontroláveis, exigiam lucidez, sabedoria e calma. Só tomávamos o rumo de casa quando nos sentíamos aliviados das tensões da semana, leves e purificados. Atualmente, meu dia mais curtido é... a segunda-feira. Até ouço a pergunta em forma de exclamação:

– A segunda-feira!?

E segunda-feira pela manhã, o que é mais extraordinário.

Explico. Aposentado, sem grandes metas, não luto mais pela vida. Curto a manhã. E sadicamente a manhã das segundas-feiras, quando todos retornam ao trabalho. Ainda na cama, minha mulher, Fabiana, liga o rádio, que descreve o drama do trânsito paulistano. Com ou sem enchente. Quilômetros de congestionamento, protestos na avenida, assaltos, balas perdidas e tudo o mais. Coitada da população. Começar a semana assim. Sorrio, mas sem maldade...

– O pessoal numa fria dessas, e eu podendo ficar na cama até as tantas... Acorde-me às 11, querida.

O ENTREVISTADOR

Quando a fama bate à porta

Durante muitos anos fiz entrevistas para jornais, meu ganha-pão. Passava o tempo na rua, perguntando e anotando. Escritores, políticos, grevistas, sequestrados, ganhadores da loteria, gente que viu discos voadores, acidentados, bandidos, atletas de Cristo, crianças prodígio e artistas de televisão. Pessoas geniais, superiores, cheias de si, sempre zombando das perguntas, nunca à sua altura; figurões importantes, fumando charutos; mulheres bonitas e despudoradas, recém-chegadas ao topo, depois de muitos quilômetros rodados, já podendo cuspir na reportagem; anônimos de sorte, ontem maloqueiros, hoje milionários, ainda com os olhos e a boca abertos, deslumbrados; bandidos se dizendo inocentes, embora flagrados com metralhadoras e granadas; e infelizes caídos nas calçadas, ensanguentados, com apenas um fiozinho de vida.

O senhor pode dizer o que está sentindo? Ou: Quais são seus planos para o futuro? De 1 a 10, que nota dá ao governo do presidente? Como será o Brasil amanhã? E o cara estirado no chão, ferrado ou com a casa soterrada, ou mergulhado na enchente, ou na maca a caminho do hospital. É curioso como certas perguntas cretinas brotam. É só descuidar um segundo e, apesar de toda a experiência, a gente engatilha uma. É fácil criticá-las lendo o jornal ou assistindo a um programa de televisão, comodamente, sem nenhuma obrigação profissional. Mas, na correria, no calor do trabalho, na disputa pela vez de perguntar, sai muita besteira.

— Quando começou sua decadência? — um colega perguntou a um velho ator.

Este primeiro deixou cair uma lágrima e depois investiu contra o repórter, protestando.

— Estou um pouco esquecido, mas em decadência nunca. E saia da minha frente!

Os artistas de televisão no geral me davam mais trabalho. Estão sempre doidos para abrir as portas do ego, atirar-se nos braços da mídia, mas nem sempre convém mostrar açodamento, precipitação. Fazer o doce valoriza. Fica bem falar no direito à privacidade, no prazer da vida doméstica, com sua mulher, agora a definitiva, graças a Deus, os filhos e cachorros. A presença de um repórter pode romper esse equilíbrio, toldar tão pura felicidade, que não depende de espaço na imprensa. Argumentos usados justamente por aqueles que num passado próximo viviam aborrecendo a imprensa para conseguir uma linha.

Telefonava antes:

— Podíamos bater um papo sobre sua carreira?

— Você é meu repórter predileto, Rogério, adoro seu estilo, mas hoje não posso, estou muito atarefado.

— Tudo bem, mas sou o Marcos — corrigia.

— Faço mil confusões quando estou decorando um bife enorme de uma novela. Nossa vida é uma luta.

— Deixemos para outra ocasião, eu entendo. O mês que vem?

— No mês que vem, impossível. Venha já, amigão.

Entrevistava políticos, mas o médico me proibiu devido aos abraços. Achavam-me simpático demais, um amor de repórter, e danificaram minha coluna. Evitava-os principalmente em períodos eleitorais, quando aumentava muito a pressão braçal. Os abraços dos candidatos ao Senado eram particularmente perigosos. A sinceridade é algo forte e pode machucar.

Bandidos também entrevistei, a caminho ou atrás das grades. Um deles roubara um piano. Perguntei por quê.

– Foi num momento de fraqueza – respondeu.

Entrevistei uma vez um simplório que havia ganho milhões não sei em qual loteca. Daria para comprar trinta apartamentos, cem automóveis e dar várias voltas ao redor do mundo em primeira classe aérea.

– O que o senhor vai comprar com todo esse dinheiro?

– Meu sonho sempre foi comprar um canivete com cabo de madrepérola.

– Mas o senhor ganhou milhões.

– É, tem razão, talvez compre dois canivetes.

Entrevistei mil jogadores de futebol, nadando em suas piscinas, cortados da seleção, bronqueando contra os técnicos, lendo salmos bíblicos, em especial o 23, ou dizendo palavrões. E até Maguila, antes de enfrentar Holyfield, otimista, pois, como o americano, também tinha dois braços e duas pernas, aliás, bem observado.

Águas passadas. Já não preciso perguntar e anotar. Tudo passa, embora às vezes demore um século. Agora sou eu o procurado. Meu livro sobre anjos, que por castigo vivem na Terra, alguns na periferia de São Paulo, já vendeu nem sei quantas edições. A fama está batendo à minha porta.

Minha mulher, Berenice, foi atender.

– Tem um repórter aqui para entrevistá-lo.

Bernard Shaw, dizem, ficou famoso não dando moleza à reportagem.

– O que ele está pensando, que é fácil? Diga para voltar na próxima semana.

A VIDA É UMA GANGORRA

Num dia estamos cá embaixo, noutro lá em cima

Ia dobrar a São Luís quando dei com o Airosa. Havia anos nossos caminhos não se cruzavam. No último encontro, há muito tempo, estava apaixonado pela filha de um ricaço. Ante a resistência do pai, pretendia inclusive sequestrá-la. Amor ou interesse? Ignorávamos. Em plena esquina, após o abraço da saudade, começamos a pôr em dia nossas novidades.
— Lembra o Peixoto? — perguntou.
Era um infeliz, lembrei. Quantas vezes lhe emprestei dinheiro para evitar que se matasse, como vivia ameaçando. Que fim levou, morreu?
— O Peixoto? Não. Está vivo. Mora parte do ano em Paris, parte em Nova York. Continua um homem simples.
— Não estamos falando da mesma pessoa. O Peixoto a que me refiro não tinha onde cair morto, atravessava anos com a mesma roupa, usava sapatos furados e, para complicar, fazia versos.
— Péssimos versos. Esse mesmo. E era banguela.
— Mas o que faz um cara assim entre Paris e Nova York? Pede esmolas?
— Ora, a vida é uma gangorra — comentou o Airosa.
— Gangorra? Explique.

– Não há explicação. Num dia estamos cá embaixo, noutro lá em cima. Alguém deu a mão ao Peixoto, puxou-o, e ele subiu. Mexe com alta computação, satélites, sei lá.

Mas não entendia nada disso. Garanto.

– Quando o destino quer, dispensa preparo, conhecimento, cultura... Escolhe as pessoas a esmo, aponta qualquer um com o dedo. Não há lógica.

Perguntei do Colombo. O mais bem-sucedido do nosso grupo. Um cara de valor. Aos vinte e poucos anos já comandava uma próspera empresa. Em que altura estaria então?

– O Colombo? Pobre homem.

– Pobre, o Colombo? Sempre foi bem-sucedido, muito invejado.

– Mas pisou na bola, se deu mal, acabou.

– Como explica isso?

– A gangorra. A vida é um sobe e desce. O Colombo estava com a cabeça no céu, mas despencou. Pum!

– Isso é terrível.

– Terrível quando desce. Quando sobe não.

Perguntei de outros amigos e conhecidos. Airosa foi repetindo a imagem da gangorra. Podia ser simplista, porém de grande dramaticidade. E extremamente visual. Eu sempre vira a gangorra como inocente aparelho de parque infantil e pátios escolares. O menos perigoso deles. Pela primeira vez reconhecia seu lado fatal e impressionante – um elevador entre o céu e o inferno, acionado por um doido, capaz de fazer do humilde Peixoto um afortunado passageiro de voos internacionais. Outro, o Lino, embora bem-nascido, muito amparado, também fora perdendo altura, a urrar e protestar, enquanto a cara do destino subia, gargalhando. Acabara num manicômio. Para compensar, Airosa lembrou-se de outra pessoa, que estando embaixo, com os pés enfiados naquilo, subitamente subiu, subiu, ao som de música apoteótica e triunfal. O sucesso tem sempre a ver com um show da Broadway.

– O Vila. Está rico.

— Impossível. Morou em minha casa, no quarto de empregada. Não tinha dinheiro para a condução. Alimentava-se de sanduíches... Até desdenhava o dinheiro. Dizia ter nojo dele.
— Verdade. Quando via um carrão, como o Mercedes, cuspia. Mas um dia, casualmente, impediu um assalto. A quase vítima, um capitão de indústria, grato, deu-lhe o empurrão da salvação. Hoje está lá em cima, e após breve tratamento se curou do nojo que o dinheiro lhe despertava.
— E você, como a gangorra o tem tratado? Afinal casou-se com a filha do ricaço, que era contra o casamento?
— Casei.
— Então, subiu na gangorra. Parabéns.
— Tive um período de glória. Cheguei a tocar as nuvens com as mãos. Mas o sogro, subitamente, despencou, batendo com o traseiro no chão. Hoje, eu que o sustento, levo-o a passeio numa cadeira de rodas, dou-lhe banho.
Voltei para casa deprimido com o papo do Airosa. Então a vida era só questão de peso e contrapeso? Sobe e desce? Onde entravam o merecimento, o esforço pessoal, Deus? Desabafei no ombro de Meg, minha mulher, que mal compreendia minha confusão mental.
Alguns dias mais tarde, ao chegar do trabalho, ela me levou ao quintal. Moça prática. Lá estava uma gangorra novinha.
— Enquanto a gente nem sobe nem desce, é bom ir praticando.

BARES DA SAUDADE

Eles contam a história paulistana

*F*alemos de bares. Respeitosamente. Com o fechamento do Hotel Jaraguá, há semanas, desapareceu também o conhecido bar do Jaraguá, tão festivo nos fins de tarde. Foi o ponto ideal, a casa do meio do caminho, entre o trabalho exaustivo e o regresso ao lar, um dos propagadores da happy hour, a hora feliz, descontraída, dos que torram os miolos nos escritórios. Grande endereço para o xampu das 6. Nunca fui de seus assíduos, mas a notícia me mereceu um minuto de silêncio. Dois, porque mesmo o álcool da nostalgia induz a exageros. Comovo-me quando bares famosos fecham as portas, trocados por um seco "aluga-se". Deveria haver uma cerimônia nessas ocasiões. Discursos, a fala do prefeito, do arcebispo, banda de música, abraços, lágrimas e o último trago.

Os bares refletem a vida da cidade, talvez mais que as igrejas, desculpem... Fixam épocas, ajudam a memorizar fatos e pessoas. A saga da cidade poderia ser contada rememorando seus bares. Que boa ideia! Dói na alma ver um capítulo todo da história paulistana se apagar, porque outro, de nossa própria existência, se apaga com ele. Já passei por onde antes havia um antigo bar, marca alegre de uma rua. Em seu lugar, abriram uma tinturaria. Quase processo o proprietário por... macular um passado histórico.

O sucesso de um bar geralmente é inexplicável, não se sabe como nem por quê. Nunca é consequência de uma publicidade bem bolada ou de uma decoração cheia de bossa. Nem mesmo de uma localização favorável. Embora escondidinho, numa portinha acanhada, o freguês o descobre e vota nele. A atração pode ser um tipo de bebida, a cara de um barman, o gostinho de um certo salgadinho, o jeito de servir o chope ou nada. O êxito de um bar não requer explicações. E exatamente como ninguém sabe por que veio, a freguesia um dia qualquer se vai e acabou.

O Paribar, atrás da Biblioteca Pública Municipal, foi um dos nossos bares mais frequentados. Cheguei a acreditá-lo eterno, um postal da cidade. Lá se servia de tudo, até o papo inteligente de Sérgio Milliet, então o mais refinado dos intelectuais paulistas. Era delicioso sentar-se no Paribar e ver o povo passar. Vi, até, imaginem, duas pessoas que, soube depois, haviam morrido muito tempo antes. Uma tarde marquei lá um encontro com um amigo.

– Espere-me no Paribar às 6.
– O que houve? Esteve muitos anos no exterior?
– Por quê?
– O Paribar fechou há uns dez anos.

Meu primeiro piano-bar foi na Major Diogo, um pequeno prolongamento do Teatro Brasileiro de Comédia, o Nickbar, título de uma peça de William Saroyan, lá apresentada. Era o reduto da sofisticada geração que se dizia existencialista, discutia Sartre e se recusava a apertar a mão dos adeptos da música caipira. Os artistas de sucesso e jovens intelectuais diziam presente todas as noites. Os cronistas sociais passavam por lá. Estar no Nick podia ser notícia. Com um pouco de sorte sentava-se na mesa ao lado de Tônia Carrero, Maria Della Costa e Cacilda Becker. Vizinhos da fama.

O tom da geração, o estar na moda, ser *up to date*, era ali, no Nick, onde muita gente tomou uísque pela primeira vez, curtiu a dor de cotovelo inaugural e aprendeu que era feio dormir cedo. Devia ser tombado e seus fregueses transformados em figuras de um alegre museu de cera. Mas, atraídos pela imprensa e por um delicioso samba-canção, homenagem de Dick Farney ao bar, foram chegando vândalos, hunos, godos e visigodos. Tomado pelos bárbaros, o vaidoso Nick, dando-lhes uma banana, fechou as portas.

Pouco frequentei o histórico Bar Viaduto, na rua Direita, com sua música ao vivo, mas fui visto muitas vezes na Vienense, na Barão de Itapetininga. Confeitaria e bar, de discreta movimentação vespertina, segundo o boêmio Cláudio Curimbaba disfarçava com seus ingênuos violinos, e protetores bancos altos, encontros pecaminosos da tarde entre o médico e a enfermeira, o professor e a aluna, o juiz e a advogada. Talvez inverdades, mas criava certo clima.

Podia falar também no Mirim e no Lacta, ambos na São Luís, trampolins para o mergulho noturno no chiquérrimo Arpége, no saudoso Bar do Museu, que se eu não lembrasse ninguém me perdoaria, no Clube dos Artistas, no Barcarola, da Rádio América, o único bar que possuía uma estação de rádio, estabelecimentos onde essa mutante São Paulo já mostrou sua cara. Hoje não existem mais, foram vendidos, desocupados, alugados, transformados, abandonados, derrubados.

Orai por eles.

OS OUTROS

A vida e seus cliques, de Machado de Assis ao viaduto do Chá

O inferno são os outros, sentenciou Jean-Paul Sartre quando os existencialistas, como Chiquita Bacana lá da Martinica, ditavam a moda da filosofia. Eu, porém, mesmo em meio ao maior personalismo, sempre me interessei pelos outros – conhecidos como simples transeuntes.
– Vejam aquele cara atravessando a rua a puxar uma mulher pela orelha. Não vê, o bandido, que o sinal está fechado?
Clique.
Sou antigo admirador dos escritores, ditos retratistas, que apenas se limitam a fotografar os apressados personagens deste mundo, sem aprofundamento. Maupassant, Maugham e O'Henry, contistas famosos, pertenciam a esse grupo. Sempre com a máquina na mão, viam e clicavam.
Uma mulher foi visitar o marido no presídio. Esperava-o no parlatório quando um guarda se aproximou e disse:
– Lamento, dona, mas ele mandou dizer que não está.
Clique.
Para os mais exigentes, isso de meramente fotografar, sem penetrar no íntimo, sem tocar na alma, é supérfluo. Preferem autores que mostravam como somos por dentro, nossas engrenagens, molas e parafusos. Engraçado, os mais sábios sempre são os mais ingênuos. A verdade é que ninguém consegue invadir o íntimo alheio. Há escritores que desco-

nhecem os próprios personagens. Machado de Assis, fixado no *Dom Casmurro*, ao morrer, perguntou ao último visitante:
— Acha que Capitu e Escobar tiveram um caso? Nem a mim, o autor, esses dois safados confessaram.
Clique.
Vinicius de Moraes versejava melhor para a mulher que passava, fosse em Ipanema ou em outro qualquer lugar. Aprofundar-se, por quê? O importante era a imagem, o imprevisto, a esquina onde ela desapareceria e começaria o poema.
Clique.
A avó de um amigo meu, vendo a morte aproximar-se, mandou chamar determinado padre. Queria fazer uma confissão, que durou duas horas. Quando a família entrou no quarto, ele estava enfumaçado e havia em um dos pires dois charutos fumegando. O padre explicou que havia trinta anos os dois fumavam juntos na sacristia da igreja. Escondidos.
Clique.
Sempre me seduziram os transeuntes com suas histórias de cena única. Tento adivinhar. Para onde vai aquela velhinha levando um imenso serrote? Quem lhe exigiu tão pesado sacrifício a céu aberto? E se lhe perguntasse? Bobagem. Clique. Por que aquela chinesinha de pompom azul caminha pela avenida São João, solitária entre tantos que sobem e descem, a derramar lágrimas silenciosas? Seria um romance frustrado, ela que é para mim a coisa mais bela do dia? Para um carro, alguém a chama, ela ri, entra e clique. Vejo um homem de chapéu, o que lhe dá um ar de anos 30, parado, diante de um bar, a insultar alguém, dentro dele, que não consigo ver. Brandindo um punho fechado, ameaça:
— Isto não vai ficar assim. Processarei você e o Azevedo.
Que indignação! Ocorre-me oferecer-lhe minha solidariedade. Mas não sei quem é ele e muito menos o Azevedo. Clique. No viaduto do Chá sempre se veem conhecidos vindo em sentido contrário. Cruzei lá, por uma fração de segundos, com a ex-namorada de um amigo meu, que havia anos ele

procurava, enlouquecido, para atirar-se a seus pés. Quando lhe falei do encontro, sacudiu-me, irado. Como acontecera comigo algo que tanto desejara para si, e justamente no viaduto, onde suas esperanças sempre se alargaram? Como? Por quê? Cliquei-o. E do que se ri aquele transeunte, andando pelo meio da rua, como para exibir sua explosiva felicidade? Uma alegria tão grande que não coube em casa e levou-a para a rua para humilhar e causar inveja aos homens tristes do município. Boa fotografia.

Aquele homem de terno marrom permaneceu duas horas na afastada fila de um guichê. Quase desmaia quando chega sua vez.

– Trouxe os documentos? – perguntou-lhe a funcionária.
– Que documentos?
– O senhor quer se aposentar sem trazer documentos?
– A senhora disse aposentar? O que é isto aqui?
– Um posto do INSS.
– Eu pensava que era a fila para assistir ao *Titanic*.

Clique.

MEU DIA DE SORTE

Quando o sucesso pesa e incomoda

Sempre que conto o fato, ouço a sugestão: escreva sobre isso, é engraçado. Ora, ele me parece pessoal demais, respondia, um tipo de experiência rara, não abrange grande público. Mas outro dia me convenceram. Devia contar a história, sim. Será até uma espécie de advertência aos que correm atrás da fama, afirmaram. E a cena no aeroporto é formidável. Meu filho, Dudu, que vive na Groenlândia, quando estava de passagem pelo Brasil também curtiu o caso e animou-me a convertê-lo em crônica.

– O que é a crônica senão pedaços de vida?

– As minhas, geralmente, não refletem a realidade, Dudu. Mas vou nessa, me aguarde.

Eu estava escrevendo uma novela na TV Globo, *Cuca Legal*, e, quinzenalmente, viajava para o Rio a fim de discutir os rumos que ela tomaria. Sempre ao chegar, uma secretária me informava:

– Pediram para apanhar os recortes de jornais, na diretoria, com o Pacote.

Eram notícias sobre a novela, reportagens, entrevistas, capas de revistas. Porém nunca tinha tempo para ir à diretoria. Mal pisava a emissora, participava de infindáveis reuniões, que me deixavam tonto. Na próxima vez, adiava, apanharia os recortes. Na verdade preferia dar uma esticada no La Fiorentina, o alegre restaurante do Leme, lotado de colegas e mulheres compreensivas.

A novela aproximava-se do final quando o pedido da secretária assumiu o tom de ordem:

– Por favor, vá buscar sua papelada. Está causando transtorno.

Subi afinal ao andar dos caciques e perguntei pelos impressos. Apontaram para um canto. O que vi foi, encostado à parede, um saco plástico, transparente, de cerca de meio metro de altura, cheio até a boca. Cheio de quê? Recortes.

– Vim buscar só os da minha novela.

– Aí só tem os seus. Quase seis meses de divulgação em centenas de cidades, em todos os estados do país.

Ergui o saco um palmo.

– É pesado.

– A fama é passageira, mas tem seu peso.

– Podia deixar aí?

– Nem pense nisso. Todos implicam com ele.

Deixei a diretoria arrastando a carga pelo corredor. No elevador alguém fez cara feia quando entrei com aquilo nas costas. Atravessei todo o saguão como um incômodo Papai Noel. Fui colocar-me à guia da calçada para pegar um táxi que me levasse ao Santos Dumont. Foi difícil entrar com aquele trambolho no carro. Quem me conhece sabe como sou desajeitado. A caminho fui lendo um ou outro recorte. Diabo, pouco se ocupavam do autor. Eu me matava tanto e só elogios a Francisco Cuoco, Yoná Magalhães e Françoise Fourton. O que fazer com tal montanha de papéis? Colar tudo em cem álbuns? Minha mulher, com problemas de espaço no apartamento, pediria o divórcio. Mas, ocorreu-me, um saco daquele tamanho não poderia viajar comigo no avião, como uma pasta ou pequeno embrulho. Teria de despachá-lo, mas como se não estava fechado nem convenientemente embalado? Seria obrigado a sair pelo aeroporto à procura de um caixote ou sei lá o quê. Tive uma ideia: esquecer os seis meses de sucesso da novela no táxi. Sentado no banco traseiro, era possível. Olhei o taxímetro e puxei a carteira. Assim que o carro parou à entrada da ponte aérea, paguei e saí correndo. Logo ouvi a voz.

– Moço, o senhor esqueceu...

Entrei velozmente no Santos Dumont e refugiei-me no toalete. Minutos depois, dava uma espiada, como quem fila cartas de baralho, e via o motorista aos balcões, aflito, carregando o maldito saco de recortes. Apenas abandonei o esconderijo quando não o vi mais.

A história poderia acabar aqui, mas o destino quis mais. Já estando a novela fora do ar, tive de voltar à emissora. Quem estaciona, no aeroporto, para me atender? O motorista que ficara com minha carga de impressos. Sorria-me.

– Vai recuperar algo que esqueceu no meu táxi. Está no porta-malas.

– Eu esqueci?

– Aquele saco cheio de jornais. Em muitos está seu retrato. Hoje é seu dia de sorte, não?

A ESQUINA

Lugar marcado para encontros e desencontros

Aqui da minha janela vejo uma esquina, apenas um ângulo reto, sem portas de loja, sem ponto de ônibus, sem camelôs. Nada que possa furar, pôr em risco o sigilo às vezes exigido para um encontro. Na verdade, ninguém marca no meio de um quarteirão, onde as pessoas são mais iguais. Também já não se marcam encontros nas praças, como pesquisei, porque o tamanho delas fragiliza os compromissos. É fácil inventar uma desculpa – esperei você no outro lado da praça, sorry. Antigamente, a cidade menor, havia pontos de encontro fixos em São Paulo, tradicionais, rotineiros: diante do Mappin, do Cine Metro, da Catedral. Ou em interiores, no Ponto Chic, na Cervejaria Franciscano, na Confeitaria Campo Belo ou na Vienense.

Hoje nada é fixo e a cidade foi perdendo seus referenciais, mas as esquinas, escolhidas pela discrição, não mais pelo charme, continuam programadas para encontros. Há anos, seja dia ou noite, observo a referida esquina de minha janela. Deu até para redigir um pequeno volume, espécie de ensaio ou revelações, sobre o ato de esperar e a ansiedade que ele gera. Livro, acreditem, já cobiçado por diversas editoras...

Algumas pessoas, de natureza sofredora, chegam muito antes da hora aprazada, como verifico pelo meu relógio.

Não se combina um encontro, por exemplo, para 14h47. Quem se antecipou esperará no mínimo treze minutos. Erro que os homens cometem em maior número. Para as mulheres, pontualidade quer dizer fraqueza. Uma qualidade que pode passar como insegurança. Mesmo quando se atrasa, o homem geralmente chega antes.

Há aqueles que se sentem siderados se o outro faltar ao encontro. Por isso preferem esperar dentro de um carro, ocultos, para que ninguém flagre e se ria de seu desapontamento. As pessoas têm pudor de mostrar que esperam por alguém que não chega. Há uma boa dose de humilhação nisso. Para disfarçar assobiam, movimentam-se o tempo todo, sorriem (quem sofre não ri), olham para o céu como se vissem discos voadores e às vezes vão até a outra esquina ou simplesmente leem um jornal.

As mulheres são menos artistas nessas circunstâncias. Mostram logo sua irritabilidade, não desgrudam os olhos do pulso e esperam menos que os homens. Não veio, dane-se. Ainda dá para encontrar o Robertinho.

As mais pacientes são as que já dobraram o cabo, estão no desvio, a perigo, entregues às traças. Observei uma esperar por duas horas, inutilmente. No dia seguinte voltava muito mais fresca e esperançosa. E novamente sofreu a dor de espera.

Uns perdem completamente o equilíbrio, como constato da minha janela. Dão murros no ar, chutes. Pelo movimento dos lábios, percebo que dizem todos os palavrões conhecidos, repetindo em tons diversos os mais consagrados. Engraçado. Um único palavrão apaga qualquer drama. Ele faz retomar o contato com a realidade, que não espera, caminha.

Quem fuma, notei, se contém mais facilmente, dá menos vexame. O cigarro está muito associado à espera e sobre isso se fez um tango famoso. Se algum dia o fumo for totalmente proibido, talvez o permitam por recomendação médica nos casos de espera angustiosa.

Perdendo tempo em espiar a vida alheia, fico imaginando quem são as pessoas febrilmente aguardadas em minha esquina. O mais aflitivo, doloroso, é sempre o primeiro encontro entre um homem e uma mulher. Aí a espera se mede por segundos e batidas do coração. Se um ou outro não comparece, fica provado que é tudo mentira, nada mais que mentira. Deve estar se rindo dele, a hipócrita. Foi um ingênuo em marcar o encontro e até comprar um presentinho, cujo embrulho parece brasa em suas mãos.

Sempre há alguém esperando em minha esquina. Por quem espera aquele homem loiro e gordo, que dá voltas como se perdido num labirinto? E aquela mulher que toma um gole de esperança a cada homem que surge na outra ponta da rua? E aquelas duas mulheres, unidas pela mesma impaciência, esperariam, num lance de comédia, pela mesma pessoa?

Uma bela moça, pisando sua pressa, aproxima-se. Um desiludido da esquina, sangrando pelos ponteiros do relógio, explode num sorriso, abre os braços e vai ao encontro dela. Um clarão de pura felicidade ilumina toda a rua. A espera dói, mas a chegada de quem se espera é linda.

LEMBRANÇAS PERFUMADAS

Certos aromas ficam na nossa memória para sempre

Já lhe aconteceu seguir um veio de perfume pela rua? Um cheirinho agradável, mas não identificado, entrou pelo meu nariz adentro e acordou um mundo de vagas recordações. Onde o senti pela última vez e em que circunstâncias? Vou em frente. Não que tenha muito tempo para perder, porém já fiz meia-volta e sigo o rastro com meu focinho de cachorro.

Lendo Proust, descobri o universo que as narinas podem captar, mas já o pressentira na infância. No berço, os cheiros chegam a ter mais realidade que as imagens difusas do ambiente doméstico. Alguns causam um enjoo que pode prolongar-se por toda a vida. O de talco, por exemplo, ou qualquer um, agressivo, usado por alguma ama, tia ou prima. Cada pessoa ou coisa tem certo cheiro para o pobre bebê, sempre tocado, carregado, beijado.

Agredido, já no berço o garotinho desenvolve os primeiros ódios. Lembro-me do rosto de um vizinho, além de esfregá-lo no meu, quase me sufocava com o odor barato de sua loção de barba. Aí está por que nunca usei loções desse tipo, por mais que os barbeiros me tentem convencer da excelência de uma ou de outra.

Apesar de minha freudiana reação a cheiros, continuo a seguir o que me atraiu quase hipnoticamente. Muita gente caminha pela rua, e ainda não sei quem é a portadora do tal perfume. Apresso o passo. Não posso perdê-lo, ele deve ter significado algo em *minha* vida, quem sabe foi a atmosfera respirada em um de *seus* melhores momentos.

Em um bairro da minha infância, uma mansão escura e murada recendia a jasmim-do-cabo. Ali, diziam, morava uma baronesa. Aprendi então: ricos e pobres podiam ser distinguidos pelo olfato. Atento a essa descoberta, acabei tendo ideias revolucionárias e, muito mais tarde, fui preso por cheirar onde não devia.

Andando mais ligeiro e recebendo nova onda aromática, começo a identificar a fonte. Alguns passos à minha frente, caminha com uma pressa bonita nos pés uma mulher elegante, ultrapassando transeuntes.

Quando me adianto, o passado me detém pelo braço, como se temesse perder-se. Recordo outros aromas. Ao enumerar um a um talvez se possam levantar biografias de pessoas famosas – uma vida focada pela via nasal. A verdade é que cheiros, bons ou maus, marcam a existência. Certa vez, num restaurante da Bela Vista, meu pai, sorrindo, apresentou-me uma pizza. Até hoje, a distância, os vapores de uma pizza fazem-me sorrir. O paladar entende de aromas.

Já não tinha dúvida. A fragrância que mudou meu itinerário, vindo do fundo da memória, era mesmo da mulher apressada. Continuei seguindo-a, bem próximo, sem decidir se a abordava ou não.

Um lança-perfume, rodo metálico, materializa-se enquanto persigo a mulher. A arma dos foliões. Seu gatilho disparava essências aromáticas. Era ele, antigamente, mais Carnaval que os sambas e as marchas. A própria alegria de Momo dependia quase exclusivamente dele. Recordo o cheiro de outras festas, estações do ano, ruas, praças, casas e pessoas. Ainda hoje não esqueci o perfume de três ou quatro namoradas. E de uma mulher, em especial, que disse: "Vá entrando, mocinho".

Afinal consegui caminhar ao lado da perseguida, mas sem lhe ver o rosto. Subitamente, ela fez sinal para um táxi. Vi perdido todo meu esforço. O táxi, felizmente, não parou. Antes que ela chamasse outro, decidido, abordei-a em pleno viaduto.

– Minha senhora...

Não, eu não a conhecia. Mas o perfume, sim. Aspirando-o, percebi tudo com a maior clareza. Minha mulher usava-o no dia em que a conheci. Quando a reencontrei, tempos depois, nem ela nem eu nos lembrávamos dele.

– O que o senhor deseja?

– Podia me dizer que marca de perfume está usando?

– Sou casada e tenho cinco filhos – disse ela, em voz alta, ofendida.

– Só quero saber o nome do perfume – gritei. – A senhora não me interessa.

– Sonho de Amor – respondeu, assustada.

– Obrigado, sua idiota.

SERPENTES

Um repórter arrependido que escrevia sobre cobras

*E*u tentava ser jornalista e já começava invejado: Mário, meu irmão mais velho, era editor chefe de um grande jornal paulistano e podia abrir-me a porta da profissão. Mas, como na redação naquela época só havia crânios, ele achou que eu, muito jovem ainda, devia iniciar a carreira fazendo reportagens para o suplemento dominical.
– Reportagem sobre o quê?
– Qualquer coisa.
– Um exemplo.
Havia uma serpente de bronze enfeitando sua escrivaninha de chefe.
– Escreva sobre cobras – disse aleatoriamente, para despachar-me.
– Não entendo disso. E tenho nojo desse bicho.
– Os jornalistas geralmente escrevem melhor sobre coisas que não entendem. Aprenda essa.
– Cobras... Diga ao menos como devo começar.
– Pesquise, invente. Traga doze laudas de papo furado.
Era um desafio, tinha de caprichar, embora não fosse (sem trocadilho) nenhum cobra no assunto. No arquivo do jornal não tinha nada que servisse e pouco encontrei nas enciclopédias. Na biblioteca, no entanto, descobri um opús-

culo roto e amarelado sobre a passagem da peçonhenta na *Bíblia* e na literatura clássica. Bem dramático. Bolei um título: a serpente, nossa companheira de cativeiro. Tinha certo visgo. Gostei.

Visitei o Butantan, mas superficialmente, repugnado. Depois, listei espécies complicadas de cobras, aqueles nomes estranhos, e consegui algumas fotos. O principal era o tom da reportagem, seguro, firme, desembaraçado, de quem sabe.

Quinze dias mais tarde entregava o trabalho ao querido chefe e irmão. Ele leu o primeiro parágrafo, soltou um sorriso debochado, contou as laudas e deu o.k.

No domingo, a reportagem de página e meia dominava o suplemento. Belo espaço! Haviam incluído outras fotos. Meu nome, porém, saiu pequeno e perdido no texto. Achei até bom, não era minha especialidade.

Alguns dias depois, ao passar pelo jornal, me aguardava um pacote de cartas e telegramas. A reportagem agradara horrores. Seria republicada numa revista na França. A cidade de Otawa, no Canadá, encomendava-me outro trabalho. Alunos não sei de que escola queriam conhecer-me. E o melhor, o pior, não sei, desejavam contratar-me para fazer conferências em diversas cidades americanas. O preço não importava, dizia o telegrama.

Era um sucesso imenso para quem se iniciava na profissão. Mas eu não estava contente, e meu irmão se mostrava preocupado. Até o proprietário do jornal, espantado com meus conhecimentos ofídicos, desejava abraçar-me.

– Para mim vai ticar feio dizer que você apenas cozinhou as informações. Desapareça por algum tempo, deixe a onda passar...

Ao chegar em casa minha mãe estava pálida.

– Que história é essa de você viajar para a Índia?

– Não estou sabendo de nada.

– Querem que dê um curso sobre aquilo numa faculdade... Decidi não atender a telefonemas. Antes de entrar em casa, observava da esquina para evitar entrevistas. Enquanto isso, cartas e telegramas continuavam chegando. Elogios, convites e propostas generosas. Apenas um certo biólogo contestou algum trecho do meu trabalho, embora reconhecesse o valor da pesquisa. Lembro-me de uma carta exagerada que afirmava: "Afinal, temos alguém digno do Nobel".

Era meu medo vencer, não o Nobel, mas algum prêmio que me obrigasse a aparecer, a revelar toda a minha familiaridade com as malditas cobras. Como tudo passa, logo ninguém me escreveu mais. A fama foi-se tão veloz como veio. Hoje, lembrando o ocorrido, me arrependo, e muito. Sejam minhas testemunhas.

– Arrepende-se de ter escrito a reportagem? – perguntarão uns.

– Arrependo-me de não ter dado os cursos, as conferências, viajado e talvez de não ter escrito um livro sobre tema tão empolgante.

CINEMA ANTIGO

Pequenos prazeres, grandes emoções

Os pequenos prazeres da vida, curtidos quase secretamente, exigem certo refinamento não ao alcance de qualquer um. Requerem uma habilidade especial, igual à dos pássaros ao sugar o néctar das menores flores. Já os grandes prazeres pedem cenário, câmaras e razoável plateia. A felicidade dos artistas de televisão, por exemplo, é uma coisa pública, para ser compartilhada, fotografada, invejada. Quanta alegria eles demostram ao exibir sua mansão ("vindo do nada, vejam onde cheguei"), seu lustroso carro importado ou quando são flagrados fazendo compras em Paris ou Nova York, ocasiões sempre aproveitadas para dar aquelas declarações inteligentes!

Há prazeres de todos os tamanhos, para uso interno ou externo, há os inesperados e os pacientemente aguardados. Há os coletivos, observados nos campos e quadras esportivas. Se excessivos, causam até morte. O Brasil viveu uma grande satisfação coletiva ao conquistar o segundo lugar na última Copa do Mundo... O prazer de alguns é construído etapa por etapa, como o dos colecionadores. Há os que o alcançam puxando o tapete alheio. A vida é um vale-tudo. A felicidade de uns consiste em pisar... Esperem. Posso contar um caso que pouco tem a ver com a crônica? Vamos lá. Eu trabalhava

numa agência de publicidade e ultimava o lançamento de um luxuoso edifício residencial. Bolara até um brasão para salientar seu nível aristocrático, uma linda e orvalhada rosa. O dono do projeto, um casca-grossa, ao ver a campanha aprovou tudo, mas vetou o brasão, num gesto brusco. Diante de minha estranheza, explicou o sutil motivo:
– Escute, meu rapaz. Suei muito a camisa para chegar a construtor. Meu grande prazer hoje é pisar nos pobres. Quem compra um apartamento caro assim quer sentir a mesma coisa. Invente um brasão mais... mais poderoso.
Eu tinha um emprego a zelar. Substituí a delicada flor pela cara ameaçadora de um leão. O construtor casca-grossa olhou, sorriu e aprovou. Abraçou-me. Conta ganha. O ingênuo redator de anúncios ignorava a existência dos prazeres leoninos na terra dos homens.
Também há prazeres domésticos, inocentes. Uns dispensam até parceiros. O meu favorito parece obra de maníaco. Conforta-me porém não ser o único desse clube, existem outros. Aí, entra minha mulher, Ismênia, e diz a vocês:
– Ele é maluco por filmes antigos, na televisão ou no vídeo. Aqueles do Humphrey Bogart, vocês sabem.
Sim, filmes de prefereência em preto e branco. Feitos antes das cores e dos chatíssimos efeitos especiais, tão ao alcance de qualquer diretor sem talento. Não há nada mais delicioso que ver um policial noir, numa sexta-feira, tomando uma dose de uísque doze anos e mordiscando salgadinhos. Algusns são velhos conhecidos. Como *Os Assassinos*, baseado em Hemingway, primeira versão, de 1946, com Burt Lancaster e Ava Gardner. Outros nem tanto. Aí, procuro descobrir em que ano foram produzidos. Há várias pistas; as roupas que os atores usam, a marca e o modelo dos carros, o estilo dos móveis e as referências históricas. Foi produzido antes, durante ou depois da Segunda Guerra Mundial? Ou já na Guerra Fria? Uma simples frase dos diálogos pode esclarecer isso. Há aparelho de televisão em cena? Se há, o filme foi

rodado depois de 1941, ano de seu surgimento, nos Estados Unidos. Geladeiras, lavadoras e outros eletrodoméstico podem servir ao mesmo fim. Concentro-me em todos os detalhes. Às vezes peço socorro a Ismênia se a chave do enigma está no penteado ou vestido.

– Ah, eu já sei esse. Esteve em moda por volta de 1960.

– Obrigado, garota.

Adoro esses filmes. *O Segredo das Joias*, *O Falcão Maltês* e *Pacto Sinistro*, sempre adaptações de romances marcantes. Algo todos tinham em comum, além do roteiro primoroso, a fumaça. Os atores e atrizes fumavam desbragadamente; era preciso assoprar para apreciar certas cenas. Outro item, a beleza estonteante das Ava, Rita, Jane e Marlene. Enchiam a tela. Madonna, se vivesse naqueles anos, entraria em cena apenas para dizer: "O almoço está na mesa".

Não haverai também lugar para os Stallone, com seus equipamentos mortíferos. No lugar de armas de grande poder de fogo, imperavam os lances de inteligência, demolidoras frases de espírito ou certeiros socos no queixo. Tudo elegante, sofisticado, chiquérrimo. Os próprios fora da lei usavam smoking, e rolava uma trilha sonora com músicas de Cole Porter ou Gershwin. Então o bom ficava ainda melhor.

– Você vai assistir a essa droga de novo? – pergunta minha mulher.

– Sim, querida.

– Se assistir, vou para um hotel. Não suporto mais.

Não me preocupo; ela só cumpriu a ameaça umas cinco vezes.

O RETRATO AMARELADO

Quem era o sujeito alto, calvo e com charuto?

Vocês, principalmente os mais velhos, devem ter em alguma gaveta um velho retrato coletivo, já amarelado. Tenho uma foto assim, batida num quintal, em dia ensolarado, mostrando ao fundo um muro de certa rua dos Campos Elíseos. Os menores aparecem sentados no chão, postadinhos e contentes. A segunda fila reunia molecotes que já ensaiavam as primeiras tragadas e ouviam um programa de rádio chamado *Ritmos do Tio Sam*. E na última, carecas ou cabeludos, se alinhavam os adultos. As mulheres, com seus penteados engraçados e tiaras, eram umas gracinhas. Havia até uma vamp entre elas.

A maioria desapareceu... O terceiro na fila de cima, o Albano, morreu em seguida. Ganhou na loteria e comprou uma vistosa casa no Gonzaga, frente para o mar. Tombou vítima da ferroada de um escorpião. Isso. Escorpião. Ocultara-se num bonito chinelo. Tipo da morte improvável. Somente consta de estatísticas anuais fornecidas por departamentos públicos.

Atentem ao último da primeira fila, o cavalheiro de pé, parecido com o barão do Rio Branco. O José Maria, importador de vinhos finos. Foi visitar uma igreja numa velha cidade mineira e a estátua não sei de que santo ou profeta desabou e esmagou-lhe a cabeça. E o mais triste da história: nunca fora religioso. Entrara no templo por insistência do guia. "Esta igreja o senhor precisa ver, seu José Maria. Seria pecado não entrar."

Aqui, sentadinha, vejam uma guapa petiz ao lado de um tímido guri, este cronista. Cheirava a hortelã, era uma atração ao subir escadas, tornou-se uma namoradeira falada na rua e ganhou um concurso municipal de beleza. A última vez que ouvi falar dela tinha seis filhos, pesava 90 quilos, o marido sumira com uma vizinha gaga e ela convertera-se ardorosamente a uma crença hindu.

Na segunda fila, já revelando intenções de seduzir as moças do quarteirão, meu irmão Mário. Em 1948 escreveu um romance tão escandaloso para a época, *Presença de Anita*, que houve até passeata religiosa contra, insultos pichados na parede, palavrões anônimos pelo telefone e, durante meses, os jornais publicaram artigos indignados sobre o livro. Nossa mãe, vexada, ficou meses sem pôr os pés na rua.

Falei da vamp, não? Chamava-se Mary. Morenaça. Certa vez houve uma festa na vizinhança e precisou-se de pianista. Ela, além de tocar piano, cantava, dançava, rodopiava, sapateava. Um show. Ao entrar na festinha foi cercada pela homarada, colocando as outras mulheres de escanteio. Porém, depois de muito ouvirem "Isto que é mulher!", "Que uva!", elas fizeram da inveja um tanque de guerra e expulsaram a intrusa. A cena caberia bem no *Amarcord*, de Fellini. Final: a moça saiu da festa direto para o rebolado, ficou famosa, amancebou-se com um empresário, virou capa de revistas, figurinha de caramelos, e morreu como indigente na Casa do Ator.

Este rapaz na segunda fila, assustadinho, levou um empurrão do próprio destino ao dobrar uma esquina. Erguido pelo referido, um poderoso chefão que também ignorava o motivo de sua presença ali, recebeu um sorriso, um abraço e um gordo salário. Hoje é um simpático capitão de indústria.

Infelizmente, assoberbado, não poderá receber-me neste ano para ouvir um pedido.

    Quem era o sujeito de charuto ao lado do mano? Um tipo alto, calvo, encorpado, terno xadrez e olhar de quem sabe tudo. Nunca descobri. Meu primo Hélio, bom fisionomista, conseguiu identificar um a um, menos o cidadão do charuto. Perdemos horas tentando levantar sua ficha. Amigo não era, parente muito menos. Afinal, concluímos: um penetra ou, mistério, um espírito que ia passando, de quintal a quintal, e resolveu posar para o retrato. Sou mais da segunda hipótese.

TROCANDO FIGURINHAS

Em busca de dois macaquinhos e de uma flor exótica

Admiro essa gente que coleciona coisas, sejam borboletas, programas teatrais, autógrafos, revistas antigas ou discos de 78 rotações. Há, porém, anotem, diferença entre colecionar e guardar. O colecionador é mais ambicioso, obedece a normas, gaba-se de seus conhecimentos, segue metas, é pretensioso, organizado, reúne-se. Um dia, se quiser, pode vender a coleção, ganhar uma nota e dar uma banana para os que o supunham um pateta.

O simples guardador de suvenires é menos ambicioso, às vezes se contenta em furtar talheres em hotéis, mas pode ser tão neurótico como o mais obsessivo colecionador. Perdoem-me, filatelistas. Quem leu o romance policial *Os Crimes do Olho de Boi*, assinado por este modesto escriba, sabe da admiração que lhes dedico. Matar para obter determinado selo pode ter belas intenções educativas, como não?

Minha mulher guarda passagens aéreas. Quando me queixo da monotonia da vida, da mesmice, ela exibe as passagens. Lembra a primeira visita a Buenos Aires? Esta passagem é de Lisboa. Barcelona, você gostou tanto de Barcelona! E, relembrando nossos bons momentos, acaba me convencendo a arranjar dinheiro para outra viagem, sempre mais cara. Relembrar também tem seu preço.

Colecionador eu só fui na infância, fanático, a ponto de esquecer o resto. Era dia e noite com as figurinhas, trocando-as, ou jogando bafo. O vício, sim, vício, se manifestara no dia em que me caiu às mãos uma figurinha das balas Holandesas, grande atração da criançada. Quem ajuntasse vinte recebia um álbum que, preenchido, seria trocado por prêmios valiosos, diziam.

Com que prazer colava as figurinhas. As mais difíceis eram três, dois macaquinhos e uma certa flor exótica, de nome francês. No início parecia fácil colecionar, mas só no início. Comprar balas, tempo perdido, sempre saíam as mesmas. Para conseguir novas, só no bafo ou trocando no colégio. Mesmo assim eu não fazia progressos. Desesperava-me.

Meu pai, observando algo estranho comigo, exigiu explicações. Falei então do álbum. Que álbum? Quis ver. Folheou página a página, sério. Prometi: vou desistir de juntar figurinhas, pai. Não dá futuro. Nem estudado eu tenho.

Dois dias mais tarde, ele perguntou-me se queria acompanhá-lo à escadaria da Catedral da Sé. Fazer o que na escadaria da catedral? Revelou: lá se estabelecera verdadeiro comércio de figurinhas, uma feira das balas Holandesas. Dezenas de vendedores e colecionadores se reuniam todas as tardes. O velho não exagerara. Um formigueiro humano. Compramos algumas e voltamos. Meu pai fez questão de colá-las ele mesmo. No dia seguinte repetiu o trabalho. Sozinho, dessa vez. Parecia fanatizado pelas Holandesas. Rapidamente fechou várias páginas.

Numa tarde lhe ofereceram os dois macaquinhos. Uma fortuninha. Roguei-lhe que não comprasse. Roubo. Quinhentos milréis por dois pedacinhos de papel! Eu desistia. Certa tarde voltou da escadaria com uma cara heroica. Tirou duas figurinhas do bolso. Os macaquinhos, os milionários macaquinhos! Quanto pagou, pai? No lugar de responder, disse:

– Agora só falta a tal flor de nome complicado. Vou comprar.

Besteira, pai, não compre, protestei, quase chorando. Mamãe diz que o senhor torrou nas figurinhas tudo que ganhou no mês... Não faça isso.

Meu pai não comprou a figurinha difícil, embora disposto a dar por ela o que pedissem. Ela sumiu da praça. E eu só a veria décadas depois, num programa de TV da madrugada, mostrada em close por um colecionador histórico, com pinta de doido, quem sabe o único que conseguira obter a raridade. Pus-me a rir. Disfarce. Sabem o que sentia? Inveja. Na verdade, até hoje me sinto frustrado por não ter completado o álbum das balas Holandesas. Atribuo a isso a origem de todos os meus fracassos na vida. Consolem-me, por favor.

UM ANO E TANTO

Os jovens que não viveram 1957 não sabem o que perderam

O ano de 1957 foi o melhor de todos. Outros também teriam sido bons, como o de 1955, sempre na cabeça de Coca Gimenez, uma cantora uruguaia, minha namorada e de muita gente naqueles tempos. Ela ainda chora ou ri como louca quando o menciona. Deve ter vivido nesse ano um daqueles amores que acabavam em escândalos e montanhas de cacos de vidro, ou então nele gravara um de seus bolerões cheios de suor e lágrimas. Em 1955, Coca devia estar no auge da carreira. Ou já não, sei lá. Quem lembra? Outros, como o Borba e o Jardim, na ocasião donos do inferninho As Serpentes, fixaram sua preferência em 1954, o do IV Centenário de São Paulo, quando toneladas de papel laminado bailaram no céu à luz dos holofotes. Mas 1957, mesmo sem datas comemorativas nem inaugurações, sem palanques nem céu especial, teve muito mais mel. Até parecia que todos faziam força para torná-lo um alegre álbum de fotografias. Posso aqui ter dito besteira, mas já está escrito.
 1957! Jamais comprei tanto long-play e enxuguei tanta garrafa. Sempre havia no rádio uma música de fundo sobre mulheres perversas e deliciosas. Em 1957 só dormi antes da meia-noite duas únicas vezes. Uma por ter torcido o pé no banheiro e a outra por porre. E quantas vezes, para espichar

a noite, saía da Vila Buarque rumo ao Rio de Janeiro. Farrear, cheirar o mar. Amávamos o Rio. Ia dirigindo um carro todo sambado, de cor indefinida, que soltava peças. Muitos desciam em plena estrada. Covardes.

Em 1957 nem sei quantas manhãs acordei, geralmente nesses hotelecos que não exigem documentos, e disse à mulher ao lado, deitada sobre fragmentos de batatas fritas:

– Muito prazer. Meu nome é fulano de tal. Depois do acontecido, que tal uma cerveja?

– Garanto que não aconteceu nada – disse uma delas. Não sou quem você está pensando. Exijo respeito.

E tornou a dormir. Pensei em criar uma espécie de associação de saudosos de 1957. Por que não? Muito original. Alugaríamos uma sala qualquer no velho centrão paulistano, compraríamos uma geladeira, copos, cadeiras, e nos reuniríamos mensalmente. Todos dariam depoimentos. Nostalgias, mulheres, e cantaríamos as músicas do ano. Ele foi musicalmente rico, JK era o presidente e Antônio Maria ainda estava vivo. Eu levaria as bebidas. Podiam deixar por minha conta. Tenho grande espírito de colaboração.

A princípio a ideia colou, acharam bacana, abraçaram-me, felicitando-me, mas logo surgiram aquelas pessoas sempre do contra. Vocês conhecem. Estão em toda parte, cortando ondas. Opuseram-se dizendo estar havendo exagero, 1957 fora até um mau ano, com muitas enchentes e outros sinistros... Enchentes! Houve muitas pragas e a lavoura tivera o maior prejuízo, argumentaram. Bastaria consultar arquivos. Registravam até surto de peste bubônica. E a gente esquecera dos gafanhotos? Todos logo lembraram. Tive a impressão de ver um, entrando pela janela. Desviara de sua nuvem para torpedear minha bela ideia. Alguém garantiu: a taxa de mortalidade infantil duplicara em 1957. E a queda do produto interno bruto!

Dava para insistir? Retirei a sugestão, com um movimento de ombros, e deixei o pessoal falar. Gente insensível, sem espírito associativo. Tudo me entrou por um ouvido e saiu por outro. Para que lembrar essas coisas? O ano de 1957 será sempre inesquecível para mim. Digo e está acabado. Aquele Sábado de Aleluia, por exemplo, foi tão bom que só acabou na segunda-feira. A Conceição, a Mandril, o Lorca. O velório da Betina, a batalha de pedaços de gelo na boate Metrópole, e quando fomos animar uma quermesse e acabamos presos... 1957 foi grande e não me obriguem a provar por quê. Ora, gafanhotos.

A HERANÇA

Uma carta da Itália traria a grande notícia

Meu pai não saía de casa antes que chegasse o carteiro. Costumava esperá-lo à porta e chamava-o pelo nome. Quando mudávamos de residência, continuava com o mesmo hábito. Se trouxessem uma carta, ou mais, mostrava-se excitado e rasgava precipitadamente os envelopes. À ansiedade diária correspondia sempre uma decepção. Então, de cara fechada, ia para a rua, enfrentar o dia.

Evidentemente, esperava uma carta. Havia anos. Mas por que tanta paciência? Poderia procurar pessoalmente o misterioso missivista. Imaginei que fosse gente de Campinas, sua cidade natal, embora já não tivesse amigos nem parentes ali. Seria alguma intimação, multa ou cobrança do governo?

Em casa, não se falava muito sobre essa mania do velho. Minha mãe fugia de minhas perguntas. Um dia, porém, respondeu, pondo mais lenha naquela enigmática fogueira:

– Ele espera uma carta do exterior. Do estrangeiro, entende? Da Itália.

E não disse mais nada. Ele próprio, meses após, levantaria uma das pontas do segredo:

– Carta de Montechiaro! – bradou desde a porta, correndo para o interior da casa.

Nunca o vira tão entusiasmado. O próprio carteiro levou um susto. Perguntei ao meu irmão mais velho que nome era aquele, Montechiaro, e por que papai comemorava tanto achegada da carta.

– Uma herança – respondeu. – Temos um parente rico em Montechiaro, e parte do dinheiro dele nos pertence. Meu pai saiu do quarto com a carta. Mas não parecia muito feliz. Pediu que minha mãe a lesse. Entendia mal o idioma italiano. Minha mãe leu em voz alta, traduzindo. Em breves linhas, um tal Donatelo, tio de meu pai, queixava-se da vida, que estava péssima na península. Aquela não era hora de repartir nada. Lamentava, mas...

Eu jamais ouvira meu pai dizer palavrões. Seu repertório, no entanto, era imenso. Minha mãe suplicava-lhe que se contivesse. Sem sucesso. Um ladrão como Donatelo merecia ser chamado daqueles nomes todos. O homem mais rico de Montechiaro... Possuía as melhores vinhas da região napolitana. Fabricava milhares de tonéis por ano...

– O jeito é o senhor ir a Montechiaro e liquidar o assunto – disse meu irmão. – A gente faz um esforço e paga a viagem.

Meu pai jamais fora além de Campinas. Nem podia imaginar-se semanas num navio. Meu irmão não poderia afastar-se do país durante tanto tempo. Foi quando primo Emílio se manifestou. Ele morava no quarto do fundo, havia meses sem trabalho. Tivera um estabelecimento de banhos turcos, mas dera com os burros n'água. De tempo, dispunha.

– Se me pagarem a viagem, vou até essa Monte-não--seio-quê e volto com a herança. Sou turuna quando há dinheiro em jogo.

Minha família hesitou muito. Primo Emílio tivera até complicações com a polícia quando fabricara bebida. Mas acabou concordando e lá se foi Emílio para a cidade italiana cujo nome não conseguia decorar. Um mês depois, ele mandava um telegrama: O.k. Pareceu-nos um tanto lacônico, menos para meu pai. Foi a única mensagem do primo. Quatro meses depois, ele retornava para casa, trazendo um grande sorriso no rosto e um garrafão de vinho na mão. Foi imediatamente rodeado. Até o carteiro o aguardava.

— Adorei dom Donatelo — disse. — Não me deixava voltar. Boa gente.

— E a herança? — exigiu, possesso, meu pai.

— Que herança? Perderam tudo na guerra, coitados. Só pude trazer este garrafão do vinho de Monte... monte...

Meu pai avançou sobre o primo. Pretendia dar-lhe uma surra e jogar na pia o presente de dom Donatelo. Meu irmão impediu. Queria ao menos tomar um gole. Logo apareceram uns copos. Quase à força, meu pai experimentou. A princípio parecia que ia cuspir, mas repetiu a dose. De fato, era ótimo o vinho de Montechiaro.

O BURACO

Um drama no bairro que terminou em flores

Eu não queria escrever esta crônica, mas ela aconteceu, se impôs, mostrou-se. Nasceu ali, sob minha janela, no asfalto, nesta São Paulo outrora cheia de encantos mil e inspiradora de poetas locais e em trânsito. A princípio, a coisa de que falo tinha o tamanho de uma cuspida ou de uma moeda. Brilhava ligeiramente. Muita gente teria se curvado para apanhá-la. Mas, como tudo cresce neste planalto, logo a moeda assumiu a proporção de um pires, de um prato, da circunferência de um caldeirão, enquanto se arredondava caprichosamente e afundava alguns centímetros. Não tardou que um carro o evitasse, hora e dia em que o ponto referido se tornou definitivamente um buraco. Não mais uma depressão, uma falha do calçamento, uma ilusão de ótica, mas, como já dito, um buraco, embora discreto, modesto afundamento.

Essa fase, porém, foi passageira. Ele tinha um destino mais ambicioso. Alargou-se e aprofundou-se depressa. Suponho, foi logo oficialmente identificado, catalogado, numerado, descrito, para mais tarde constar, nas listas da prefeitura, entre os que deveriam ser tapados. Uma organização muito ativa e diligente opera esse trabalho.

Dias depois tínhamos a primeira vítima: uma velha senhora atravessava a rua descuidada quando enfiou o pé no buraco e caiu urrando de dor. Teve de ser erguida por duas pessoas, a chorar, posta num táxi e levada talvez para um pronto-socorro. Do meu escritório, à janela, principalmente se chovesse, eu ouvia quando os pneus passavam por ele e os carros sacolejavam. Alguns quebravam e lá ficavam. Outros seguiam com o motor fungando. Ouvia, inclusive, os protestos dos motoristas, expressos em palavrões muito ofensivos às autoridades. Feio, isso.

– Se não tomarem providência, isso vai se tornar uma cratera – comentou Bina, minha mulher.

Cratera. Essa palavra me impressionou porque sempre a liguei a grandes desníveis do solo, terremotos, regiões pedregosas, vales, desertos e mesmo a cenários lunares e marcianos. Tem o som das hecatombes e das paisagens exóticas. Ia proibir Bina de proferi-la, mas ela a repetiu, pondo à mesa do almoço todas as ameaças que a cratera contém, como a de tragar casas, edifícios e viadutos. A cratera é uma boca insaciável. Mata, engole, digere.

Aquela noite tive um pesadelo abrangendo todo o bairro de Perdizes. O ex-buraco, já uma cratera, crescia incontrolavelmente. Meu carro não saía da garagem, mas da própria abertura subterrânea. A cratera virava caverna pré--histórica, e nós do quarteirão, Brucutus e Ulas, vivíamos espremidos entre o sol e as trevas. Acordei e Bina informou--me: uma comissão de vizinhos tinha um pedido aflito para fazer. O que eles pretendiam?

Perfilados e revoltados, queriam que eu, jornalista, escrevesse um artigo ou crônica sobre o buraco. Imediatamente. Matéria forte, capaz de conclamar a atenção das autoridades. E que não poupasse ninguém. Nada de sutilezas. Paciente, tentei explicar que, em minha coluna. não cabiam queixas, protestos, reivindicações, posicionamentos de nenhuma natureza. Não fora criada para isso.

– Minha única preocupação é entreter o leitor, diverti-lo, fazê-lo rir de qualquer coisa ou de nada, entenderam? Meu intento profissional é levá-los a esquecer as mágoas deste mundo, entre as quais os buracos da rua.

– Conhecemos sua página – disse um deles, indignado.

– Garanto que ninguém aqui esqueceu de buraco algum por causa de suas gracinhas. Passe bem.

Acompanhei o grupo decepcionado até a porta. Surpresa. Operários, apressados, fechavam o buraco ou cratera. Bina sorriu ironicamente.

– Quem vocês pensam que pediu para a prefeitura resolver o caso? Quem?

Baixaram a cabeça. À tarde, a doce Bina recebeu flores.

O MILAGRE DA CEGUINHA

Vale tudo para recuperar uma audiência de novela

Quando assisto a algum capítulo de telenovela molenga, travado, cheio de cenas vazias ,os personagens perdidos, a repetir abobrinhas, penso no pobre autor, seja quem for, e me comovo com seu drama profissional, meu conhecido. Imagino-o caidaço sobre as teclas, a cabeça em chamas, a rezar para que chegue depressa o final, e que, apesar de tudo, consiga renovar o contrato.

Trabalhar na pedreira, na estiva, na roça, como boia-fria, ser bombeiro de floresta, operário de alto-forno, é dureza, eu sei. Mas barra mesmo é escrever novela, principalmente quando o público, a grande incógnita, começa a resmungar e aos poucos resolve mudar de emissora. Hoje até deitado se pode fazer isso. Clic. Os índices, soberanos, não adimitem discurssão. E não adianta ficar contra eles, porque representam o lado científico de uma avaliação. Números são frios, não sujeitos a embromação e a subjetividade, como as palavras. E também não vale fazer cara inteligente e dizer que o público é burro. O pessoal da diretoria, com tantos problemas, não está preocupado com qualidade.

Aí fazer o quê? Uma reunião de caras feias é convocada às pressas. A solução niguém tem, mas todos sabem que é preciso mudar os rumos da história, cortar personagens, colocar novos, apelar, inventar, mexicanizar. Mexicanizar, sim Feio nada. Engrossem, baixem o nível, ordena o chefe, do alto de sua sabedoria. A novela está muito sutil, literária, rebuscada, classe A. Não queremos Machado de Assis aqui. Partam para o novelão assumido. Vergonha por quê? Não, o autor não pretendeu ser original, diferente. Nada disso. Macaco velho, sabe que o gênero é movido a concessões. Por isso escreveu uma sinopse bem manjada, sem nenhum intelectualismo, personagens comuns, conflitos primários, diálogos rasinhos, folhetim puro. Mas o publicão às vezes embirra com isso ou aquilo, quer mais lágrimas, mais beijos, mais choques, mais grossura e resolve dar uma espiada nos vitoriosos programas familiares de acerto de contas, os quais, verdade se diga, também apresentam novela, a novela da vida, a novela verdade, baratinha, que dispensa escritor, cenários, sonoplastia e tudo o mais.

Onde errei?, pergunta-se o novelista, vendo a audiência evaporar e o autor da próxima novela, chamado às pressas, circular lampeiro pelos corredores. A essas alturas, certos atores, traquejados na arte de bajular, que já mendigaram papéis insignificantes, fazem-se de distraídos quando encontram o autor ou, pretextando viagem, pedem-lhe que corte ou elimine seu periclitante personagem. Ninguém quer estar a bordo no naufrágio do *Titanic*.

Apavorado, o autor, na diretoria, evoca os grandes sucessos do passado. Um deles salvou a emissora do buraco, lembram? Mas essas lembranças só pioram o clima. Significam que ele já não é o que foi. Onde errei?, aflinge-se. A novela tinha tudo para emplacar, tocar a alma do povão, estraçalhar. Todos os lugares-comuns, os chavões testados, que dão sempre o certo. O da mãe, tresloucada, à procura do filho, com quem vive esbarrando. O recurso superado da ceguinha, usado pelo próprio Chaplin. Acabou incluindo no roteiro uma mulher tremendamente má, a maior víbora da paróquia, sempre um estouro de audiência. Há uma carta

saltando de mão em mão, de cuja importância niguém desconfia. Há uma herança embaraçada, capaz de dar de uma virada na vida do galã, desprezado pela rica família da mocinha. Não esqueceu nenhum vilão, nenhum dos truques que amarram o público, e no entanto...
Às vezes, a luz de um milagre salva tudo. Sejamos cristãos. Certo autor, que pode ser o referido ou outro qualquer, quando sua novela balançou, desesperado, fez sua ceguinha disponível recuperar subitamente a visão. Pareceu absurdo ao propor, mas posto em imagens, não. Aí as coisas foram se encaixando. Coube a ela ler a carta reveladora, que tudo explicava, reunir os tais parentes não indentificados e desembaraçar a herança. Bastou abrir os olhos dela, só isso, e subiram os índices, graças a Deus, voltaram os sorissos, os abraços, os elogios, velhas amizades se solidificaram no coquetel de encerramento, e finalmente o autor, reconciliado com todos, assinou novo e polpudo contrato.

ESPOSAS E PATROAS

O certo e o errado em matéria de tratamento conjugal

Sempre há alguma hesitação, algum formalismo, quando o marido, mesmo em roda de amigos, refere-se à sua mulher. As apresentações então chegam a ser vexatórias. Se diz apenas "Esta é a Laura", "Já conheciam a Cláudia?" ou "Sônia, venha conhecer a turma", passa a impressão de que está apresentando alguém que simplesmente lhe fez companhia na noite anterior. Apesar do modernismo todo, "mulher casada ou assim considerada precisa ter "algo antes do nome", como a Aurora da clássica marchinha carnavalesca. O algo que garante respeitabilidade e dispensa outras apresentações. Até os homens mais liberais não conseguem fugir de certos chavões. Os da classe média, observem, chamam invariavelmente a mulher de "minha senhora", resquício embolorado dos tempos em que o marido era "meu senhor". O feudalismo pondo a mulher em seu devido lugar: propriedade. Tratamento antipático que imediatamente ergue uma espessa muralha entre as pessoas apresentadas. Diante de um "minha senhora", a gente não pode contar anedotas de papagaio, dizer alguma grosseria, palavrão nem pensar, e torna-se inútil olhar qualquer parte do corpo referida. "Minha senhora" é um ser assexuado, sem atrativos, e mesmo numerosa prole não prova o contrário.

Na chamada classe C, de reduzido poder aquisitivo, pretende-se romper a postura burguesa com uma mentira deslavada: "Apresento-lhe minha patroa". Geralmente é o machão querendo dar uma de humilde. Um troglodita cínico tentado vestir a fantasia do marido dominado. Não tenham dúvida: estatisticamente, as patroas são as mais traídas e as que mais apanham do marido. Tenhamos pena delas. Sempre baixas e gordas, usando avental, nunca reclamam de nada e jamais participam dos movimentos de emanicipações feminina, obedientes ao seu... servo.

O mais frequente é chamar a mulher de esposa, "minha esposa", como se o marido insistisse em conservar no relacionamento conjugal um pouco do romantismo do dia dos esponsais. A esposa é meio noiva, ainda a do retrato do casamento. Um véu invisível a acompanhar a toda parte. Algum grão de arroz pode ser encontrado em seus cabelos. É o marido vivendo a ilusão de que o amor inicial não sofreu desgaste. A mulher não é mais zero-quilômetro, porém não foi ainda para a revisão. Está até em condições de causar inveja aos amigos do esposo.

"Cara-metade" é um tratamento hoje raro, há muito fora de moda. O homem que o proferiu, saibam, foi o próprio Adão, todo feliz passeando com Eva, novinha em folha, pelas veredas do Jardim do Éden, em lua de mel. Cara significava simplimente querida. Depois, com a criação de lojas, bazares, butiques e shoppings, a mulher passou de cara a caríssima, a caríssima metade, e não foi mais chamada assim.

Outro tratamento abandonado: "minha consorte". Mulheres casadas tardiamente, ex-solteironas, rebelaram-se contra ele. E também maridos que aplicaram o invejável golpe do báu. Nem um nem outro gostam de admitir ter sido salvos pelo parceiro. Fingem que são almas gêmeas. E vão levando. Pelo que fui informado, atualmente apenas o ator Renato Consorte assim se refere à sua mulher: "minha Consorte", sem cometer nenhum tipo de gafe.

Nos quadros de Pagano Sobrinho, grande humorista paulistano do rádio, a quem aqui homenageio, a mulher era resumidamente "ela", sempre às voltas com a "outra". Parece que foi Pagano o primeiro a chamar mulher de "matriz" e a amante de "filial", clichês logo adotados por sambistas inspirados nos conflitos do amor triangular. E como nos referimos a uma ex-esposa? No geral o marido volta a chamá-la pelo simples nome, Luci, Ângela, Olga, ou por um palavrão, dependendo das condições da separação ou do divórcio. Um amigo meu, Edvaldo, encontrou uma forma original de mencionar a ex, com alguma dose de respeito e saudade. Eu, que o julgava viúvo e,um pobre viúvo, apenas entendi sua gentileza numa vez em que me disse: "Hoje vou almoçar com a falecida". E num belo dia, não de Finados, apresentou-me sua sadia e alegre ex.

Bem, qual é o tratamento conjugal mais correto ou ideal?

– Apresento-lhe minha esposa – disse o escritor Fernando Goes ao mestre Mário de Andrade.

O sempre professor corrigiu-o em cima:

– Diga mulher, Goes, diga mulher.

Exatamente do jeito que manda o padre: "Eu vos declaro marido e mulher". Quanto à ex-mulher, não se preocupem muito. Ela também não está se preocupando. A não ser com o pagamento da pensão na data certa, como ficou ajustado com o meritíssimo.

BIBLIOGRAFIA

Contos, Novelas e Romances

UM GATO no triângulo (novela). São Paulo: Saraiva, 1953.
_____. 3.ed. São Paulo: Global, 2010.
CAFÉ na cama (romance). São Paulo: Autores Reunidos, 1960.
_____. São Paulo: Companhia das Letras, 2004.
ENTRE sem bater (romance). São Paulo: Autores Reunidos, 1961.
FERRADURA dá sorte? (romance). São Paulo: Edaglit, 1963.
O ENTERRO da cafetina (contos). Rio de Janeiro: Civilização Brasileira, 1967.
_____. 4.ed. São Paulo: Global, 2005.
MEMÓRIAS de um gigolô (romance). São Paulo: Senzala, 1968.
_____. São Paulo: Companhia das Letras, 2003.
O PÊNDULO da noite (contos). Rio de Janeiro: Civilização Brasileira, 1977.
_____. 2.ed. São Paulo: Global, 2005.
SOY loco por ti, América! (contos). Porto Alegre: L&PM Editores, 1978.
_____. 2.ed. São Paulo: Global, 2005.

ÓPERA de sabão (romance). Porto Alegre: L&PM, 1979.
_____. São Paulo: Companhia das Letras, 2003.
MALDITOS paulistas (romance). São Paulo: Ática, 1980.
_____. São Paulo: Companhia das Letras, 2003.
A ÚLTIMA corrida – Ferradura dá sorte?. 2.ed. São Paulo: Ática, 1982.
_____. 3.ed. São Paulo: Global, 2009.
A ARCA dos marechais (romance). São Paulo: Ática, 1985.
ESTA noite ou nunca (romance). São Paulo: Ática, 1988.
_____. 5.ed. São Paulo: Global, 2009.
A SENSAÇÃO de setembro (romance). São Paulo: Ática, 1989.
O ÚLTIMO mamífero do Martinelli (novela). São Paulo: Ática, 1995.
OS CRIMES do Olho de Boi (romance). São Paulo: Ática, 1995.
_____. 2.ed. São Paulo: Global, 2010.
FANTOCHES! (novela). São Paulo: Ática, 1998.
MELHORES contos Marcos Rey (contos). 2. ed. São Paulo: Global, 2001.
O CÃO da meia-noite (contos). 5. ed. São Paulo: Global, 2005.
MANO JUAN (romance). São Paulo: Global, 2005.
MELHORES crônicas Marcos Rey (crônicas). São Paulo: Global. (prelo)

INFANTOJUVENIS

NÃO era uma vez. São Paulo: Scritta, 1980.
O MISTÉRIO do cinco estrelas. São Paulo: Ática, 1981.
_____. 21.ed. São Paulo: Global, 2005.
O RAPTO do garoto de ouro. São Paulo: Ática, 1982.
_____. 12.ed. São Paulo: Global, 2005.

UM CADÁVER ouve rádio. São Paulo: Ática, 1983.
SOZINHA no mundo. São Paulo: Ática, 1984.
_____. 18.ed. São Paulo: Global, 2005.
DINHEIRO do céu. São Paulo: Ática, 1985.
_____. 7.ed. São Paulo: Global, 2005.
ENIGMA na televisão. São Paulo: Ática, 1986.
_____. 9.ed. São Paulo: Global, 2005.
BEM-VINDOS ao Rio. São Paulo: Ática, 1987.
_____. 8.ed. São Paulo: Global, 2006.
GARRA de campeão. São Paulo: Ática, 1988.
CORRIDA infernal. São Paulo: Ática, 1989.
QUEM manda já morreu. São Paulo: Ática, 1990.
NA ROTA do perigo. São Paulo: Ática, 1992.
_____. 5.ed. São Paulo: Global, 2006.
UM ROSTO no computador. São Paulo: Ática, 1993.
12 HORAS de terror. São Paulo: Ática, 1994.
_____. 6.ed. São Paulo: Global, 2006.
O DIABO no porta-malas. São Paulo: Ática, 1995.
_____. 2.ed. São Paulo: Global, 2005.
GINCANA da morte. São Paulo: Ática, 1997.

OUTROS TÍTULOS

HABITAÇÃO (divulgação). [S.l.]: Donato, 1961.
GRANDES crimes da história (divulgação). São Paulo: Cultrix, 1967.
PROCLAMAÇÃO da República (paradidático). São Paulo: Ática, 1988.
O ROTEIRISTA profissional (ensaio). São Paulo: Ática, 1994.
BRASIL, os fascinantes anos 20 (paradidático). São Paulo: Ática, 1994.

O CORAÇÃO roubado (crônicas). São Paulo: Ática, 1996.
_____. 4. ed. São Paulo: Global, 2007.
O CASO do filho do encadernador (autobiografia). São Paulo: Atual, 1997.
MUITO prazer, livro (divulgação – obra póstuma inacabada). São Paulo: Ática, 2002..

Televisão

Série Infantil

O SÍTIO do Picapau Amarelo. Roteiro: Marcos Rey, Geraldo Casé, Wilson Rocha e Sylvan Paezzo. [S.l.]: TV Globo, 1978--1985.

Minisséries

OS TIGRES. São Paulo: TV Excelsior, 1968.
MEMÓRIAS de um gigolô. Roteiro: Marcos Rey e George Durst. [S.l.]: TV Globo, 1985.

Novelas

O GRANDE segredo. São Paulo: TV Excelsior, 1967.
SUPER plá. Roteiro: Marcos Rey e Bráulio Pedroso. São Paulo: TV Tupi, 1969-1970.
MAIS forte que o ódio. São Paulo: TV Excelsior, 1970.
O SIGNO da esperança. São Paulo: TV Tupi, 1972.
O PRÍNCIPE e o mendigo. São Paulo: TV Record, 1972.
CUCA legal. [S.l.]: TV Globo, 1975.
A MORENINHA. [S.l.]: TV Globo, 1975-1976.
TCHAN! A grande sacada. São Paulo: TV Tupi, 1976-1977.

CINEMA

FILMES BASEADOS EM SEUS LIVROS E PEÇAS

MEMÓRIAS de um gigolô. Direção: Alberto Pieralisi. Rio de Janeiro: Magnus Filmes/Paramount, 1970.

O ENTERRO da cafetina. Direção: Alberto Pieralisi. Rio de Janeiro: Magnus Filmes/Ipanema Filmes, 1971.

CAFÉ na cama. Direção: Alberto Pieralisi. Rio de Janeiro: Alberto Pieralisi Filmes/Paulo Duprat Serrano/Atlântida Cinematográfica, 1973.

PATTY, a mulher proibida (baseado no conto "Mustang cor de sangue"). Direção: Luiz Gonzaga dos Santos. São Paulo: Singular Importação, Exportação e Representação/Haway Filmes, 1979.

O QUARTO da viúva (baseado na peça A próxima vítima). Direção: Sebastião de Souza. São Paulo: Misfilmes Produções Cinematográficas, 1976.

AINDA agarro esta vizinha... (baseado na peça Living e w.c.). Direção: Pedro C. Rovai. Rio de Janeiro: Sincrofilmes, 1974.

SEDUÇÃO. Direção: Fauze Mansur. [S.l.], 1974.

TEATRO

EVA, 1942.

A PRÓXIMA vítima, 1967.

LIVING e w.c., 1972.

OS PARCEIROS (Faça uma cara inteligente e depois pode voltar ao normal), 1977.

A NOITE mais quente do ano (inédita).

BIOGRAFIA

Marcos Rey, pseudônimo de Edmundo Donato, nasceu em São Paulo, 1925, cidade que sempre foi o cenário de seus contos e romances. Estreou em 1953 com a novela *Um gato no triângulo*. Apenas sete anos depois publicaria o romance *Café na cama*, um dos *best-sellers* dos anos 60. Seguiram-se *Entre sem bater, O enterro da cafetina, Memórias de um gigolô, Ópera de sabão, A arca dos marechais, O último mamífero do Martinelli* e outros. Teve inúmeros romances adaptados para o cinema e traduzidos. *Memórias de um gigolô* fez sucesso em inúmeros países, notadamente na Alemanha, e foi também filme e minissérie da TV Globo. Marcos venceu duas vezes o prêmio Jabuti; em 1995, recebeu o Troféu Juca Pato, como o Intelectual do Ano, e ocupava, desde 1986, a cadeira 17 da Academia Paulista de Letras.

Depois de trabalhar muitos anos na TV, onde escreveu novelas para a Excelsior, Globo, Tupi e Record e de redigir 32 roteiros cinematográficos, experiência relatada em seu livro *O roteirista profissional,* a partir de 1980 passou a se dedicar também à literatura juvenil. Desde então, como poucos escritores neste país, viveu exclusivamente das letras. Assinou crônicas na revista *Veja São Paulo*, durante oito anos, parte delas reunidas num livro, *O coração roubado*.

Marcos Rey escreveu a peça *A próxima vítima*, encenada em 1967, pela Companhia de Maria Della Costa; *Os parceiros* (*Faça uma cara inteligente, depois volte ao normal*), e *A noite mais quente do ano*. Suas últimas publicações foram *O caso do filho do encadernador*, autobiografia destinada à juventude, e *Fantoches!*, romance.

Marcos Rey faleceu em São Paulo em abril de 1999.

BIOGRAFIA DO SELECIONADOR

Anna Maria Martins nasceu na capital de São Paulo. Filha de Renato de Andrada Coelho e Lúcia do Amaral de Andrada Coelho, descendentes de tradicionais famílias paulistas, é viúva do escritor e acadêmico Luís Martins. Fez os cursos primário e secundário no Ginásio Stella Maris, em Santos (SP). Matriculou-se na Faculdade Sedes Sapitentiae, Departamento de Línguas Anglo-germânicas, cujo curso não concluiu. Estudou também na Cultura Inglesa e na Aliança Francesa. Esteve nos Estados Unidos várias vezes, a partir de 1948; e na Europa em 1950, 1973 e 2003. Diretora da União Brasileira de Escritores (UBE), trabalhou como assessora cultural do ex-vice-presidente Almino Affonso (1988-1990). Dirigiu a Oficina da Palavra – Casa Mário de Andrade (de abril de 1991 a janeiro de 1995) e foi consultora na Ferrovia Paulista – S.A. – Fepasa, na área de Restauração e Recuperação do Patrimônio Histórico (1996-1999). É diretora da Academia Paulista de Letras.

Em 1973 foi agraciada com o Jabuti, categoria revelação, e com o Prêmio Afonso Arinos pelo livro *A trilogia do emparedado e outros contos;* e pelo livro de contos *Katmandu*, recebeu o Prêmio INL, do Instituto Nacional do Livro, em 1984.

Contos de sua autoria figuram em: *Livros dos tranposrtes, O conto da mulher brasileira, Pelo telefone, História de amor* infeliz, *Espelho mágico*, *Onze contistas em campo* e *Amor à brasileira*.

Sua atividade como tradutora inclui, entre outros, *O sorriso da Gioconda*, de Aldous Huxley; *Deuses no exílio*, de Heinrich Heine; *Thiel, o sinaleiro*, de Gerhardt Hauptman; *O quarto mobiliado*, de O. Henry; *Cordéis desatados*, de Ray Bradbury; e *Pequenas revistas*, de Reed Wittemore.

Escreveu também resenhas literárias para o *Jornal da Tarde* e para o "Suplemento Literário" de *O Estado de S. Paulo*.

ÍNDICE

Memórias urbanas	11
Viva a dupla caipira!	14
Aulas particulares	17
Esvaziando as gavetas	20
As asas dos anjos	23
Como se manter jovem	26
O bom caráter	29
Cães de apartamento	32
O clube dos ex	35
Gnomos na gaveta	38
Cuidado: é agosto	41
O romantismo está voltando	44
Celebridades instantâneas	47
O violinista mora ao lado	50
Táxi! Táxi!	53
A deusa das matinês	56
A era do rádio	59
Adão Flores, o detetive	62
Almofadinhas no rock	65

Humor obrigatório	68
O rei da boca-livre	71
Prêmios de consolação	74
O pingo	77
O filho, a árvore, o livro	80
A última entrevista	83
Ah, meu primeiro amor!	86
Amantes da garrafa	89
Janela indiscreta	92
Grandes desatinos	95
Gente que vai à feira	98
O coração roubado	101
A missivista suicida	104
Manual do bajulador	107
Desculpe, foi engano	110
Filas nos bancos	113
Bolo de 100 velinhas	116
Gente da madruga	119
Ódio à primeira vista	122
Chove chuva	125
Uma noite de cão	128
Salas de espera	131
Medo de avião	134
Figurinhas carimbadas	137
Brilhantes currículos	140
Espelho, espelho meu	143
Os domingos	146
Os pequenos mistérios	149

Desventuras de um dublador	152
Adeus, para sempre	155
Lua de mel flutuante	158
A dedicatória	161
Correio sentimental	164
Meu pai era assim	167
Claro que vou bem!	170
O que você faz de madrugada?	173
Empreste-me seu holofote	176
A São Paulo do meu tempo	179
A ordem é pesquisar	182
O charme dos excluídos	185
Jecas e capiaus	187
Procurando Odilon	190
Para gregos e troianos	193
O caso do terno usado	196
A piscina	199
Férias de verão	202
Sobrevoando Casablanca	205
Sonhos com celebridades	208
Minha vida é um romance	211
Almas gêmeas	214
Cenas de elevador	217
Pequenos prazeres, grandes emoções	220
A grande virada	223
Isto é nooor...mal?	226
Tarde azul	229
Um caso perdido	232

A fome de meia-noite	235
Nome feio, jamais	238
Escola de otimismo	241
O terceiro milênio	244
Amigos do peito	247
Os melhores momentos	250
O objeto desaparecido	253
O Carnaval era assim	256
Meu dia preferido	259
O entrevistador	262
A vida é uma gangorra	265
Bares da saudade	268
Os outros	271
Meu dia de sorte	274
A esquina	277
Lembranças perfumadas	280
Serpentes	283
Cinema antigo	286
O retrato amarelado	289
Trocando figurinhas	292
Um ano e tanto	295
A herança	298
O buraco	301
O milagre da ceguinha	304
Esposas e patroas	307
Bibliografia	311
Biografia	317
Biografia do selecionador	319

COLEÇÃO MELHORES CRÔNICAS

MACHADO DE ASSIS
Seleção e prefácio de Salete de Almeida Cara

JOSÉ DE ALENCAR
Seleção e prefácio de João Roberto Faria

MANUEL BANDEIRA
Seleção e prefácio de Eduardo Coelho

AFFONSO ROMANO DE SANT'ANNA
Seleção e prefácio de Letícia Malard

JOSÉ CASTELLO
Seleção e prefácio de Leyla Perrone-Moisés

MARQUES REBELO
Seleção e prefácio de Renato Cordeiro Gomes

CECÍLIA MEIRELES
Seleção e prefácio de Leodegário A. de Azevedo Filho

LÊDO IVO
Seleção e prefácio de Gilberto Mendonça Teles

IGNÁCIO DE LOYOLA BRANDÃO
Seleção e prefácio de Cecilia Almeida Salles

MOACYR SCLIAR
Seleção e prefácio de Luís Augusto Fischer

ZUENIR VENTURA
Seleção e prefácio de José Carlos de Azeredo

RACHEL DE QUEIROZ
Seleção e prefácio de Heloisa Buarque de Hollanda

FERREIRA GULLAR
Seleção e prefácio de Augusto Sérgio Bastos

LIMA BARRETO
Seleção e prefácio de Beatriz Resende

OLAVO BILAC
Seleção e prefácio de Ubiratan Machado

ROBERTO DRUMMOND
Seleção e prefácio de Carlos Herculano Lopes

SÉRGIO MILLIET
Seleção e prefácio de Regina Campos

Ivan Angelo
Seleção e prefácio de Humberto Werneck

Austregésilo de Athayde
Seleção e prefácio de Murilo Melo Filho

Humberto de Campos
Seleção e prefácio de Gilberto Araújo

João do Rio
Seleção e prefácio de Edmundo Bouças e Fred Góes

Coelho Neto
Seleção e prefácio de Ubiratan Machado

Josué Montello
Seleção e prefácio de Flávia Vieira da Silva do Amparo

Odylo Costa Filho*
Seleção e prefácio de Cecilia Costa

Gustavo Corção
Seleção e prefácio de Luiz Paulo Horta

Álvaro Moreyra
Seleção e prefácio de Mario Moreyra

Raul Pompeia*
Seleção e prefácio de Claudio Murilo Leal

Rodoldo Konder*

França Júnior*

Antonio Torres*

Marina Colasanti*

*PRELO

GRÁFICA PAYM
Tel. (011) 4392-3344
paym@terra.com.br